文春文庫

京都・春日小路家の光る君

天花寺さやか

文藝春秋

目次

登場人物紹介

山崎炉子《やまざきろこ》
父親が営む大衆食堂「山咲」の配膳係だったが、「山咲」の窮地を救うため、春日小路家の使用人として働くことに。

春日小路翔也《かすがこうじしょうや》
京都の名家・春日小路家の次期当主。四人の「花嫁候補」との縁談を控えている。

喪子《もこ》
炉子が小学生のときに拾った、火の精霊。

由良清也《ゆらせいや》
春日小路家当主・道雄の付喪神。翔也の付き人として行動を共にしている。

~縁談相手の付喪神たち~
瑠璃《るり》
加賀家の令嬢・愛子の付喪神。
湊《みなと》
松尾家の次期当主・貴史の付喪神。
巌ノ丸《いわのまる》
御子柴家の令嬢・るいの付喪神。
豊親《とよちか》
中村家の令嬢・樹里の付喪神。

この作品は文春文庫のために書き下ろされたものです。

イラスト　久賀フーナ
デザイン　野中深雪
DTP制作　エヴリ・シンク

京都・春日小路家の光る君

序章

京都の冬は「底冷《そこび》え」と呼ばれ、最も寒い時は氷点下となり、場合によっては凍死者さえも出るという。

先月店に来た常連の一人が、熱燗《あつかん》を運んだ山崎炉子《やまざきろこ》へその事について語っていた。

「炉子ちゃんはまだ十代やから、知らへんかな。昔ね、京都の名物ホームレスさんがいてはったんですよ。河原町《かわらまち》の方に。でも、残念ながら凍死されてね」

話を聞いた炉子は、地元民として底冷えの脅威は知ってはいたが、凍死まであるなんてと驚いた。

父親が店を閉めた後、カウンターの椅子で丸まっていた大切な家族の毛並みを撫《な》で、

「うちはあんたがおるし、いつでも温かいやんなー。な？　裳子《もこ》」

と話しかけるのに合わせて、白くてふわふわの裳子が、きゅうと誇《ほこ》らしげに鳴いて炉子に飛びつき、温めてくれたものだった。

その思い出が今、四条大橋《しじょうおおはし》で号泣している炉子の脳裏《のうり》によぎる。

ここまで来る途中に解いた長い髪や、着ている着物の袖口《そでぐち》に、少しずつ少しずつ、雪

が積もっていた。

十代の少女が一人、梅柄の小紋《こもん》に白い帯の従業員らしき着物を着ているとはいえ、こんな夜更《よふ》けに立っている。雪の降り始めた今、傘どころか上着も持たずにずっと欄干《らんかん》に顔を押し付けて泣いている姿は、誰が見ても異常に違いない。何人かは立ち止まり、心配そうに炉子を遠くから窺《うかが》っていた。

しかし高校の制服ならともかく、今の炉子が着ている袷《あわせ》は、京都の飲食店ではよく見る和装。

（仕事で怒られて、泣いてるんかな。ほんなら声をかけたら、かえって可哀想《かわいそう》かな）

そう判断され、皆その場から去ってしまうのも無理はなかった。

時折、人ではないものも、四条大橋の周辺を徘徊《はいかい》しながら炉子を気にしている。

京都には実は、化け物や幽霊、神仏といった「あやかし」が存在し、炉子のように霊感を持つ者はいわゆる「霊力持ち」と言われている。そのような人間には向こうから触れる事も出来るため、夜は特に気を付けるようにと、一人娘を心配する父に言われていた。

しかし今の炉子は、きちんと見聞き出来る普段とは違い、それらの気配しか感じられない。寒さですっかり自分の霊力が低下しているようだった。

それでも炉子は肩を震《ふる》わせ、しゃくり上げ、一人泣き続ける。

（寒くない。こんなん、全然平気。あの子の方が、ずっと辛いはずやもん……！）

懐《ふところ》の中のスマートフォンが、結んである梅の根付ごと、ひっきりなしに震えている。おそらく父からの着信だったが、今は父と話す余裕がなかった。

夜はまだ長く、雪も少しずつ強くなっていく。まだ学生でお金もなく、泣く事しか出来ない自分を、炉子はひたすら呪《のろ》っていた。たとえ凍死しても、それは家族を犠牲《ぎせい》にした自分に対する神様が与えた罰《ばつ》だから、構わないとさえ思っていた。

——その時。

雪を踏む音と、誰かの近づく気配がする。

炉子の頭上に、一本の傘と人影が重なる。

炉子が、泣き濡《ぬ》れた瞳で顔を上げると。

雪と月明かりに美しく映える、長身の顔立ちのよい青年が立っている。袴《はかま》に黒い鳶《とんび》コートを着て、炉子を雪から守るように、和傘をさしかけていた。

「……」

「……」

青年は無表情で炉子を見つめたまま、何も言わない。炉子もまた、突然の事に戸惑い、青年を見上げるだけだった。

しかしやがて、青年の口が開かれる。

「——大丈夫か。だいぶ体が冷えてると思うし、屋根のあるとこへ移動した方がええ」

冷静沈着でも、心地よい声。地元の人と分かる綺麗《きれい》な京都弁。

そして炉子が返事をする前に、傘を炉子に持たせて自分のコートを脱ぎ、

「これ、着るか。嫌じゃなかったらやけど」

と渡してくれる姿は、無上の優しさそのものだった。

はじめは無言だったのも、炉子を落ち着かせるための青年なりの気遣《きづか》いだったらしい。

炉子はその厚意が身に沁《し》みて、傘と交換にコートを受け取る。

「……ありがとうございます……」

青年が再び傘をさしてくれる中、素直にコートを羽織《はお》った。

冷えた空気に交じって、コートから上品な香りがする。虫よけの樟脳《しょうのう》ではなく、竹の匂いのお香。さらに何らかの霊力が込められている事も、気配で分かった。羽織った瞬間に寒さが消えたので、温かくなる何かの術がコートに施《ほどこ》されているらしい。

つまり青年もまた、霊力持ちの人間なのである。炉子があやかしに襲《おそ》われるのを心配して、声をかけたのかもしれなかった。

「すみません。お気を遣わせて、しまって……っ」

呼吸を整え、炉子はお礼を言おうとした。

しかしその拍子に感情が揺らぎ、再び涙が滲《にじ》んでしまう。滑り落ちる涙や髪で借りたコートを濡らさないよう、必死に顔を上げた。

すると青年は迷わずコートのケープ部分を持ち上げ、炉子の顔を拭《ぬぐ》ってくれる。顔に

かかった髪や、積もった雪まで払ってくれて、落ちた雪がコートに付いた。

「だ、駄目《だめ》です！　こんないい上着やのに……！」

「構へん」

「今度、弁償《べんしょう》します……」

「そんなん言うたら、また、涙出るで」

ぶっきらぼうでも、青年はやはり優しかった。

「ハンカチ一枚すら、何も、持ってへんねやな」

「……勢いで、家を飛び出してきたので……」

「そうか」

その時、炉子は初めて青年ときちんと言葉を交わし、目を合わせた。

暗闇で、雪と吐く白い息の中で、青年の薄い色の瞳がただ美しい。

口調といい炉子の顔を拭う手つきといい、そして何より、無機質にさえ思われる表情は、決して女慣れしていたり人付き合いが得意なようには見えなかった。

しかし青年は、冷静にまっすぐ炉子を気遣っている。傘も炉子の上から動かさない。たとえ見知らぬ他人でも、泣いている誰かがいれば思いやるという、温かい心を持っていた。

青年は笑顔こそ見せないが、コートを羽織った炉子が落ち着いたのを確かめると、

「とにかく、どっか、屋根のあるところに移動しよう。風邪《かぜ》引くで。酷くなったら肺炎

になるかもしれん。橋を渡ったところに交番があるし、一緒についてったる。警察に頼れば、家に連絡してくれるやろ」

と、促《うなが》してくれる。

しかし炉子は静かに首を横に振り、

「ありがとうございます。でも、すみません……。帰りたくないんです。今、家に帰ったら、絶対に辛くなるので……」

と話した。

それについて青年は、何故《なぜ》とは訊《き》かなかった。

「ほな、近くのどっかのお店に入って、一旦温かいお茶でも飲むか」

「すみません、お店も嫌なんです。今、お商売とか、そういうのに関わりたくなくて……。ほんまにごめんなさい。せっかく色々言うてくれるのに、駄目駄目ばっかりで……」

「別に、俺の事なんか気にせんでええ。……色々あって、辛いんやな」

その瞬間に炉子は、数時間前の身を切るような悲しい出来事を思い出す。再び泣いてしまう。コートを濡らさないよう両手で顔を覆《おお》い、懸命に涙を掌《てのひら》に溜《た》めた。

「……すみません……っ」

それを青年は、黙《だま》って見下ろしていた。

けれど、泣いている炉子からは決して離れず、独りよがりに励《はげ》まして、無理に立ち直らせる事もしない。青年はあくまで、炉子の気持ちに寄り添い続ける。自分や炉子に付いている雪を払った後、小さく手招きしてくれた。

「ちょっと、歩こか」

普通ならば、こんな夜更けに知らない異性や幽霊から誘われても、炉子は絶対について行かない。

しかし今の炉子は、青年の思いやりが純然たるものと確信しており、仮にもし青年が悪い人で犯罪に巻き込まれて死んだとしても、いっそその方がいいとさえ思っていた。

それ程気落ちしていた炉子だったから、黙って青年について行く。

それを見た青年もまた、黙って歩幅を合わせて、並んで歩き始めた炉子に和傘をさし続けていた。

青年は炉子を混雑する店等へは連れて行かず、四条大橋から少し離れた、川端通《かわばたどお》りと白川《しらかわ》の水の流れが交差する静かな場所まで歩いて行く。

その歩道には、和傘を模した赤い屋根のある腰掛石《こしかけいし》がいくつかある。端にはひっそりと、「陶匠青木聾米《あおきろうべい》宅蹟」と書かれた細長い石碑《せきひ》や、常時開かれた竹垣に囲まれている弁財天《べんざいてん》と地蔵尊《じぞうそん》のお社《やしろ》があった。

その二つのお社から、神仏の気配がするのを炉子ははっきり感じ取る。

青年はわずかに頭を下げてから竹垣の中に入り、それぞれの神仏に手を合わせてお参りした。

「弁財天様、お地蔵様。お隣のとこで、少し話をしてもよいでしょうか。後ろにいる女の子と一緒に……。うるさかったら、すみません」

青年が静かに問いかけると、お社の中にいる神仏達の気配が、さらに濃くなる。

弁財天や地蔵尊の、優しい声がした。

――はいはい。いいわよ。あら、女の子の方は泣いてたのかしら。目が赤い。どうしたの。

――雪降ってますし、よかったら表へ出る時の私の着るものを貸しましょか。お坊さん用のしかあらへんけど。

青年に返事をしただけでなく、竹垣の外に立っている炉子にまで声をかけてくれた。人ならざる神仏の温かさに、炉子は安堵《あんど》の息を吐く。小さく頭を下げて竹垣の中に入り、青年の隣に立って弁財天や地蔵尊にお参りした。

「ありがとうございます。こちらのお兄さんと、そこの石のとこでお話してます」

お礼を言ってから、青年と共に腰掛石に座った。

炉子はコートを借りているので寒くなかったが、コートを貸した事で着物に袴姿だけとなっていた青年が、

「やっぱり、外やし寒いな」

と、白い息を吐いて立ち上がる。懐から、名刺ぐらいの札《ふだ》を出して小さく呪文を唱えた後、炉子の腰掛石の下にそっと置いた。

その瞬間、二人の座る周辺がふわっと温かくなる。コートに施されている術といい札の術といい、青年は、見聞き出来るだけの炉子とは違い、立派な術も扱えるらしい。

「凄《すご》い……。ありがとうございます。めっちゃ温かい。お兄さんは陰陽師《おんみょうじ》とか、そういうお仕事をされてるんですか。霊力持ちの人やと、そういう人いはりますよね。占いをやってる人とか、あやかし専門の警察の人とか、怨念《おんねん》のホットダイヤルの人とか……」

「まぁ、そんな感じやな。でも俺、この術は得意じゃないから、あんまり長くはもたへんで。それだけはごめんな」

「何から何まで、ありがとうございます。あの、私、上着のクリーニング代と一緒にちゃんと返しますから。この温かくなる術のお代も……」

「ここまで来て、金払えなんて言う訳ないやろ」

炉子の申し出を、青年はあっさり断ってしまう。しかし、どんなに口調が無機質でも、青年の中身はどこまでも炉子への気遣いに溢《あふ》れていた。

「確かに趣向凝《こ》らしで気温を変えて、そういう術の料金とかで商売してる人はいるけど、俺の職業はそれじゃない。似たようなもんやけどな。……まぁそれより、とにかく今は、自分の事だけ考えたらええ」

「お兄さんは……」

「翔也《しょうや》君でええ」

「お名前、翔也さんって言うんですか」

「周りが年上ばっかりやから、ほとんど『翔也君』て言われる。やから、そう呼ばれんのが一番しっくりくる」

翔也君でええし、敬語も要《い》らんと言われたので、炉子は一瞬だけ躊躇《ちゅうちょ》して、やがて尋《たず》ねる。

「……翔也君は、何でここまでしてくれるの？　私が霊力持ちで、悪霊に憑《つ》かれたら危ないとか、警察沙汰《ざた》になったらやばいって思ったから？　……私に関わったって、損するだけやで……？」

それに対する翔也の答えは、この時一番、はっきりしていて。

「泣いてる人に寄り添うのに、理由は要らんやろ。損得じゃない。たとえそれが、知らん人でも。……そんな人になりやって、死んだ母親から言われてた」

その瞬間、炉子ははっとして自らの問いを反省し、翔也の真心に胸打たれた。

翔也という存在から、札による術の効果ではない、この上ない温かさを感じる。

「俺、あんま笑わへんし、言葉も不器用やから、詐欺師《さぎし》には向かんなって、よう言われんねんけどな。――疑われてしもた」

炉子を元気づけるつもりなのか、自分の不器用な冗談に微《かす》かに笑う翔也は、あまりにも美しかった。

それを見た炉子も、思わず釣《つ》られて笑う。この夜初めての、炉子に戻った笑顔だった。

涙で凍りそうだった心が、気付けば徐々に溶けている。思い出してみると、神仏の声も聞こえていたので霊力も戻っているようだった。

「詐欺師は無理って、皆に言われるの？」

「父親にも言われる。俺、自分ではよう分からんけど、思った事をすぐ言うたり行動するタイプなんやって。要は、シャレが通じひん奴らしい。直した方がええんやと」

「別に、直さんでもいいと思う。そのお陰《かげ》で、私は今、救われてるから」

「それやったら、よかった」

翔也は、自分の呼び名とは反対に、年上と接する機会が多いからという理由で炉子を「さん」付けで呼び、

「なぁ。炉子さん。何であそこで泣いてたんか、聞いてもええか」

と言ったので、炉子はこくんと頷《うなず》いた。

「その前に、一つ確認してもいい？　今更やけど翔也君は霊感がある人なん……よね？

こうやって、お札の術も使ってるし」

「そうやで。炉子さんも霊力持ちやろ。せやし、俺のコートの温かさや札の温かさを感じる事が出来る。神様や仏様とも話す事が出来る。最初に炉子さんを見かけた時、俺は霊力持ちやなってすぐ分かったで」

「そうやったんや。私はコートの香りがするまで、全然分からへんかった。寒さで疲れてたしかなぁ……。でも、今は戻ってるから、翔也君のお陰やね。ありがとう」

「霊力持ちかどうかを訊くって事は、泣いてた理由は霊力《それ》が関係してるんやな」

「うん。私の家な、火の精霊がいてん。裳子っていう凄くいい子で、可愛い子……」

翔也に心を開いた炉子は、少しずつ、自分の事を話していった。


炉子の家は京都市北区・金閣寺《きんかくじ》の近くであり、自由奔放《じゆうほんぽう》な母親・みずきが家を出て行ってからは、父親の祐司《ゆうじ》が一人で、小さな町家の自宅に隣接する大衆食堂「山咲《やまさき》」を営みつつ炉子を育ててくれた。

祐司は、経営者として料理人として、どうしても店から離れる事が出来なかった。ゆえに祐司は毎日、幼い炉子を店の隅《すみ》の席に座らせていた。小学生になって留守番が出来るようになると、炉子を自宅で留守番させて昼も夜も店で働いていた。

娘を育てる為に仕方ないとはいえ、祐司が自宅に帰って来るのはいつも炉子が布団を敷《し》いて寝た後。朝起きた時も、祐司は日の出直後から仕入れに出かけるので、炉子はいつも一人で朝ご飯と身支度を済ませ、誰にも挨拶《あいさつ》出来ずに家を出て、学校へ通っていた。

当時の独《ひと》りぼっちの寂《さび》しさを、炉子はよく覚えている。

それでも炉子が捻《ひね》くれなかったのは、祐司が多忙なりにも時間を作り、炉子に顔を見せていた事と、通っていた金閣小学校の友達や先生が皆温かくて、いい人達ばかりだった事が大きい。

そして何より重要だったのは、「裳子」。

裳子は、炉子が小学四年生の時にやってきた新しい家族だった。

「ごめんください。中に入れてくれませんか」

初雪の夜に、震えて家の戸を叩いた小さなその獣は、痩せこけた白い猫とも狐《きつね》とも、あるいは兎《うさぎ》とも見える、いわゆる獣型の精霊だった。

あやかしの類《たぐい》や神仏の中には、霊力持ちの人間と交流したり、人間と同じような生活をして暮らすものも実は多い。炉子も祐司も霊力持ちなので、祐司が営む山咲の常連には鬼等のあやかしもいた。時には、成仏出来なくて店に迷い込んだ幽霊を祐司が助けてあげる事もあった。

そんな父のもとで育った炉子も、父に倣《なら》って精霊を自宅に上げて座布団の上に座らせ、冷蔵庫にあった賄《まかな》いを与えて助けてあげた。元気になった精霊はいたく感謝し、白かった体毛をほんのり赤くさせて、炉子に何度もお礼を言った。

その後、炉子は祐司から許可を得た上で、行き場がないというその精霊を家族に迎えた。女の子だったので、炉子が一日かけて考えて「裳子」と名付けた。

名前の由来は、毛並みが白くてもこもこしているからで、あてた漢字は、女性がまとう十二単《じゅうにひとえ》の一部「裳」から。辞書を引っ張り出して、漢字の意味について一生懸命調べた事を炉子は今でも覚えている。

炉子と裳子は、女の子同士だった事もあって仲良しだった。後に裳子が微力《びりょく》ながら火の精霊である事が判明すると、名前の漢字に火偏が入っている炉子との絆は一層強くなった。

「ろこちゃんの名前は、どうして火のつく漢字なの？」

「お父さんが教えてくれたんやけど、暖炉《だんろ》の女神様から取ったんやって。うちが食堂で、コンロがあるっていう意味もあるらしい」

「そうなのね。ほら、見て、ろこちゃん。このパソコンの、ここところこのボタンを押して、四角いボタンを押したら、すぐにろこちゃんの漢字が出るわ。私、この『炉』という字、好きよ。人間の道具って凄いね」

「こらっ、裳子。勝手にキーボード押しちゃだめ。もう、何でもすぐ覚えちゃうんやから―。小さい手で押すのは、めっちゃ可愛いけどな」

「この前、けんさくっていうのも、出来たのよ」

「えっ？　もしかして野菜チップスの検索の履歴《りれき》、それなん？　覚えがないと思ったら、裳子がやってたんやな？」

「ごめんなさい。でも、買いますのボタンは押してないわ。えらいでしょ！」

「うん、まぁ、それやったらええけど。でもほんま、押したらあかんで？　お父さんに、めっちゃ怒られんで？」

「はーい」

そんな炉子と裳子を見て、祐司も、一人と一匹まとめて「ろこもこ」と呼ぶなど、裳子はすっかり山崎家に馴染《なじ》んでいた。獣なので店に入る事こそなかったが、代わりにずっと自宅にいて、ちょこんと大人しく座って炉子の帰りを待っていた。炉子は学童から帰って自宅の鍵を開ける音が、寂しい音ではなくなった。

祐司が店にいる間、今までずっと一人だった生活が、裳子とご飯を食べて、テレビを見てお喋りして、一緒にお風呂に入って寝る毎日となった。もちろん、朝起きれば隣には裳子がいる。学校へ行く時、「行ってきます」と言える。

炉子の生活から、もう「独りぼっち」はなくなった。その頃から、炉子の顔つきが相当明るくなったらしい。祐司も裳子にずっと感謝しては、好物の海鮮の賄いを作り、好きなだけ食べさせていた。

それから月日が経ち、炉子は高校生になると迷わず父を手伝い、山咲の配膳《はいぜん》係を務めるようになった。裳子は不思議な事にほとんど成長せず、火の精霊だというのに体が赤くなって温かくなるだけで、いつまでも火を出す事すら出来なかった。

しかし相変わらず、裳子は自宅でちょこんと座って、時にはあやかしや霊力持ちの常連に求められて店に顔を出し、可愛がられて元気に過ごしていた。

そんな風に父娘と一匹の「山崎家」は、ささやかに幸せに生きていた。

それが突然失われるとは、炉子は夢にも思わなかった。

山崎家の自宅と店の立地は、金閣寺が接する通り「きぬかけの路」の近くで、決して悪い訳ではなかった。

それなのに、炉子が高校生になった辺りから、インバウンド観光等の影響で競合他社の飲食店が増えたことや、日本経済の激変からきた家賃の値上げや増税等から、山咲の経営が傾いていった。祐司の料理の腕は悪くなく、配膳係の炉子の愛想もすこぶるよいと常連に評判だった。なのにどういう訳か、新規の客はおろか、その常連さえも減っていった。

自転車操業で貯金も減り、家賃も滞納《たいのう》し、そしてとうとう先日、総合リゾート企業であるオーナー会社・株式会社テトテから、住居ごとの立ち退《の》きを命じられた。どうやら炉子達のいる場所を、新企画のレストランの土地として使いたいらしかった。

それを回避するには、今まで待ってもらっていた家賃を一括《いっかつ》で払う必要があった。祐司は困り果て、炉子も大学進学を諦めたどころか、高校を中退して働く事さえ考えた。

炉子が悩んで自分の部屋で泣いていると、

「ろこ、泣かないで」

と裳子が部屋に入ってきて、慰《なぐさ》めるように体を摺《す》り寄せてくれた。

「ありがとう、裳子。私、ほんまは大学行きたいし、今通ってる高校をやめるんは、もっと嫌……。でもこれ以上、お父さんがお金ないって悩む姿は見たくない。私がどこでもいいから働きに出て、とりあえずお金を……作った方が……」

布団を頭からかぶり現実から逃げようとする炉子のそばに、裳子はずっといてくれた。

その数日後、裳子は山崎家からいなくなった。理由も分からず置手紙の類《たぐい》もなく、本当に突然だった。炉子達は必死に探したが見つからず、この遁走《とんそう》に炉子は倒れそうなぐらいに打ちのめされた。

（山崎家が貧乏すぎてもう駄目やと思って、新しい住まいを探しに行ったとか……!?

そんな。裳子、酷い……っ！）

裳子の薄情《はくじょう》さを、炉子は心の中で何度もなじった。

テトテの役員から祐司のもとへ連絡が来たのは、それからさらに数日後の事だった。

「お世話になってますー。あのー、家賃の件ですけど、他の方から肩代わりのお金を頂きましたので、もう立ち退かなくて結構ですよ。娘さんの大学の費用も一緒に頂いてますから、そっちの方は後で、山崎さんの口座に振り込んどきますね。ほな、来月からまたお願いしますね」

これを聞いた祐司は驚き、役員から詳しい話を教えてもらった。

それによると、山咲の常連だと名乗った東京に別荘《べっそう》を持つ外国人の資産家が、山咲の数ヶ月分の家賃と炉子の進学に必要なお金を、一括で会社に支払ったという。

何も知らないらしい役員は、

「山崎さん、ほんま、ええ常連さんを持たはりましたね。お店のためにここまでしてくれる人、今の時代では滅多《めった》にいはりませんよ。凄い事ですよ。いやほんま、よかったですね。そういう常連さんとは、大事に付き合わなあきませんよ」

役員は家賃さえ回収出来ればいいらしく、今までの祐司への硬かった態度はどこへやら。「素晴らしい常連」について褒《ほ》めちぎったが、肝心《かんじん》の祐司も炉子もその資産家について心当たりは全くなかった。

祐司は役員から資産家の連絡先を聞き出し、後日、炉子も同席したうえで、資産家本人に電話した。

すると、信じられない真相が判明した。裳子は今、その資産家のペットになっていた。

「お宅の白い精霊ちゃんは、確かに今、うちにいますよ。この子が私に連絡してきて、直談判《じかだんぱん》しに来たんですよ。一生懸命メールを打って、私を京都駅に呼び寄せてまでね。『あなたが、私のような精霊をペットにしたいと探しているのを、インターネットで見ました。私を飼って下さい。その代わり、山咲の家賃を沢山と、炉子ちゃんの学校のお金を払って下さい』とね。だから私は、あなた達の代わりに家賃と学費を払って、精霊ちゃんは私のペットになったんです。猫型の白い火の精霊は、私の国ではとっても貴重なの。だから私は今、とても嬉しいんです。ありがとうございました」

要するに、困っている炉子と祐司を救うために、裳子は自らを犠牲にしたのだった。

二人は衝撃《しょうげき》を受け、真っ青になって反対した。

「ちょっ、ちょっと待って下さい！　私達はそんなん望んでません！　今すぐ、裳子ちゃんを返して下さい！」

「そちらが可愛がって下さるのは伝わりますけど、うちとしても、裳子は物じゃなくて、大切な家族なので……。誰かに譲渡《じょうと》する意思はありません」

必死に返してほしいと頼んだ炉子と祐司だったが、向こうも念願の貴重な精霊が手に入ったとして、頑《がん》として受け付けない。

「今更それは困ります。だって私、もう会社にお金払ってますよ。それを返してくれるんですか」

「もちろんです」

「絶対に返します！　働いて、どんなに時間がかかっても……」

「いや、今すぐ払って。迷惑料も上乗せね」

「そ、それは……」

「それに、精霊ちゃんは自分の意思でうちに来てくれたのよ？　うちでも大事に飼ってあげるよ？　私、この子大好きよ？　それを返してくれっていうんなら、私も傷つくから、慰謝料《いしやりよう》もさらに上乗せで払ってね？」

提示された金額は、人の生涯賃金を大きく上回る、明らかに故意にふっかけた額だった。

「今すぐ払えないなら、精霊ちゃんは、もううちの子だよ」

何度話し合っても平行線であり、とうとう諦める祐司の横で炉子は泣きわめいた。

「嫌や！　そんなん嫌や！　お願い返して！　裳子ちゃん、戻ってきて！」

すると、電話越しから、

「ろこ」

という声がした。それは間違いなく、愛する家族・裳子の声だった。

「ろこ、ゆうじ、ありがとう……。でも、私は大丈夫。ろこ達と離れるのは寂しいけど、お店がなくなって、ろこ達が困る方が、私はもっと辛い。だから、さようなら。大丈夫。新しい飼い主さんも、優しいし、それに、おやつだって沢山くれるから……」

「私は困らへん！　裳子がいればそれでいい！　それにあんた、おやつ食べ過ぎたらお腹壊すやん！　そんなん駄目！」

「私は……いや。おやつを沢山食べる方がいい。野菜チップスも、好きなだけくれるって」

「嘘《うそ》つき！　声が震えてる！　裳子、あんた、絶対耳しおれてるやろ！　あんた嘘つく時、いっつも声が震えて、耳がしおれるもん！　お冷《ひや》のポットをひっくり返した時も、私の賄いを食べちゃった時も、そやったやん……！」

「違うわ。嘘なんか、ついてない。ろこ……。ろこ。ばいばい。幸せになってね」

「裳子……っ。ちょっと待って」

電話越しに、資産家が裳子を抱き上げた音がする。電話口の声が、資産家に代わった。

「はい。精霊ちゃんの意思も決まりましたね。それじゃあ、このお話は一旦終わりで……」

「待ってってば！」

「これ以上は時間の無駄でしょ。――今更、精霊ちゃんを返せって言うんなら、お金くらい出しなさい。家族なんでしょう。そうじゃないと筋が通らないよ。こうなったのは全部、悪い経営をしたあんたらの責任でしょ。もう一度言うけど、精霊ちゃんは、自分の意思でうちに来たんだよ。どんな気持ちでうちに来たのか、何で自分の意思でうちに来たのか、よく考えなさい。ではね。精霊ちゃんは、うちでちゃんと飼育しますからね。おやつを食べすぎたら、腹痛を起こすんですってね。嘘をつく時の癖《くせ》も一緒に、しかと覚えましたよ。——お商売、頑張りなさい」

資産家の突き放すような、しかし筋の通った言葉を最後に電話が切れ、交渉は決裂《けつれつ》した。

為《な》す術《すべ》もなくほぼ一方的に話を打ち切られ、裳子と引き離された炉子と祐司は、しばらく何も喋れず項垂《うなだ》れていた。

「炉子……。ごめんな。俺の腕が悪いばっかりに。向こうの言う通りや。俺の店がちゃんと繁盛してたら、こんな事にはならへんかったわな。裳子も、身売りなんかせえへんかったわな」

父親の失意の言葉に、炉子は両拳をぐっと握《にぎ》り締《し》め、唇《くちびる》を噛《か》む。

「……お父さんは悪くない……。お父さんが毎日、一生懸命働いてるの、私、小さい頃から知ってるもん……。お父さんの料理は美味しいし、常連さんも沢山いたのに、それやのに何でか、お客さんが徐々に減っていって……。お父さんが悪いんと……ちゃうもん。そんな事言うたら、私も、大学に行きたいとか……言うたから……」

その日は店の営業日であり、祐司も炉子も、それぞれ仕事着に着替えて店を開けたが、やはり客はほとんど来ない。

「……もう、今日は閉めよか」

祐司がそう呟《つぶや》いた瞬間、炉子の中で、何かが切れてしまった。

「ごめん、お父さん。ちょっと、外の空気吸ってくる」

悲しみのあまり炉子は家を出て、懐に入れている緊急用の小銭を使って適当にバスに乗り、適当に下車して虚《うつ》ろに歩いた先が、四条大橋だった。

四条大橋でぼんやり立っていると、子犬を愛おしそうに抱いて、橋を渡る女性とすれ違う。彼女と子犬を、自分と裳子に重ねてしまう。父の努力が報《むく》われない状況がやり切れず、涙が溢れてくる。

堰《せき》を切ったように、炉子は泣いた。やがて、雪が降り始める。

そんな炉子にただ一人声をかけてくれたのが、翔也だった。


「……こんなところ。……です……」

話し終えた炉子は、小さくため息をつく。涙はもう出なかったが、翔也に出会うまでを反芻《はんすう》すると、顔を上げる気にはなれなかった。

ずっと黙って話を聞いていた翔也は、炉子が項垂れている間も隣で見守っている。

「……そういう訳やったんやな」

「それは、しんどいな」

「はい」

「こんな時に、これを言うのも何やけど……。とりあえず今すぐ、お父さんには連絡した方がええで。絶対、心配したはるし」

「はい……」

「そ、そうやんな。忘れてた……！」

優しく注意してくれた翔也に、炉子ははっと顔を上げる。懐からスマートフォンを出して電源を入れると、案の定、父からのおびただしい着信履歴があった。

メッセージアプリには、

（この一時間後までに連絡が来なかったら、警察に届ける）

というメッセージもあり、その時刻は、今から五十五分前。

炉子がすぐさま電話すると、ワンコールで祐司が出た。

「今、どこや。大丈夫か」

落ち着いているようで、けれど、心配していたと分かる声。

「ごめん、お父さん。今な、四条大橋の近くにいんねん。白川のとこ。弁財天さんとお地蔵さんのある……。分かる？　うん。そこ。チョコレートのお店の、横のとこ。弁財天さんとお地蔵さんにも、ちゃんと挨拶したよ。……うん、寒さは大丈夫。あったかくしてる……。うん。もうすぐ帰るから。ありがとう。ほならね……」

　自分が無事である事と、必ず帰宅するという事を説明して、炉子は電話を切った。祐司の方も、いつもなら毅然《きぜん》とした態度で炉子を叱《しか》るが、今回は家族を失《な》くしたという経緯もあってか、炉子の気持ちを汲《く》んで何も言わなかった。

「ごめん、翔也君。ありがとう。お父さんに、ちゃんと電話した」

「そうか。よかった。お父さん、心配してたやろ」

「うん。やし、もう帰らなあかん」

「その方がええ。やっぱり、夜に女の子一人は危ないしな。あ、それと……。俺の事を言わへんかったんも、正解やで。電話やと、誤解されて話がややこしくなるしな。……いや、俺はその、大丈夫やから。変質者とか、そういうのちゃうから」

　翔也は慌《あわ》てて、炉子から離れる真似をする。冷静なのにどこか抜けている翔也の性格に、炉子は思わず噴き出してしまった。

　出会ったばかりの翔也にこんなに心を開いている自分が、何だか不思議である。裳子の件に対する悲しみは消えないが、それを照らすような別の何かの気持ちが、炉子の心に芽生《めば》えていた。

　帰ると決めた炉子が立ち上がると、翔也も一緒に立ってくれる。

「すぐそこやけど、駅かバス停まで送ってくわ。帰りのお金、あるか？　出すわ」

「さっ、さすがにそれは自分で払う！　それぐらいのお金はあるから。仕事で使う緊急用の小銭がまだ……。やし、ほんまにありがとう」

「そうか。ほんなら、行こか」

「うん」

腰掛石の下の札を拾って、翔也が二歩ほど歩き出す。

するると、

「……あ、それとなぁ」

と、翔也が立ち止まって振り向き、

「裳子ちゃんの事やけど……。裳子ちゃんは、今はきっといい環境で過ごしてると思うよ」

と真面目《まじめ》な顔で言ったので、炉子も思わず立ち止まって、翔也を見上げた。

「そう……かなぁ。そうやといいけど……。翔也君は、何でそう思うん？」

「炉子さんの話を聞く限りやけど、今の外国の飼い主さんは、確かに、炉子さんとお父さんには凄い厳しかった。嫌な性格やとも思う。けど、裳子ちゃんの尊厳《そんげん》を踏みにじってる感じではないなと思ったんや。裳子ちゃんが持ち掛けた取引も、ちゃんと行ってる訳やしな。

それに、炉子さんの言うた『おやつの食べすぎでお腹を壊す』事や嘘をつく時の癖も、ちゃんと覚えたって言うたんやろ？　裳子ちゃんは、向こうにとってはずっと探してた貴重な存在や。多額のお金を出してまで手に入れた存在を、今更、雑な生活をさせて不健康に、最悪無暗《むやみ》に死なせるような真似は、多分せえへんと思う。お医者さんでもシッターさんでも、何でも手配出来る程の資産家やろうし、少なくとも生活水準は大丈夫や。……何とも言えへんけど」

翔也の説明は冷静で機械的であり、ともすれば、泣いていた人の前で言うには心無い言葉に感じるかもしれなかった。あくまで部外者の推測なので、確証もゼロに等しい。しかし、冷静なだけに的確な判断が感じられ、かえって説得力がある。翔也の本心は「理論的に考えても大丈夫だから心配ない」と炉子を励まし、慰める事にあると、既に炉子は気付いていた。

「翔也君、ありがとう。そうやんね。裳子はきっと、ええ場所で過ごしてるはずやんね」

真実はどうか分からないが、少なくとも翔也の言葉によって炉子の心に光が射《さ》す。すると翔也が、懐から綺麗なハンカチに包まれた何かを出し、

「これ……。炉子さんにあげる」

と言って、炉子に白い珠の連なったものを渡した。

数珠《じゅず》のようにも見える、綺麗なフォーマルネックレスだった。

「えっ。何、これ？　凄く綺麗。真珠《しんじゅ》……？　……裳子みたい……」

「白さが？」

「そう。あの子も、これと同じくらい白い毛並みやった。光に当たると、時折艶《つや》やかに見えるとこまでそっくり。怒ったり我慢《がまん》したり、喜びすぎて興奮した時は、赤くなってたけど。……これを、私にくれるの？　何で？」

「これ、元々は母さんの物やねん。『幸運になるお守りや』って言うて、いつも持ってた」

　つまりネックレスは、翔也の母親の形見《かたみ》である。

　驚く炉子を見て、翔也が慌てて謝って、目を伏せる。それを見た炉子も、急いで首を横に振った。

「ごめん。人の親の形見なんて、嫌やんな。俺の母さん、優しい人やってん。それでつい……」

「違う！　ぜんぜん嫌じゃない！　そういう意味で驚いたんじゃない！　お母さんの形見なんて、そんなん、めっちゃ大事な物やん！　さっき会ったばっかりの私にあげるなんて、そんな……」

「違うねん。気まぐれにあげるとか、形見を雑に扱ってるとか、そんなんと違うねん。俺の母さんは、死ぬ前にこのネックレスを俺にくれたんやけど、その時の条件が、必ず誰かにあげる事やってん。『悲しんでる人がいはったら、このお守りをあげてや。お守りやでって言うて、頑張ってって言うて、励ましたげてや。ずっとあんたが持ってるんじゃなくて、必ず誰かにあげや。たとえそれが、知らん人でも。このネックレスは、悲しんでる人に幸運を運ぶためのお守りなんやから』って……。つまり、さっき言うてた事と一緒で、悲しんでる人がいたら、すぐこのネックレスを渡してあげられるぐらいに、優しい人になりやって事やねん」

人に寄り添う事が、亡き母の教えであり遺言《ゆいごん》。

それが今、翔也の性格に繋がっているという。

「単に、母親に従ってるんじゃなしに、俺自身も、人に優しい人間でありたいと思ってる。あとは……その……」

翔也が言いにくそうに目線を逸らし、やがて、炉子の着物をそっと指さす。

「俺、好きやねん。それ」

翔也の眼差《まなざ》しは、年頃の少年のように照れながら、着物の梅柄を愛《め》でていた。

「これ……？　梅の花って事？」

「うん。俺、小さい頃から玄関で咲いた一輪挿《いちりんざ》しの梅がええ匂いや思って、よう嗅《か》いでた。せやし、俺の中で、梅の花は何か特別で……。炉子さんも、梅が好きなんかな。スマホに付いてる根付も、梅やったやろ」

「うん。これやね。お父さんに電話する時に一回出しただけやのに、よう覚えてたね」

炉子はスマートフォンを取り出して、根付を翔也に見せる。その拍子に、白くて可愛い梅の花の根付が、ころんと揺れた。

「私の家、というても、めっちゃ小さい町家なんやけど……。奥の、狭《せま》い中庭に、白梅が植えてあんねん。小さいけど、毎年ちょうど今の時期に沢山の花が咲く。学校で嫌な事があった時とか、店の手伝いで疲れた時とか、それを見ていつも励まされてた。梅は、こんなにも寒い中で頑張って咲いてるんやし、私も頑張ろうって。そういう話を、もちろん裳子ともしてて……」

ゆえに炉子は、一月と二月の間は梅柄の着物を好んで着ていた。しかし今回ばかりは庭の小さい梅で元気が出るはずもなく、翔也に訊かれるまで、すっかり梅の存在を忘れていた。

「初めて炉子さんを見かけた時、最初に目についたんが、その着物の梅やった」

翔也の言葉に、炉子は顔を上げる。

二人とも梅が好きなのは偶然《ぐうぜん》だが、その偶然によって自分は炉子を見つけたのだと、翔也は言った。

「こんな事を初対面の炉子さんに言うのは、実はちょっと恥《は》ずかしいんやけど……。四条大橋を通りかかって、君が着ている梅の花を見て、泣いているのを見た時な、実は俺も……凄く、悲しかった。俺が好きな梅の花を、それをまとっている炉子さんを見て、胸が締め付けられた。慰めて、元気にしてあげたいと思って、やから俺は、梅の花に……炉子さんに声をかけたんや。自分の意志でそうしたって言い切れるけど、それでも実は、裳子ちゃんが俺を呼んでくれたんかもしれへんな」

「裳子が……」

「そう。俺が言うてるだけで、確証はないけどな。でも、そうやったら俺は嬉しい。勝手な事言うてごめんな」

炉子はすぐさま、首を横に振る。翔也の言う通り、裳子が翔也と自分を引き合わせたのだと信じたかった。

炉子はもう一度、翔也に渡されたネックレスを見つめる。

梅の花や裳子が、炉子に元気を与えていたように、今度は翔也が、炉子に元気を与えようとしている。

あとは炉子の心に芽生えた希望の光を、自身が摑《つか》めばいいだけだった。

「……ほんまに、もらってもいいの……？」

静かに、翔也は頷いた。

「俺は、炉子さんが悲しみから立ち直って、元気になってくれたらいいなって、心から思ってる。炉子さん……元気、出してな」

その瞬間、炉子は手の中のネックレスをぎゅっと握り、静かに自分の胸に抱く。

「ありがとう、翔也君。このネックレス、ずっと大事にする。裳子に誇れる自分になるように、頑張る。……元気、出た！」

自分でも感じる程の活力を、炉子は言葉に乗せた。それを見て微笑《ほほえ》んでくれた翔也の顔は、思わず炉子が真っ赤になる程の、世界中のどんな名優にも負けないまぶしさだった。

「こちらこそ、ありがとうな。受け取ってくれて。さ、体も冷えるし、早く帰ろう」

「あっ、ほな、これ返す！　コートと傘！　ありがとうございました！」

「まだ返さんでええのに。駅やバス停までは、まだ少し歩かんならんで。こら、押し付けんなって」

「私はもう大丈夫なし、今度は翔也君がコートと傘使ってな！　っていうか、元々そっちの物やけど……」

「分かった、分かった……」

その時だった。

笑顔でコートを羽織った翔也が、突然、何かに気付いたように顔を上げ、険《けわ》しい表情で辺りを見回す。炉子も驚いて夜空や周辺を見たが、何も異変はないようだった。

「――ごめん。炉子さん。俺もう、行かなあかん」

「えっ？」

「ほんまにごめん」

翔也は炉子に返事さえせず、慌てたようにお社へ走る。一瞬、炉子は悪霊でも出たのかと思ったが、弁財天も地蔵尊も静かだったので、翔也だけに感じる何かがあったらしい。

「弁財天様、お地蔵様、すみません。俺ちょっと、急いで他のとこへ行かな駄目なんです。本当に申し訳ないですが、炉子さんをタクシーに乗せて頂けませんでしょうか」

お社に躊躇なく置かれた二枚の万札に、炉子は驚く。言葉がおぼつかない程焦《あせ》っている翔也の様子に、弁財天も地蔵尊も驚いたようだが、

――何か、急ぎの用事でも思い出したの？　気を付けてね。

——ほな、お嬢《じょう》さんは、私が送りましょか。

と声がして、地蔵尊のお社から靄《もや》のような光が出たかと思うと、光が人間の形となり、やがて高齢の僧侶《そうりょ》に変わった。

「えっ、何？　どうしたん……？」

状況が呑み込めない炉子は、目を丸くすることしか出来ない。

しかし、翔也は説明する暇《ひま》さえないようで、

「こんな別れ方で、ほんまごめんな。炉子さん、元気出してな。もう会う事はないと思うけど、俺も母さんも、きっと裳子ちゃんも、君が幸せになる事を願ってる。ほんま元気出してな」

と早口で言い、炉子の返事さえ聞かずに背を向けた。

「あの、翔也君……⁉」

「ほんならな。炉子さん。元気でな」

そう言い残して、翔也は祇園《ぎおん》の方へ走り去ってしまう。傘を持って走っていたが、その持ち方は明らかに逆手《さかて》の、武器の持ち方である。

やがて翔也は何かの術を使ったのか、瞬間移動のように姿を消す。

「えっ、翔也君⁉　翔也君っ！」

炉子は急いで追いかけたが見失い、立ち止まって全ての方向を見渡した。

しかし、翔也は見つからない。祇園の街灯がぼんやり明るく、通り過ぎる人々の声が

響いている。

取り残された炉子の手には、白いネックレスだけが残っていた。

「………」

呆然と、炉子はその場に立ち尽《つ》くす。あまりに突然の事で、これで翔也とお別れだとは、まだ信じられない。

全てがまるで、夢のようだった。

「――ほな、行きましょか」

背後から声がしたので振り向くと、人間の僧侶に化けた地蔵尊が微笑んで手招きしている。炉子はそれについて行き、弁財天の社に挨拶してから川端通りまで出て、タクシーを探す地蔵尊の隣に立った。

「あの……。ありがとうございます。長い事お喋りして、ご迷惑をおかけしました」

「いえいえ。構いませんよ。話は何にも聞いてませんけど、お嬢さん、元気にならはったようでよかったです。――お家はどの辺ですか？」

「金閣寺の近くです。えっと、きぬかけの路を金閣寺から南に下がった……」

「金閣小学校よりも南ですか？」

「はい。なので、金閣小学校で大丈夫です。そこから家は近くなので」

「そうですか。ほな、タクシーが捕まったら運転手さんにそうお伝えしましょか」

「はい」

川端通りでは、車がひっきりなしに通り過ぎる。何の変哲もない、穏やかな冬の夜だった。

「……あの、お地蔵さん……。さっき見てもらったと思うんですけど、翔也君、いきなり去らはったので……私、結局、名字すら聞けないまま、別れてしまいました。はじめに訊いといたらよかったんですけど……翔也君って、どこに住んだはるとか、何のお仕事したはるとかって、分かりますか？」

「それがねぇ……。実は、私も弁財天さんも、同じようによう知らんのですわ。あの腰掛は、色んな人が座りますからね。あの子もその一人で、お仕事の合間なのか、たまに来て座ってるん子なんですよ。私らと話すのは、いつも、今日みたいな挨拶程度で……。接点はそれだけなんです。せやし実は、翔也君というお名前も、私も弁財天さんも、今日知りましたんや」

「そうなんですか⁉」

思わず炉子は驚いたが、近所に住んでいる挨拶だけの関係の人は、誰の人生にも一人ぐらいはいて珍しくない。それが地域の神仏であるならば、その数は人間の数倍はあるだろうと炉子は納得し、仕方ないと思うしかなかった。

「でも、仕事の合間によく来るって事は、職場か家が、この辺とかなんですかね……？」

「さぁ、どうなんでしょうねぇ……？　私らが個人情報を根掘《ねほ》り葉掘り聞くのも、悪いですしね。ご縁《えん》があって、またお会い出来はった時に、聞いてみたらどうですか？」

「はい。そうします！　今日は、ほんまにありがとうございました。私、今日から生まれ変わったつもりで頑張ります」

「おっ。ええお顔にならはりましたね。生きていると、寒い日や温かい日もあるように、ええ事も辛い事もありますけど、頑張って下さいね」

地蔵尊が微笑んだ時、空車のタクシーが北から走ってくる。ヘッドライトの光を見た炉子は、いつの間にか雪が止んでいる事に気がついた。

地蔵尊と別れた炉子は、そのまま金閣小学校までタクシーに乗り、無事家に帰った。

裳子に続いて炉子までいなくなり、焦燥《しょうそう》気味だった祐司は、帰宅した炉子の顔つきが明らかに不幸から立ち直り生気に満ちているのを見て、心からの安堵の表情を見せる。

「おかえり」

「ただいま、お父さん」

半日にも満たない時間だったが、炉子は父との会話が久し振りに感じる。

翔也との出会いは儚《はかな》いものだったが、翔也がくれたものは確かに、炉子の元気の源《みなもと》となって残っていた。

「お父さん」

「何や」

「心配かけてごめんな。――明日から、仕事頑張ろなっ！　私も、大学受験と店の手伝い、頑張るし！」

娘の活気に触れて、父親にも笑顔が戻る。

「そうか。ほな、明日からまた、仕事手伝ってや」

「うん！」

「受験勉強もしとけよ」

「ちゃんとやるもん！　今日は、もうお店閉めるんやんな。ほな、片付けや明日の仕込み、手伝う！」

「おぅ、頼んだわ」

炉子は厨房《ちゅうぼう》に入る前に、懐に入れていたネックレスをそっと出す。スマートフォンに付けていた梅の根付を外し、それをネックレスの金具部分に付けた。

どんなに寒くても、梅のように花が咲きますように。幸運が訪れますように。

そんな願いを込めた、炉子の新しいお守りだった。

「――生きよう。頑張ろう。裳子が身を賭《と》して作ってくれたお金で、大学へ行って就職して働く。お金を貯めて、裳子に会えるように、いつかまた一緒に暮らせるように交渉する。翔也君がくれた元気で、私は強くなる。もう、泣かへん」

そしていつか翔也と再会し、お礼を言える日が来ればいいなと、炉子は思っていた。

（頑張って、ろこ）

裳子の声が、聞こえた気がした。

第一章　山崎炉子と春日小路家

あの雪の日から、六年後。

山崎家は、裳子と引き換えに得た大金で、店の経営を立ち直らせた。

炉子も無事大学進学を果たす事が出来、成人して卒業後は一般企業に入社した。

炉子はあの海外の資産家が認めるような、裳子と会うに足る立派な人物となるために、そして裳子と再び暮らせるように、社会経験やお金を少しずつ蓄《たくわ》えた。

父親の祐司もまた、炉子の養育が一段落したのを区切りとして、新メニューの提供や既存メニューの品質向上に力を入れるようになり、店を少しでも永《なが》く続けさせようと昔と変わらず頑張っていた。

……しかし。

物事はそう簡単にいくはずもなく。

（……あ、髪の毛。適当にまとめたままやった）

今、炉子は山咲の厨房の流し台の前に立って洗い物をしている。割烹着《かっぽうぎ》の袖を腕まくりしたので、下に着ている梅柄の着物の袖が、割烹着の袖に包まれて少しだけ丸く膨《ふく》らんだ。

接客の際、炉子はいつもネット付きのバレッタを使用して長い髪をお団子にまとめる。時折、季節に合わせた可愛いヘアピンを付ける事もあり、これは特に女性客に好評だった。

しかし今は開店前という事もあって、ヘアゴム一本のポニーテールのまま。

（まぁ……いいか。今、店にいるのは、お父さんだけやし。ほんで、今日はちょっと……。臨時休業せな、あかんやろうしなぁ……）

カウンター越しに、ちらっと見る。

テーブル席には父・祐司が固い表情で座っており、先程までいた株式会社テテの役員に対して、さらに、今再び降りかかっている山崎家の苦難に対して、まだ怒りが収まらないようだった。


大学を卒業し新卒で会社に入ったまではよかったものの、それからの炉子は、どういう訳か災難《さいなん》続きだった。悪質なクレーマーの対応に追われる日々となり、最後は同期に疎《うと》まれて濡れ衣《ぎぬ》まで着せられて、追い出されるように退職した。

悪い事は重なるもので、炉子が会社を辞《や》めて意気消沈で山咲の配膳係に戻った直後、山崎家がテテから、再び立ち退きを求められたのである。

今回は祐司の経営が悪いからではなく、外資系の企業から打診《だしん》された宿泊事業の話に、テトテが飛びついたからだった。

金閣寺から目と鼻の先である山咲の立地が、その宿泊事業のためにどうしても欲しいという。

あれ以降、山咲の経営は祐司の努力によって安定し、家賃も滞《とどこお》る事なく納めていた。

それでもテトテは、山咲からの家賃収入と、自社に舞い込んできた新規事業の爆発的な利益の見込みを天秤《てんびん》にかけて、後者を選んだのだった。

テトテの役員が店に通達に来て、すぐに激烈《げきれつ》となった祐司との話し合いは、ずっと平行線のまま。それを炉子は流し台から、店で使う大皿を洗いながら見つめていた。

「――せやしね、山崎さん。ここは何とか一つ理解してもらって、新しい場所でやってもらってほしいんですよ。新しい土地は、うちで用意しまっさかい」

「いや、ですから……。何度も申し上げてるじゃないですか。立ち退きについては了承しますけど、その期限が早すぎるんです。来月には店の立ち退きも家の引っ越しも全部完了させろなんて無理ですよ」

「いやそら分かってますけど、こっちにも事情があるんすわ。今回の事業は外資系のとこが絡《から》んでまっさかい、外国の会社がそういうもんなんか、何や知りませんけど、行動が早いんですわ。せやし、向こうさんの方が、早く土地を準備してくれ言うてますねん」

「ほな、もっと早く私らに、それを言うてくれたらよかったじゃないですか。何でこんな急なんです。せめて、三ヶ月くらい前に……」

「そんなん言われましても、しゃあないじゃないですか。今回はうちだけの事業ちゃいますもん。複数の会社が関わってますねん。そういう時代か何や知りませんけど、皆、動きが早いんですて。僕らかて、一ヶ月で引っ越しはさすがに可哀想やなぁと思ってるからこそ、土地と、お店をやれる建物を、あらかじめ用意してあげてるんじゃないですか。普通やったら、土地から全部探さなあかんのですよ」

「老朽化した、辺鄙《へんぴ》な場所の建物でしょ。亡くなった前の社長の隠居所《いんきょじょ》、ボロボロやし税金かかるし、どうしよう言うたはりましたもんね」

祐司が冷めた目で言い放った瞬間、役員の顔に不機嫌さが滲む。やがて顔全体が強張《こわば》って祐司を睨《にら》んだが、祐司も祐司で、無理難題と僻地《へきち》を投げ付けられる怒りを隠さなかった。

しかし祐司の粘りが勝って、とうとう役員が折れる。

「ほな、もう、そうしましょか。山崎さんがそんだけ言わはるんでしたら、再来月まで待ってもらうように、社長に言うてみますわ」

「ありがとうございます。ご無理言うてすみません」

祐司が丁寧に頭を下げる。しかし、

「あ、そう言えば……」

と、役員が冷めきったお茶を飲みながら、カウンター越しの佇子に、品定めのような

視線を向け、

「娘さん、大きならはりましたね。髪も長くて女優さんみたいや。社長の息子も、確か娘さんと同年代ですよ。なかなか結婚しよらんって、社長がぼやいてるんですわ。役員の僕にも、『ええ子いたら紹介して。ボーナス出すで』なんて言うて……。どうです、そこんとこ。僕、仲立ちしますよ。山崎さんの株も上がりますよ」

　と言った瞬間、意味を理解した炉子はさっと青ざめて顔を上げ、祐司が心の爆発を堪《こら》えるように自分の湯呑《ゆのみ》を握りしめた。

「娘を売れって言うんですか」

「いや、誰もそんなん言うてませんやん。同年代同士、会ってみたらという話で」

「会ってみてどうするんですか」

「いや、そんな怒らんでも。単に口から出ただけの話ですって。娘さん、凄くええ子みたいやし、会ってみたら、息子さんも気に入ってトントンいくんちゃうかって」

「自分が何言うてるか分かってます？　娘がいつ結婚したい言いました？」

「あぁ、すんません。今の時代、そういうのは駄目でしたね。ほんますんません。僕も社長も、昔の時代の人間なんで……」

　湯呑が割れんばかりの祐司の怒気《どき》に触れて、役員が慌てて弁明する。しかし、一度露《あら》わにした下心は、祐司はもちろん、炉子にもしっかり刻み込まれていた。

　祐司が、冷徹な声で確かめる。

「立ち退き期限を延ばしてくれるのは、それが条件って事ですね？」

「まぁ、一言で言うたら、そうですね」

役員も諦めたのか、あっさり白状した。

「今回の新事業は社長が凄く乗り気なんで、山崎さんの立ち退きが遅れれば遅れる程、社長は絶対怒ります。絶対、トラブルになりますよ。弁護士が入る可能性もありますよ。社長がそういう人っていうのは、山崎さんも長い付き合いやから知ってるじゃないですか。ただ同時に、社長が一人息子の結婚を気にしてるのも、事実なんですよね。やから、娘さんを紹介してくれれば、社長も多少は、山崎さんの要望を聞くんじゃないですかね。って、まぁ、僕はそう思った訳で……。事の運びによっては、二ヶ月や三ヶ月くらい、伸ばしてくれるかもしれませんよ。そう思って僕は言うてみたんですよ」

炉子はわざと音を立てて皿を置き、役員にも分かるように、拒絶《きょぜつ》の意思をありったけ込めて溜息《ためいき》をつく。炉子本人の無言の拒絶に、さすがの役員も、失礼だったと反省したらしい。

「ま、たとえ会ってみても、最後は本人同士の意思ですしね」

取り繕《つくろ》うように言い、下種《げす》な話を打ち切った。

しかしこの話が出た事によって、やはり山崎家は今月中に立ち退かなければいけない事が判明し、祐司も大きく溜息をつく。

最後はやはり、無茶をしてでも、借りている側が従わねばならなかった。

祐司は炉子の尊厳を守るために、

「分かりました。何とかして、今月中には全部完了させますわ。ですので、娘にはもう関わらんといて下さい」

と言って頭を下げる。

その途端、役員は六年前もそうだったように祐司に急に優しくなった。

「ほんまですか。そうですか！　あぁ、すいませんねえ。ほんま、ご無理言いますわ！社長の息子の件は忘れて下さい！　引っ越しや店の移転作業で何かあったら、いつでも連絡下さいね。社員の何人かにも、手伝わせますんで」

そんな手伝いをするために、社員達は入社した訳ではないだろうに。炉子も祐司も、呆《あき》れたように笑っていた。

話が終わって役員が帰った後、炉子は役員の飲んだお茶を片付けて再び流し台の前に立ち、今に至るのだった。


後片付けを終えて気持ちを切り替えた炉子は、ささっとおにぎりを作って祐司に出す。

「お父さん、お疲れ様。お腹空《す》いたやろ？　中身は梅と昆布《こんぶ》やしな。――塩、撒《ま》く!?どうする!?」

塩の小瓶《こびん》をまるで撃退《げきたい》用のスプレーのように持って、祐司に見せた。

祐司も苦い物を吐き出すかのように顔を大袈裟《おおげさ》に歪《ゆが》めて、笑って炉子に手を振る。

「勿体《もったい》ないからやめとけ。どうせ塩撒くんやったら、平野神社さんから貰《もら》ってくるわ。業務用のそれより、絶対に効果ある」

祐司の冗談に炉子も「ほんま、それ！」と相槌《あいづち》を打って、大袈裟に笑った。

あの雪の日から、六年。

今は炉子だけでなく、祐司も精神的に強くなっている。炉子は、今はそう簡単にはへこたれず、理不尽《りふじん》に会社を辞めた日の夜も、こうして祐司と話し、塩を撒こうと言っていた。

そうして、その時も今も、思い出すのである。

あの雪の日に出会った、「翔也君《しょうや》」を。

翔也がいなければ、今の炉子はない。今よりもずっと元気を失くしてしまいがちな、暗い自分だっただろう。

おそらく翔也に出会ったあの日が、炉子の人生の分岐点《ぶんきてん》だった。

炉子はそっと割烹着を脱いで、着物の懐からある物を出す。

巾着に大切に入れているそれは、翔也がくれた白い珠のネックレス。金具には、炉子が結んだ梅の根付が付いている。

あの日からずっと肌身離さず持っている、炉子の大切なお守りだった。

（元気、出してな）

（頑張って、ろこ）

このネックレスを眺める度に、翔也や裳子の声が聞こえる気がして、炉子に元気を与えてくれる。

今はどちらも炉子の傍《そば》にいないが、二人が見守っている気がして、不運という寒さに負けぬよう奮《ふる》い立たせてくれるのだった。

これがあるからこそ、退職した時も、店と自宅の立ち退きが決まった今も、強くいられる。

（全ては、翔也君のお陰。……翔也君って、今はどこにいて、何してんのかな。誰かと結婚……してるんかな）

どんなに翔也の事を考えても、今となっては分からない。いくら京都は狭いとはいえ、一度会っただけの、それも本名さえ分からない相手である。探しようがなかった。

それでも出会った高校生の頃とは違い、社会人になった今の炉子には、あの翔也がどんな立場の人間であるか、何となくだが推測出来る。

おそらくは品のいい家庭の人間であり、今頃も平和に清らかに生きているだろう。よい人と出会い、既に結婚して幸せな家庭を築いているかもしれない。むしろ、その可能性の方が高かった。

炉子は決して源氏物語のように、一夜だけの男性に恋をしている訳ではない。

しかし翔也という人物は間違いなく、炉子の心の中でずっと特別な存在だった。見ず知らずの相手に無条件で寄り添い、慰め、励まし、悲しみの底から立ち直らせてくれた彼のことを、炉子は毎日尊敬し、感謝している。

自分と翔也との関係は、この先二度と会えなくても、それだけでいいと思っていた。ネックレスを眺めて元気が出た後、炉子は大切にそれを巾着にしまう。懐に入れた後、軽く腕を曲げ伸ばしして、祐司と今後の事を話し合った。

「お父さん。とりあえず引っ越しは確定として、まず、どこから始める？　それによって、私も就活とか、色々、スケジュールを組まなあかんし……」

「せやなぁ。とりあえず、店は最後やな。家の引っ越しからや」

「了解。ほな、引っ越し屋さんの手配を……」

話せば話す程、やる事は増えるばかりである。祐司は店を切り回しながら、炉子は就職活動と店の手伝いをしながら家の引っ越しや店の移転作業をすると思うと、早くも今から疲れてきた。

加えて、オーナー会社が用意しているという新しい土地や建物を、オーナー会社の総務部に問い合わせて確認すると、祐司が役員に毒づいた通り、店舗用の建物も住居も酷い状態だった。

店舗用は特に、防災用の設備を直さねば営業そのものが出来ない有様《ありさま》で、

「新築並みにリフォームせなあかんわ」

と、祐司が通話中でも嘆《なげ》くほど。

さすがにこれは酷いとして、祐司が役員に電話して抗議すると、

「うちでも、土地と建物を提供するので精一杯《せいいっぱい》で、リフォームせえなんて、そこまでは出来まへんわ。そっちがするもんでしょ」

と突き返される。

こうなると山崎家、とりわけ大衆食堂「山咲」に残された道は、オーナー会社の用意した辺鄙な土地や建物に自費で手を入れて新装開店にこぎつけるか、テトテとは契約を切って、物件探しから始めて新装開店するかの二択になる。後者の場合は、住居も同時に探さないといけないので、労力も費用も、前者の倍以上かかりそうだった。

何から何まで無理ばかり。とりわけ費用面に関しては、何度父娘で話し合っても、頭を抱えるしかない。弁護士を立ててオーナー会社と闘《たたか》う事も検討したが、法的に争うのは費用も時間も莫大《ばくだい》にかかり、決して簡単なものではない。経営は安定し家賃もきちんと納めているとはいえ、炉子の正社員時代の貯金を合わせても、今の山崎家にそんな余裕は全くなかった。

どうしようかと思案した炉子が行き着いた先は、とにかくひとまず、アルバイトをする事。

（就活は一旦やめて、日雇《ひやと》いのバイトをした方がいいやんな。手渡しで給料を貰えるところやったら、引っ越し業者さんの手配とかリフォームとか、支払いが一気に出来るかもしれへんし……）

とにかく、お金がいる。

現金を得るのが先決と判断した炉子は、店に置いてある今日の新聞を開いて、求人欄を見た。

求人情報誌と違って、新聞に載《の》っている求人は数が少ない。ぱっと見ただけでは、日雇いの求人はなさそうだ。紙面が限られているからか、条件の良し悪しも不透明だった。

やはり、駅かコンビニに情報誌を取りに行こうと、炉子が新聞を閉じかけたその時。

求人欄の片隅に、小さな電話番号の記載がある。それを見た炉子は、はっと目を見開いた。

それは霊力持ちの社員を持つ印刷会社による、特殊な技術によって載せられた文字。

霊力持ちにしか読む事の出来ない、霊力持ち専用の求人ダイヤルだった。

この求人方法は、京都では秘《ひそ》かによく使われており、最近ではＱＲコードも導入されているという。

（そうや。そっち系の仕事やったら、高給なバイトがあるかも！　悪霊と戦うのは無理やけど、妖怪の介護《かいご》の補助とか、そういうのも高いって聞いた事あるし！）

何で今まで気づかへんかったんや、と思いながら、炉子はすぐさま求人ダイヤルに電話する。

電話に出たのは老年の男性であり、しわがれた声で、求人を読み上げてくれた。

「おたく、霊力はどのぐらいありますのん？」

「えっと……。見えて、話せて、触れる事は出来ます。除霊《じょれい》は出来ないですけど」

「なるほど。ほな、まずは、そやね……。北区の清掃スタッフはどうです？　北区の老舗さんの、お蔵《くら》を掃除《そうじ》して回るんです。お店の付喪神《つくもがみ》さんの、本体にあたる物品を綺麗に拭いたり、ご先祖様の埋《う》もれていた遺品を、お墓があるお寺さんまで持って行ったり……。楽しいと思いますよ」

炉子もいいなとは思ったが、これは残念ながら賃金が月払いで安いうえに、少し長い研修期間も設けられていた。それではとても間に合わないので、諦めざるをえなかった。

続けて挙げられた二つ目も、幽霊のカウンセリングで、除霊経験が必須《ひっす》だという。

「あっ、すんません。僕、勘違《かんちが》いしてましたわ。これはあかんかったね」

男性はこの求人をすぐ引っ込めて、炉子自身もはじめから除外した。

そして三つ目の募集内容は、住み込みの家事手伝い及び雑務であり、場所は上京区《かみぎょうく》及び京都各地。住み込む場所も上京区の家だという。

その説明のあと、最後に給与の項目を男性が読み上げた時、炉子は「えっ」と声に出して首を傾げた。

「給与は相談……ですか……？　相談って、どういう事ですか？」

「いや、僕もよう分かりまへんねん。手元の募集要項を読んでるだけです。住み込みの仕事やしとか、そういう事情じゃないですかねぇ……。うちは単に、人さんが持ってきた求人を集めて提供する、いわゆる仲介業者でしかないんです。そやさかい、よっぽど犯罪めいたもんでない限り、うちが相手先さんに、根掘り葉掘り訊く事は出来ないんですよ。詳しい事はおたくが直接お電話をかけはって、訊いてもらうしかないですねぇ」

前の二件がはっきり給与額を示していたのに、三つ目のこれは、「相談」という二文字のみ。さらに、男性の手元の募集要項には、支払い方法も書かれていないらしい。振り込みなのか手渡しなのか、月払いなのか日払いなのか、それさえ全く分からなかった。

雇い主の詳細は、電話番号と「春日小路《かすがこうじ》」という名字だけ。それを聞いた炉子だけでなく、要項を読み上げた男性も、珍しい名前だと思ったらしい。

「かすがこうじ……って、読むんかなぁ、これ。ご先祖さんがお公家《くげ》さんやったとか、そういう家なんかなぁ。何にせよ、お手伝いさんを雇う訳やし、ええお家なんでしょうね。場所も、上京区でええとこやしね」

男性は電話しながら、自分なりの想像を膨らませていた。

この春日小路さんがどういう職業で、どういう家なのか、求人情報だけでは全く分からない。不透明すぎると諦めかけた炉子だったが、しかし逆に、その不透明さに活路《かつろ》を見出す。

「もしかして……。全部、相談出来ますよって事ですか？　日払いとか手渡しとか、ひょっとして金額も、相談で決められるとか？」

「さぁ、どうでしょうねぇ。そうかもしれませんねぇ。仲介業の僕からは、何とも言えませんけど」

もしそうであれば、山崎家の悩みが一気に解決するかもしれない。手渡しの日給でも十分ありがたいが、給与の前借りが出来るなら、まとまった金額が手に入る。

そうすると、立ち退き作業や新装開店の作業は一気にスムーズになるだろう。前借りとなれば自分は無給で働く事になるが、その辺の事情は後で考えればいいと、炉子は取捨選択した。

「ご紹介、ありがとうございました。春日小路さんに電話してみます」

「はい、おおきに。頑張って下さいね」

電話を切った炉子は早速、「春日小路さん」に電話する。

一瞬、祐司にも相談しようかと考えたが、話を聞けば祐司は恐らく、

「住み込みに、前借りてそんなん、あの役員の話と似たようなもんやんけ！　お前、俺が何のために役員と話したと思っててんねん」

と、難色《なんしょく》を示すだろう。しかし今回はあくまで炉子の意志で動くものであり、そんな悶着《もんちゃく》で時間を食うよりも、炉子は少しでも早く働き口を決めて未来を開きたかった。

スマートフォンから、相手を呼び出すコール音が鳴る。

やがてそれが切れ、

「はい。春日小路です」

と聞こえてきたのは、若い男性の声だった。

炉子はほんの一瞬、翔也を思い出す。

しかし、あの日の翔也に比べて電話口の声はかなり柔《やわ》らかであり、綺麗な標準語である。聞くまでもなく、別人だった。

炉子は、専用ダイヤルを通して求人を知った事を話して、面接してもらえるかどうか訊くと、相手は快諾《かいだく》してくれた。

「もちろん大丈夫です。では、面接のお日にちを決めましょうか」

「ありがとうございます！　あの、お給料は相談と書いてありましたけど……」

「はい。そのままの意味です。採用という事になりましたら、業務内容と照らし合わせながらお話をさせて頂いて、色々決めようと思ってるんです」

「支払い方法とか、その……金額も？」

「はい。まぁ、そこは私が決めるのではなく、みち……社長ですけれども。それでいいですか？」

「はい！　大丈夫です！　ありがとうございます！」

給料を話し合いで決めるのは珍しい、と思いつつ、炉子は相手とスケジュール調整をして、面接の日を迎える。

一経営者として、世の中の狡《ずる》さを熟知《じゆくち》している祐司が、

「怪《あや》しいと思ったら、すぐ断りや。ほんまに怖いと思ったら、その辺の家に駆《か》け込んでもかまへんしな」

と念を押し、その忠告を素直に受け取った炉子は、久しぶりのリクルートスーツに着

替えて自宅を出た。

スーツの上着の胸ポケットには、お守りとして例のネックレスを入れている。

今日の面接が山崎家に幸運を運んでくれますように、と炉子がネックレスに祈《いの》りつつ、緊張《きんちょう》しながら辿《たど》り着いた面接の場所は、烏丸五条《からすまごじょう》近くの住宅街にある小さな平屋《ひらや》だった。

綺麗なベージュの外壁や、木の香りが漂《ただよ》う新品の引き戸。それらから察するに、昔の家を改築したものらしい。

（家事手伝いって、ここの？　もっと豪華《ごうか》なお屋敷《やしき》やと思ってた。一階建てやし、お手伝いさんが必要なようには見えへんけど……）

インターホンを押して自分の名前を伝えると、「どうぞ」という若い男性の声がする。炉子が挨拶しながら玄関をそっと開けると、中は、予想以上に現代的だった。

ワンルームの平屋という事もあるが、玄関と居間が綺麗なフローリングで繋がっている。小さなキッチンも、カウンターで仕切られているだけだった。

居間には無地のテーブルがあり、西陣織《にしじんおり》のカバーをかけた椅子が五脚ある。テーブルの片側に二脚、奥の反対側に三脚。その三脚の方に、三人の男性が座っていた。

一目で社長だと分かる、顔立ちのよい壮年《そうねん》の男性が、端正《たんせい》な私服姿でゆったり中央に座っている。左隣には、スーツを着た若い男性が座っており、細い目に華奢《きゃしゃ》な体つき。その目は大変涼《すず》し気《げ》で、そして同時に、鋭さがあった。

「おはようございます。ようこそお越し下さいました。どうぞ上がって下さい」

炉子にかける声から察するに、先日、電話対応をしてくれた人らしかった。

どちらの男性も芸能人に劣らぬ綺麗な顔立ちで、華やかさがある。

しかし何よりも炉子が目を奪われたのは、壮年の男性の右隣に座っていた、長身の顔立ちのよい青年。

炉子を見つめるその人は、まさしくあの雪の日の、炉子の人生を変えた青年。翔也その人だった。

「……翔也君……？」

呆然と、炉子はその名を口にする。

翔也も不思議そうに目を細めて、炉子を見つめている。

残った二人の男性も驚いたように顔を見合わせていたが、炉子はそれに構わず、逸《はや》る心のまま声を上げていた。

「翔也君！　お久し振り！　まさか、ここで会えるなんて、思ってへんかった！」

「あの、えっと……」

「私、今までずっと、あの日のお礼が言いたくて……！」

二度と会う事はないと思っていた、恩人との再会。まさかこんな形で、と奇跡を前にした炉子の心は、嬉しさやときめきで胸がいっぱいだった。

六年前の雪の夜の思い出が、一気に炉子の脳裏に巡る。

この時の炉子は、当然、翔也も自分の事を覚えており、互いに笑顔で再会を喜び合い、翔也が残りの二人に出会いを説明してくれる流れになると信じていた。

ところが翔也の方は炉子への反応が明らかに薄く、まるで初めて会った人のように、じっと炉子を見たまま。

「あの……。どちら様、ですか……？」

その言葉に、炉子は些《いささ》か衝撃を受け、

「え？　あの……。私の事、覚えてませんか？　あ、まぁ……。そうですよね。六年前に一回、会っただけですもんね」

と内心ショックを受けつつ、自分と相手が決して同じではないという、感覚の違いを受け入れる。

とりあえず、炉子が気を取り直して靴《くつ》を脱ごうとすると、その間も翔也は炉子をじっと見ており、

「……梅の花……？」

と、何かを思い出しかけたように微かに呟いた瞬間、炉子は反射的に顔を上げた。

「そ、そう！　梅の花！　思い出してくれた⁉　これ……。この梅の根付と、くれたネックレス、今でも大切に持ってんねん」

スーツの上着の胸ポケットから、お守りの梅の根付が付いたネックレスを出して見せる。

その瞬間、翔也はもとより、二人の男性も弾《はじ》かれたように立ち上がり、

「君、それ、どこで手に入れた」

と、立ったまま炉子に訊いたのは、壮年の男性だった。

「え？　あの、これは……。六年前に翔也君がくれて……」

戸惑う炉子の前で、壮年の男性が今度は翔也に訊く。

「翔也、覚えてるか？」

翔也が申し訳なさそうに、静かに首を横に振ったのを見て、炉子は今度こそ強い衝撃を受けた。

「え……。覚えて……ないの？　ほんまに？　だって、これ、翔也君のお母さんの形見なんやろ？　私に元気を出させるためにくれた、大事な物……。お母さんが亡くなる前に翔也君にあげたっていう……。優しい人になりなさいよっていう教えと一緒に……」

他人である炉子の事は忘れても、自分の母親の形見の事を、あの優しかった翔也が忘れるだろうか。

もしや双子《ふたご》の兄弟なのかと、そんな想像までした炉子に対して、翔也が申し訳なさそうに小さく頭を下げる。

「すみません。そのネックレスの事はちゃんと覚えてます。確かに、俺の母親の形見です。俺が譲り受けたものです。ただ……それを俺がいつ、君にあげたかは、全く覚えてないんです。多分、仲が良かっただろう君の事も……。今は全く分からへん。思い出せへん」

え、と声を出したきり、炉子は動けない。

思い出せないと話す翔也の表情は、心から申し訳なく思う寂しさが漂っており、とても冗談には見えない。

炉子は数秒経った後、とある症状の名が頭に浮かび、

「……もしかして、翔也君は今、記憶喪失《そうしつ》……とか……？」

と、心配になって尋ねた。壮年の男性が堂々と、椅子に腰を下ろす。

「山崎さん……でしたね。今日は、お手伝いさんの面接で、ここに来はったんですよね？」

「はい。新聞に載ってた求人ダイヤルから、こちらを……春日小路さんを、紹介して頂きました」

「分かりました。あなたを採用します。今日は面接だけの予定なので、翔也の事も含めて、諸々《もろもろ》の詳しい事は後日、改めてお話しさして下さい。申し遅れましたが、私は春日小路家の当主で、株式会社かすがの社長をさしてもらってます、春日小路道雄《みちお》といいます」

突然の採用の通達に、炉子はまたしても呆然とした。

道雄の早い決断には若い男性も驚いたようで、

「道雄さん、いいんですか？」

と訊いていたが、社長の意見は強いのか、

「構へん。こういう事も期待してたから、今回、求人を出したんや。まさかこんなに、

翔也に関係の深い人が来てくれるとはなぁ……。縁談に間に合ってよかった」

と、言い切られたので、若い男性は素直に頷いて席についた。

「確かに、翔さんの縁談が始まった後で新しい人を、それも女性を雇ったら、色々と勘繰《かんぐ》られる事もあるでしょうしね。こちらの手札は早い段階で、多い方がいいですよね」

「そういう事や。由良《ゆら》、頼んだぞ」

「お任せ下さい。――山崎さん。これからよろしくお願いします。私は、道雄さんの秘書を務めております、由良清也《せいや》と申します」

道雄と、由良と呼ばれた若い男性が小さく頭を下げたので、炉子も深くお辞儀《じぎ》を返す。

直前の二人の会話から出た単語を、思わず訊き返してしまった。

「こちらこそ、よろしくお願いします！　ところで、あの……。今、縁談っておっしゃいました……？」

社長のですか、と控えめに訊くと、翔也が黙って恥ずかしそうに、そっと手を挙げる。

炉子が目を見開く中、道雄が翔也を指して、

「これ、俺の息子で、副社長な。ただいま縁談真っ最中や」

と言ったので、翔也が小さく、

「最中じゃなくて、来週からやろ」

と、肩をすくめていた。

炉子は、先程とはまた違った方向で衝撃を受け、

「えっ、と……。私、春日小路さんに採用されたって事で、いいんですよね……？」

と、とりあえずそれしか、訊けなくなっていた。

それを見た道雄が笑って、

「採用やで？　これから、頑張って働いてや？」

と言い、嘘ではないと示すように、由良に雇用契約の書類を準備させていた。

「あぁ。今、由良に用意はさしてるけど、今すぐに契約する訳じゃないから安心してや。山崎さんは、今日は一旦帰ってもらって、改めて来週にここで、仕事の説明をきちんとさしてもらったうえで、雇用契約を結ばせてもらいます。

お給料も、ほんまはある程度はこっちで額を決めてたんやけど、こっちとしては、もう是非山崎さんに来てもらいたいねん。記憶を失くす前の翔也を知ってる山崎さんは、うちにとっては貴重な人や。君がきっかけで、翔也の記憶が戻るかもしれへん。せやし、お手伝いさんとして、うちで働いてくれるんやったら、山崎さんの提示する月給を出さしてもらうよ。さすがに月一億とかは、ちょっとまぁ無理やけどなぁ」

「あ、ありがとうございます……。よろしくお願いします……」

突然の翔也との再会に加えて、事の運びの目まぐるしさに、炉子は変に緊張し体が強張る。

たまらず翔也を見ると、翔也もまた緊張した面持ちで、よく見れば申し訳なさそうな様子で炉子を気にしていた。

「山崎さん。ごめんな。俺、何も思い出せへんで」

言葉こそ短いが、その優しい声や表情に含まれている、人間的な温かさ。

それを感じた時、炉子は確かに目の前の人が、あの日の翔也なのだと確信した。

（そうや。ほんまに記憶喪失やとしたら、一番辛いんは翔也君のはずやんな。もしかしたら、この採用は……。裳子がくれた縁なんかもしれへん）

だとすれば、自分はこれから少しでも、翔也に恩返しが出来る。

炉子は小さく息を吸って、道雄に向き合った。

「すみません、社長」

「ん？　何？」

「翔也く……。ご子息の事について、少し伺ってもよろしいでしょうか」

「いいよ。息子の事は、名前で呼んでもええよ。いちいち畏《かしこ》まると大変やろ」

「ありがとうございます。翔也さんは、今は、記憶喪失になられていると拝察しますが、社長の事も日常生活の事も、全て、分からなくなっていらっしゃるのですか？」

「いや、そこまでは酷くない。それも含めて、来週にちゃんと説明するけど……。親である俺や、もう亡くなってる母親の珠美《たまみ》、ここにいる由良や、会社の古株《ふるかぶ》の人らの事や、昔の事はちゃんと覚えてる。記憶がないのは六年前の、記憶喪失になった当日の事だけ。要するに、とても限定的な範囲の記憶喪失やねん。せやし翔也は、日常生活も仕事も、別に人の手を借りずに一人でちゃんと出来るよ。今回、お手伝いさんを募集したんは、翔也の身の回りをやってって意味じゃなくて、普通に、最近は商売が忙しくて家の中が疎《おろそ》かになりがちやったし、ほな、誰かに来てもらおうかって話やってん。縁談もあるしな……」

「翔也さんのお体が悪いとか、何かの発作が起こるとか、そういうのは大丈夫なんですか」

「大丈夫なはずやで」

な？　と父親が確かめるのに合わせて、翔也がしっかり頷く。

翔也は、炉子が道雄へあれこれ尋ね始めた本当の意味に、初めから気付いていたらしい。

「山崎さん。俺の事を心配してくれて、ありがとうな。その気持ちが凄く嬉しい。俺自身はめっちゃ元気やから、心配せんでええで。病院も、脳波の定期検査以外は行ってへん」

笑顔を見せる翔也と目が合った瞬間。

炉子は安堵して微笑み、心が満たされていった。

「よかった……。それやったら、私は十分です！　記憶喪失って聞くと、辛いリハビリとか、入院とか、そういうのをされているのかと心配になりましたけど……。お体は何ともなくて、ほんまにほっとしました。とりあえず健康が一番ですしね！」

自分の恩人が多少の記憶喪失を患っていても、元気であればそれでよい。

炉子が仕事内容や翔也の縁談よりも、真っ先に翔也の健康を案じた事を、道雄と由良もこの時気付いたらしい。

「……翔也が、山崎さんに珠美のネックレスをあげたというのは、間違いなさそうやな」

「そうですね。顔立ちは異なっていますが、性格が少し……奥様に似ている気がします」

二人が小さな声で、話し合っていた。


その日は面接だけで終わり、帰宅した炉子は、店の仕込みを行っていた祐司へ春日小路家に採用された事を伝える。

本当は自分の恩人・翔也に再会した事も伝えたかったが、翔也が記憶を失くしているため、まだ心の中にしまっておいた。

「そうか。採用されたんか。よかったな。安全というか、大丈夫そうなところか？」

祐司が尋ねたので、炉子は今日の面接で聞いた範囲の、春日小路家について説明する。

「竹細工や、リメイク和雑貨の制作と販売をやってる会社の社長のお家が、春日小路さんなんやって。本宅は御所東《ごしょひがし》にあって、京都市歴史資料館の近くなんやって。お父さん、場所分かる？　私の住み込みの仕事は、そこになるみたい。来週にもう一度、今日面接した場所に行って、正式に雇用契約を結んで、諸々の説明や賃金の相談をする予定」

「ふうん。そうか。京都市歴史資料館って、京歴の事やろ？　分かる分かる。あの辺かぁ。ええとこやな。――ほんなら今日は、ほんまに面接だけで家に帰してくれたんやな。変なところやと、人材欲しさに適当に説明して、その場で正式な契約も何もかもを済ましてしまう会社もあるけど……。その辺、ちゃんとしてそうやな」

信頼出来そうな会社に娘が雇われたと知って、祐司が安堵する。

「お父さん。これから私、頑張るしな！」

まずは来週、山崎家の引っ越し費用となる額の、給与の前借りが出来るかどうかを頑張って交渉しようと、炉子は意気込んだ。

そして、たとえ記憶を失っていても、六年越しに翔也に会えた幸せを、炉子は噛みしめるのだった。

（裳子、ありがとう。もう一度、翔也君に引き合わせてくれて……）

父を手伝うために、炉子は小紋に着替えて割烹着を着て、長い髪をきゅっとポニーテールに結ぶ。

この翌週に炉子は、京都の陰陽師の一族・春日小路家と、その特異な能力の事や、複数の子会社を持つ京都の実業家としての顔を知らされる。

そして、その跡継《あとつ》ぎであり、得意先などから「光る君」と呼ばれる春日小路家の御曹《おんぞう》司《し》・春日小路翔也の、世にも珍しい縁談についても聞かされるのだった。

第二章　名家の跡継ぎと華麗なる縁談

面接の翌週、炉子は再び烏丸五条の平屋に赴《おもむ》き、株式会社かすがの社長にして春日小路家の現当主・道雄と秘書の由良清也、そして、副社長である翔也との二回目の面談を行った。

株式会社かすがというのは、春日小路家が経営する会社であり、竹細工やリメイク和雑貨の制作・販売が主な事業。

今日は、内定後の面談という位置づけであり、春日小路家について、そして今後の業務についての詳しい説明を聞いた上で、炉子は春日小路家と正式に雇用契約を結ぶ予定になっていた。

面談は、まずは業務の説明から入って順調に進んだ。炉子が従事するのは、春日小路家の本宅に住み込んでの家事手伝い。いわゆるハウスキーパーであり、道雄達の要請によって、竹細工やリメイク和雑貨の販売とその他の雑用、慣れてきたら、制作の補助等も行うという。

つまり雇用契約をした場合、炉子の職業は「春日小路家の住み込み家事手伝い、及び株式会社かすがの従業員」となる。昔ながらの言い方だと「女中」であり、京都の商家で、住み込みで働くという事実を頭の中で読み上げれば、炉子にはまるで大河ドラマの一場面のように思えるのだった。

社長自ら説明した道雄が、顔を上げて炉子を見た。

「仕事の説明は、こんな感じで大丈夫かな？」

「はい。ありがとうございます。本日からよろしくお願いします！」

炉子が気を引き締めて頭を下げると、道雄が笑う。

「まだ、雇用契約は結んでへんで」

「あ、そうでした。すみません！　でも、私の中ではもう、働かせて頂くつもり満々ですので……！」

照れ笑いすると、優しく見守る翔也と目が合う。

当時の記憶が失われていても、翔也の微笑みの美しさと、心根《こころね》の温かさは変わらない。

それをひしひしと感じた炉子は、嬉しさで頰を赤くした。

改めて春日小路家に雇われてよかったと思い、その縁を運んでくれた求人の専用ダイヤルのお爺《じい》さんにさえ、秘かに感謝する。

(私が春日小路さんのとこで働く事で、翔也さんの記憶が戻ったらええな……)

山咲を救うための出稼ぎとは別に、春日小路家で働く意義を炉子は既に見出していた。

業務の説明が一段落すると、雇い主である道雄が炉子に、居《い》ずまいをわずかに正して問う。

「さて、山崎さん。次に、春日小路家《うち》の説明をしたいんやけど……。まず、求人ダイヤルから応募したって事は、山崎さんも霊力持ちの人間という事で間違いないかな？　そのうえで訊くんやけど、山崎さんは、うちの事はどこまで知ってる？　というか、記憶を失くす前の翔也から、何か聞いてる？」

「いえ。何も……。翔也さんと出会った六年前の時は、ほとんど私の話をしていたので……。春日小路さんのお家は、何か特別なお家柄なんですか？」

「まぁ、端的《たんてき》に言うたらそうなるな。となると、ほな、さて……。どっから話したらええかなぁ。うちはちょっと特殊な家柄で、今うちが抱えてる事情も、ちょっと特殊やからなぁ……」

道雄が考えていると、翔也が副社長として、敬語で道雄に進言する。

「全部、話したらいいと思いますよ。それこそ先祖の始めの、平安時代から説明した方が、いっそ分かりやすいと思います」

それを聞いた炉子は、目を丸くする。

驚く炉子をよそに道雄が、

「あぁ、ほな、そっから説明しよか。その流れに沿って、俺や翔也の事、翔也の記憶喪失の事……、翔也の縁談とその他諸々について、一気に説明させてもらうわ」

と決めたので、炉子は目を丸くしたまま、言葉も出ず頷くのだった。

炉子が六年前、雪の夜に出会った青年は、本名を春日《かすが》小路《こうじ》翔也《しょうや》といい、一見《いちげん》さんお断りの紹介制のみで注文を請け負うことで知られる霊力持ちの和雑貨職人の一族・春日小路家の次男だった。

この度、炉子を雇う事に決めた翔也の実父・春日小路道雄が、春日小路家の現当主。面接の日から炉子も聞いていたように、春日小路家が直接経営するリメイク和雑貨の販売店と制作工房を営む「株式会社かすが」の社長でもあった。

翔也は、父と同じく和雑貨職人であると同時に、株式会社かすがの取締役《とりしまりやく》副社長。ゆくゆくは道雄の跡を全て継ぎ、春日小路家の次期当主にして社長となる事が決まっていた。

そんな春日小路家の先祖は、辿れば平安時代の官庁・陰陽寮《おんようりょう》に属した役人だったらしい。

陰陽寮という単語を聞いた瞬間に、炉子は驚いた。

「それって、つまり……。陰陽師って事ですよね？　要するに社長や翔也さんは、京都の陰陽師の末裔《まつえい》なんですか？　吉凶や方角を占ったり、呪術とかを使う、あの陰陽師？」

と尋ねると、

「そうですよ」

と、道雄や翔也の代わりに答えた由良の口角が、誇らしげに上がった。

「広義に捉えて、呪術や占いで生計を立てる者を陰陽師と呼ぶのなら、道雄さんや翔さんも、現代の陰陽師と言えますね。職業欄にもそう書けます。清らかな術が込められた和雑貨を、制作・販売している訳ですから……。かくいう私も、この瞬間こそ人間に化けてはいますが、その正体は、実は道雄さんの式神《しきがみ》なのですよ」

突然、思わぬ真実を知らされた炉子は、それまで丸くしていた瞳をさらに見開きながら由良を見て、身を乗り出してしまう。

「私……。今の今まで、由良さんが人間やと思ってましたけど……？」

「あぁ、そうですか。それは光栄ですねぇ。残念ながら、人ならざるものですよ？　正確に言えば、式神ではなく付喪神《つくもがみ》ですが……。ま、いずれにせよ、道雄さんにお仕えするあやかしであれば、人間に完璧《かんぺき》に化けられなくてどうしますかって話ですよ。現当主にして私の主《あるじ》である道雄さんは、京都の陰陽師・春日小路一族で最上の人格と実力を備えており、かの安倍晴明《あべのせいめい》や賀茂《かも》氏にも劣らぬ……」

由良がまくしたてて称賛《しょうさん》するのを、道雄が愉快《ゆかい》そうに笑う。

翔也が慣れたように由良の話を遮り、炉子に補足してくれた。

「ごめんな、由良が話を脱線さしてもうて。――先祖が陰陽師っていうのは、聞けば凄いと思うけど、実際には家に伝わってるだけの話やし、その辺の歴史は、実ははっきりしてる訳じゃない。うちの本宅近くの、京都市歴史資料館の調査員さん達が一度、昔の史料を調べてくれはった事があんねんけど……。さすがに、平安時代の史料には、当時の春日小路の名前は見当たらへんかったわ。つまり、春日小路《うち》家はそんな程度の家なんやで。安倍氏や賀茂氏の名前は、もちろん平安時代の史料でもすぐ見つかるけどな」

説明する翔也の横で、道雄本人も、

「由良が褒めてくれんのは嬉しいけど、まぁ普通に考えて、俺よりも絶対、晴明様や賀茂氏の方が圧倒的に上やわなぁ。俺がその二人より上やぞー、なんて言うたら、京都の皆様からどつかれるわ。地位はもちろん、陰陽師としての実力も、そら、向こうさんの方が上やわなぁ」

と、断言する。

二人から否定されてしまった由良は落ち込むかと思いきや、

「いやぁー、さすがは道雄さんです。その謙虚《けんきょ》なお心は本当に、全世界が見習うべきですね」

と、かえって心酔している。由良が従者として、いかに主の道雄を崇《あが》めているかがよく分かった。

安倍氏や賀茂氏には到底及ばずとも、春日小路という家が現在まで生き残るには、やはり何かしらの秀でた能力があったからこそ。

それが、平安京の陰陽師時代から先祖代々伝わっているという、春日小路の血筋《ちすじ》特有の、ある特殊な能力。

道雄はもちろん翔也にも宿っているというその力は、「物事を封じる」というものだった。

「封じる力……？　怨霊《おんりょう》とか、悪いものをですか？」

「あえて言うなら全てですね」

炉子の問いに、由良が再び誇らしげに言った。

「本人の実力にもよりますが、『何でも封じる』事が出来ます。ただ怨霊等は、向こうも抵抗しますし、春日小路家はあくまで『封じる』だけなので、戦いの能力そのものは高くないんです。京都府警のあやかし課とか、専門の方々に任せた方がよっぽど安心です。でも道雄さんは別格ですよ。それも後でお話ししましょう」

「あ、はい。よろしくお願いします」

道雄さん自慢に飽《あ》きてきたという、炉子の気持ちが漏《も》れ出たらしい。由良本人は気づかなかったが、翔也がこっそり笑っていた。

この話の流れに乗った炉子が、

「由良さんは、社長の何の付喪神なんですか？」

と尋ねるも、由良は自分で言ったにもかかわらず「忠臣《ちゅうしん》と呼んでほしいですね」と訂正した。

翔也が横から、

「ごめんな。由良は父さんの事が大好きで、心から忠誠を誓《ちか》ってる奴やから、いつもこうやねん。面倒やんな」

と、炉子に小さく笑いかけると、由良がさらに横から、

「面倒で結構ですよ？　道雄さんが最高なのは事実なんですから。私は、川辺の野良《のら》の化け物から心機一転、道雄さんにお仕えして本当によかったと毎日思ってますよ。それも全ては、道雄さんのお人柄故です」

と胸を張ったので、道雄が「ありがとう。俺も毎日感謝してるよー」と、慣れたように棒読みに言い、気さくに笑っていた。

結局、由良が何の付喪神なのかは聞けなかったが、由良のこの真っ直ぐさについては、炉子は面倒に思うどころかかえって好感を持った。炉子へさりげなくフォローする翔也はもちろん、これらの空気を全て笑顔で包む道雄まで、炉子の目には自然な人格者に映る。

一連の会話だけで、今の翔也が、記憶喪失ではあっても暗い人間にはなっていない事や、道雄や由良との家族関係が極《きわ》めて良好な事が伝わってくる。

どんなに特殊な家だとしても、同じ京都に住む者として感じ取れる庶民的な温かさが、春日小路家にはあった。

（よかった。翔也さんが、幸せに暮らしてて。霊力持ちの凄い家やと、複雑な事情があるとかそんなイメージがあったから……）

心の底から、炉子はほっとした。

とにもかくにも、平安時代の陰陽師だったという春日小路家の先祖は、室町《むろまち》時代になると、朝廷の制度が崩れた影響で民間の陰陽師として生計を立てていたらしい。

その際、現在の丸太町通《まるたまちどお》り、すなわち旧名で春日小路の辺りに住んだ事から「春日小路」と名乗ったのだった。

やがて春日小路家は、自分達の秀でた血脈と術を使って特殊な竹細工を制作して売るようになり、中世からの民間の陰陽師という立場は保ちつつ、商人として新たに出発したと由良は言う。

「それが、寛永《かんえい》の頃。要するに、徳川家光《とくがわいえみつ》の時代ですね。この時の商売が、今の道雄さんや翔さんの代まで続いているという訳です」

ここまでの春日小路家の歴史の話は、まだ江戸時代。

炉子が家の歴史の長さに感心し、

「やっぱり陰陽師の一族って、今でも凄い家なんですね……！」

と呟くと、翔也が照れ臭そうに肩をすくめた。

「厳密には由良の言う通り、陰陽師で合ってるんかもしれんけど……。春日小路家の実際の仕事は、竹細工やリメイク和雑貨を作って売るのが本業で、プラスで別の事業もやってる、ビジネスマンみたいなもんやで」

その言葉に、由良も「そうですね」と同意して、

「春日小路家の歴史は、商人になる前までの陰陽師時代と、商人となってから現在まで

の商人、及び実業家時代……。この二つに分けて、考えるといいかもしれませんね。その境目が、寛永の頃という訳です」

と話したので、炉子は思わず、

「実業家？」

という単語に注目した。

「はい。今の春日小路家は、本業である和雑貨制作・販売の他に、三つの会社を傘下《さんか》に持つオーナー企業でもあるんです。つい先ほど、翔さんが言った『プラスで別の事業』というのが、それですよ」

「オーナー？　……三つ⁉」

「はい。ただ三つとも、そんなに大きい会社ではありませんよ。一つは、東京に本部を置くホテルチェーンですが、京都にあるあとの二つの方は、会社というよりは、昔ながらの店と呼んだ方が正しいでしょう。京都の観光ガイドの会社と、装束《しょうぞく》を含む神具店です」

たとえどんなに小さくても、一社でも一店でも、傘下の会社を持つ企業となれば、京都では大きな存在である。

ちなみに、と由良が言い、

「今回、その春日小路家の次期当主たる翔さんが縁談を行うのは、先週の面接でもお話ししましたよね。そのお相手が、三つの子会社と得意先の令嬢《れいじょう》たちです」

と、付け加える。

その瞬間、炉子は翔也がお見合いをするという事実を思い出し、言葉が出なくなった。

(そうやった……。翔也さんは、近いうちに結婚するんや……)

相手は自分みたいな一般人ではなく、家柄が確かなご令嬢。

当然だと思いつつどこか寂しくなった気持ちを、炉子は身分違いだとして打ち消した。

炉子とは対照的に、縁談の話題になった途端、道雄と翔也、そして由良本人さえも、かすかに表情を険しくしている。

炉子が戸惑うと、道雄がすぐに笑顔となり、

「あぁ、気にせんといてな。こっちの話やし。……いや、後で詳しく話すわ。とりあえず、今は説明を続けて、雇用契約まで行こか。この件は、雇用契約の直前で話すわ」

と言ったので、炉子はまだ何も分からないまま、頷くしかない。

翔也が、

「大丈夫。ごめんな」

と、炉子の戸惑いを埋めるように謝ってくれたので、今度は信じるという意味で、炉子はもう一度翔也に頷いた。

春日小路家は、江戸時代以降になると、過去帳に当時の先祖の名前も見えるようになり、京都市歴史資料館などが所蔵している京都の町の史料からも、その名が見つかるようになるらしい。

江戸から明治、大正、昭和、平成、令和となって今日まで、春日小路家はそれぞれの時代の波に揉まれながらも商売を安定させ、経営範囲を拡大していった。

その結果、由良が話した通り、今では本業の製造・小売の他に、複数の会社のオーナーという一面も持つようになり、春日小路家の屋号、そしてオーナー企業としての名前「株式会社かすが」を看板に掲げて現在の道雄の代まで続き、豪商《ごうしょう》として今日に至っているのだった。

現当主である道雄はもちろん、翔也も春日小路家の封じる力に加えて、竹細工や和雑貨を作る職人としての腕も持っている。

翔也は副社長として立派に父親を補佐し、日々、会社を盛り立てているのだった。

「……春日小路さんと翔也さんって……そんな凄い存在やったんや……」

一通り説明を聞き終えた炉子は、知れば知る程、同じ京都の人間なのに、相手が殿上《てんじょう》人《びと》のように感じて呆然とする。

春日小路家は、結論から言えば京都の特殊な陰陽師の家にして経営者一族という、いわゆる名家である。

翔也は、その顔立ちのよさから従業員達や得意先から「光る君」と呼ばれ、分家や他の役員達も既に次期当主として認めている、春日小路家の正統な跡継ぎなのだった。

翔也や春日小路家の説明が終わった事で、今度は炉子が話す側となる。

道雄や由良に請《こ》われる形で、炉子が翔也と出会った六年前の雪の夜の事をつぶさに話すと、道雄や由良はもちろん、翔也も炉子の話にじっくり耳を傾け、特に裳子について、翔也は酷く心を痛めていた。

「山崎さんは、辛い思いをしたんやな……。裳子ちゃんが今も元気でいる事を、俺も心から祈ってる」

今の翔也もそう言って、話し終えた炉子を慰めてくれる。

それが炉子にとっては何よりも嬉しく、六年前と違って今度は涙の一つも流さずに、静かに翔也に微笑んだ。

「記憶を失くす前の翔也さんも、同じような事を言って、あの日の私を励ましてくれました。最後まで、あの日の翔也さんは優しかったです。あの時は本当に、ありがとうございました」

「いや、今の俺は、何もしてへんし……」

「そんな事ないです。翔也さんは翔也さんです。ついさっきだって、裳子の元気を祈ってくれたじゃないですか。今のお礼は、それも含めたお礼です」

「そうか。ありがとう。そう言ってもらえて安心したわ。俺の人格そのものは、変わってへんみたいやな」

「はい。それは、私が保証します」

炉子が微笑むと、翔也も微笑む。

横で見ていた道雄や由良も微笑み、改めて炉子が、記憶喪失の翔也にとって重要な人物になりえると知って満足していた。

この後、炉子と道雄は正式な雇用契約を結ぶはずだったが、炉子の存在の重要性を確信したらしい道雄が、一度待ったをかけて考え込む。

「……翔也。一つ、提案があんねんけどな」

と、低い声で、自らの息子に話しかけた。

「今日この後、お前の縁談の、初顔合わせがあるやろ。それに、山崎さんを連れて行きたいなと思うんやけど……。どうや」

炉子と由良は、思わず互いの顔を見合わせる。

問われた翔也は冷静に、

「……山崎さんを連れてく、その意味は？」

と、父親に問い返すと、道雄は泰然《たいぜん》として、

「そら当然、第一にはお前の記憶を少しでも早く戻すためやわな。山崎さんと、今回の縁談相手達を一緒の場にいさせれば、お前の脳が刺激されて何かを思い出すかもしれんやろ」

もちろん無理強いはせえへんけど、と息子の体を確かに気遣う道雄を見て、今度は翔也が考え込み、

「……山崎さんの気持ちを聞きたい。事情を全部知ってくれた山崎さんの意思が、第一や」

と、はっきり告げる。

「ふん。まぁ、そらそうやな」

道雄もあっさり翔也に同意し、道雄、由良、そして翔也の三人が、炉子を見た。

翔也の縁談には何かがあるらしいが、炉子だけが何も分からない。

「あの……。翔也さんの縁談に何かあるんですか……？　私、それ、行く必要あるんですか……？」

おずおずと尋ねる炉子に、社長として、そして現当主として、道雄が答えた。

「その前にまず、山崎さんに確認したい事があって……。君が翔也に出会った『雪の夜』は、いつ、何時頃やったか覚えてるか？」

「はい。六年前で……」

炉子がその日付と時間を伝えると、道雄はうんうんと頷いて、

「やっぱり、一致してるな。結論からいうと、その日の夜に、翔也は記憶喪失になったんや」

と話したので、炉子は衝撃のあまり言葉が出なくなった。

「面接の時から何度も話題に出てる翔也の記憶喪失。それは、今の山崎さんの話から察するに、翔也が山崎さんと会った後の事やねん。山崎さんは確か、別れ際の翔也が何か

を警戒《けいかい》してたって言うたな？」

「はい……。私は全く感じませんでしたけど、あの時突然、何かに気付いたように……」

答えていくうちに、炉子は直感する。

あの日の去り際の翔也の焦り様は、尋常《じんじょう》ではなかった。まるで何者かに襲われるのを警戒しているようだった。

「翔也さんは、もしかして……。その『何か』に……ですか？」

炉子がそれだけの言葉で訊くと、

「話が早いと助かるわ」

と、道雄が低い声で言った。

「翔也は山崎さんと別れた後、何者かに襲われて記憶を失ったらしいねん。あの日の夜、翔也がいつまでも帰ってこうへんから由良が探しに出たら、倒れてた翔也を発見した。場所は、東山の道端《みちばた》。哲学の道辺りやと思ってくれたらええわ。もちろん、由良がすぐに救急車を呼んで翔也は病院に運ばれたけど、幸い命に別状はなかった。せやけど代わりに、その日の出来事の一切の記憶を失っていた。それが六年経った今でも治らず、犯人も見つからず、今に至ってる訳や」

「それで今の翔也さんは、私の事を覚えてはらへんかったんですね……」

翔也を保護した当時の道雄や由良達は、ただちに京都府警へ被害届を出し、府警の専門の隊員達も懸命に捜査してくれたという。

しかし見つかった手掛かりは極めて少なく、その後も何の被害も出ていない事から、翔也が襲撃されたこの事件は未だ膠着《こうちやく》状態だった。

春日小路家は、陰陽師という家柄やその隆盛等から、どうしても外部から恨みを持たれる事があるという。

単なる人間の、小売業やお祓《はら》い業者といった霊力持ちの商売敵のみならず、春日小路家の栄華《えいが》を勝手に妬《ねた》んだ、春日小路家とは何の関係もない怨霊や生霊《いきりよう》の類が絡んできた前例もあるとの事だった。

由良が困ったように、ため息をついていた。

「歴史ある、それも裕福な家の宿命だと言われればそれまでなんですけどね……。そういう者どもから、道雄さんや翔さんが嫌がらせを受けたり襲われた事は、実は一度や二度ではないのです。商売敵の一家が総出で山伏《やまぶし》に呪いを頼んでいた、という事もありました。幸い、未遂に終わりましたけどね。

だからこそ、私という忠臣がいるのですよ。私は表向きはかすがの一社員であり、『由良清也』という人間として活動していますが、実際は道雄さんの第一の付喪神として、現当主と次期当主をお守りしています。それが、私の本当の役目です。翔さんが襲われたあの日、私は道雄さんの傍にいました。ゆえに、道雄さんはかすり傷一つありませんでしたが……。あの日を思い出すと、今でもなぜ自分は分身の術が使えないのかと臍《ほぞ》を噛む思いですね……。

もし翔さんを襲った犯人が怨霊の類で、翔さんを襲った事で満足してその場で成仏《じょうぶつ》したというのが事件の真相だとしたら、警察が捜査しても、手掛かりがほとんど見つからない事に納得がいきます。そして、もう捕まえようがありません。捜査して下さった京都府警の方も、そういう真相の可能性もあると一応は指摘していましたが……」

そうじゃないと、俺は思ってる。

低い声で断言したのは、道雄だった。

「山崎さんと会ってた当時の翔也が、急に警戒して、慌てて山崎さんの元を去ったんも、山崎さんや神仏を巻き添えにするのを避けるためやったと思う。きっと、当時の翔也は気づいたんや。誰かが自分を襲うために、自分の後を追ってきたんやって事をな。せやし、急に警戒して慌てた。これは確かに、犯人が悪質な地縛霊《じばくれい》でも説明はつくけど、きちんと翔也を狙っての事やろうなというのが俺の勘や。あくまで勘やけどな。せやけど俺は、この商売で培った自分の勘を信用してる。

で、ここからが肝心なんやけど……。その翔也を襲った犯人が、今から顔合わせをする縁談の相手やと思うねん」

その言葉に炉子は耳を疑い、

「襲った犯人とお見合いするんですか⁉」

と叫んでしまうと、道雄達三人が同時に頷き、すぐに道雄が、

「正確には、『縁談相手の中の誰か』やで」

と補足した。

「誰か……？　お見合いの相手って、一人じゃないんですか？」

翔也の縁談先は、四つあるという。確かに由良も先程の説明で、

（縁談を行う事になっているのは、先週の面接でもお話ししましたよね。そのお相手が、三つの子会社と、得意先の令嬢たちです）

と言っていたのを、炉子は思い出した。

一件が破れたら次へという流れ作業ではなく、その四家と同時にお見合いし、春日小路の分家や株式会社かすがの役員、相手先四家の合議や審査の果てに、翔也の伴侶《はんりょ》が決まるらしい。

つまりこれから行われる翔也の縁談は、お見合いや縁談というよりは、グループ会社全体で行われる次期総帥《そうすい》の花嫁選びだった。

春日小路家だけの話ではないが、特に商売の家の、次期当主の結婚相手が決まるという事は、場合によっては経営方針にも影響する。当主の妻が周囲と諍《いさか》いを起こし、あるいは、そこまでいかずともそりが合わなければ、それによって優秀な社員が辞めてしまったり、商品やサービスの質が変わったり、最悪の場合、会社そのものがなくなってしまう話は決して珍しい事ではない。それは炉子にとっても、比較的身近な話だった。

道雄が、ふと小さく息をついた。

「社長の嫁さんは、会社の未来を左右する存在やからな」

「それ、私も少し理解出来ます。うちの店に来るお客さんの話とかで、そういう話題もよく出たりするので……。息子さんがお店を継いで結婚した後、その奥さんと義理の両親の仲が悪かったとかで、最後には閉店した居酒屋さんとか、従業員が皆辞めて別の店に移ったとか……。社長も、業界のそういうお話はよくお聞きになるんですか？」

「もちろん。聞く聞く。あの業界この業界で、四方八方から聞くで。何やったら、株式会社かすが《う ち》が間に入って仲裁した事もあるしな。まぁ、商売に限らずどこの世界もそういう話はまぁあるわなぁ」

そのため、春日小路家の次期当主の縁談は、本家だけでなく、分家や傘下の会社を担う経営者の意見をも、円滑《えんかつ》なビジネスのためには汲まざるを得ないという。

そんな訳で、縁談は本人の意思の他に現当主や分家、傘下の経営者達による合議をはじめ、長年の繰り返しによってある程度の規則や暗黙の了解、行事等が加わって、現在はかなり変わったやり方になっているという。

それが、通称「春日小路家の縁談」。京都の普通の人達はもちろん、あやかしや霊力持ちの世界でも、特に珍しい方式の縁談らしかった。

「なる……ほど……。それで、今から行く翔也さんの縁談の顔合わせは、四つの家の人と、いっぺんにやるんですね」

炉子の問いに、道雄が頷く。

「そう。そしてその四つの家の中に、翔也を襲った犯人、およびその一族がいる可能性が高い。そもそも翔也は、春日小路家の次期総帥に相応《ふさわ》しい、高い霊力を持ってる人間や。その翔也が記憶を失ったとなると……。これは相当な強者《つわもの》や。春日小路家《うち》の関係者である可能性が極めて高い。

翔也が襲われた後、俺達は自分達でも犯人探しを試みた。せやけど、警察でも難しい事を俺らが出来る訳はないわな。それでも模索した結果、俺らの行き着いた妙案が……今回の翔也の縁談っちゅう訳や。

春日小路家の縁談は、数年前から周囲に声をかけて参加者を募《つの》るんが通例や。もちろん今回もな。もし、犯人が今でも存在して、警察の捜査や俺らに阻《はば》まれつつも翔也を狙っているのであれば……。犯人にとって、この縁談は翔也に接近する絶好のチャンス。せやし俺らは、今回の縁談の参加者である四家の中に、犯人がいると思てんねん。あくまで、その可能性が高いっちゅう話やけどな。

もしこれが当たってるとしたら、さぞかし犯人達は今回の縁談を、再び翔也に手をかける事の出来るええ機会やと思とるやろな。でもまぁ、それはこっちも同じや」

話していくうちに、飄々《ひょうひょう》としていた道雄の顔つきが、獣のように鋭くなる。

「縁談を通して、向こうから寄ってくるなら好都合。今回の翔也の縁談は……単なる跡取りの縁談だけじゃない。栄華を誇る春日小路家に、反乱の矢を射んとしている者を見つけ出し排除するという、春日小路家の一大行事や」

道雄の言葉に、炉子は思わず身震《みぶる》いした。

縁談相手の中に、翔也を狙っている者がいる。春日小路家はそれを逆手に取って、あえて縁談によって敵を炙《あぶ》り出し、倒そうとしている。

翔也も、道雄の考えやこの策に合意しているらしく、しっかり頷いていた。

その様子から、親子の結束や名家・春日小路家の威信が、まっすぐ炉子に伝わってくる。

「あの、私は……。春日小路家の、本宅の家事手伝いが主な業務内容となってますけど……。伺ったご説明には、その他の雑用もとありましたよね。もしかして、その他の雑用って、この縁談での役目も入ってますか？」

炉子の問いに、

「やっぱり、山崎さんは理解力がええなぁ。助かるわ」

と、道雄が感心する。

「山崎さんの主な業務は、最初に説明した通り、第一には本家本宅の家事。第二に、株式会社かすがの販売補助や、制作の補助。それに付随して『その他の雑用』にあたるのが……。今回の、翔也の縁談における手伝い。正確に言えば、由良と共に、翔也の付き人をやってもらいたい」

「つ、付き人？」

「翔也の一時的な付喪神となり、翔也の護衛を担うのが由良。翔也の身の回りや、縁談相手との交流におけるサポートをするのが山崎さん。そういう風にしてほしいと、俺は思ってる。記憶を失う前の翔也を知る人間が、少しでも長く翔也のそばにいた方が、早く記憶が戻って事件解決に繋がるかもしれへんやろ？　俺はそのために山崎さんを雇ったんやで」

思わぬ仕事内容に炉子は驚いたが、雇い主の道雄が言うのならば、それは決定である。

ただ、社長の決定がなくとも炉子は既に働く意思を決めていたので、

「翔也さんのご記憶の回復や、問題解決のお手伝いが出来るなら……。頑張ります！」

と宣言して、自分を奮い立たせる。

「ほな……。縁談に関する説明もした事やし、正式に雇用契約を結ばせてもらおうかな」

「はい。よろしくお願いします」

このやり取りを以《もっ》て、炉子は正式に雇用契約を結んだ。

炉子が翔也の記憶の次に気にしていた給与の件も、かなりの額を前借り出来る事になったので、炉子は貸してくれる道雄達に心から感謝して頭を下げた。

そうして春日小路家の新しい女中にして従業員となった炉子は、午後に行われるという翔也の縁談の初顔合わせに、道雄と翔也、由良に続いて同行する事となった。

高台寺《こうだいじ》の塔頭《たっちゅう》・圓徳院《えんとくいん》の近くにあるという貸衣装店「Kyoto Hisyo」に連れて来られた炉子は、道雄や由良の手配で、黄緑の色無地《いろむじ》を用意してもらう。着付けが出来る自分

の知識と、着付け専門のスタッフの手を借りて、今日着ていたリクルートスーツから、初顔合わせの会場に相応しいような色無地に着替えさせてもらった。

着付けの最中に炉子が、

「春日小路さんって、このお店をよく使わはるんですか？」

と何気なくスタッフに尋ねると、

「そうですねー。うちの店と、よくお仕事をさせて頂いてる京都のホテルがあるんですけど、そのホテルのオーナーさんが、春日小路さんなんですよ」

という答えが返ってきたので、改めて春日小路家の存在の大きさに驚く。

着替えた色無地の姿を、道雄、由良、そして翔也に見てもらうと、

「おう。似合うなぁ」

「いい感じですね」

と、褒めてくれた道雄や由良に少しだけ遅れて、

「……似合ってるよ」

と、翔也も言ってくれた。

しかしその言い方に、何か引っかかりを感じた炉子が、

「あの、何か気になるところでもありました？」

と翔也に尋ねると、翔也自身もよく分からないのか首を傾げて、

「似合ってるのは、ほんまなんやけど……。何か、こう。何でやろ。何か、少し足りひ

ん気がすんねん」

と悩んでいた。

最初は炉子も分からなかったが、やがて着物を見る翔也の眼差しにぴんとくる。

「もしかして……。足りひんものって、これですか？」

懐に入れていたお守りのネックレスを出すと、翔也の目がぱっと輝いた。

「そうや。これや。母さんのネックレスじゃなくて、ここに結んである梅の方」

翔也が指さしたのは、炉子の掌に載っている、ネックレスに付いた梅の花の根付。

あの雪の夜を思い出した炉子は、翔也が何を求めていたのかを理解した。

「あの時の私、梅柄の着物を着てましたもんね！　翔也さんはそれを思い出さはったから、色無地では足りひんって思わはったんですね」

喜ぶと、翔也も嬉しそうな笑みを浮かべた。

「多分、そうやと思う。まだ記憶はちゃんと戻ってないけど、山崎さんと梅の花に、強い何かを感じんねん」

「翔也さんは、梅の花がお好きなんですよね」

「うん。あの日の俺は、山崎さんにその話をしたんやな」

「はい。それで私は、この梅の根付を、翔也さんがくれたネックレスに付けたんです」

「そうやったんか。あぁ、それで俺は、先週山崎さんを見た時、無意識に『梅の花』って言うてたんやな……」

翔也が懸命に思い出そうとするのを、炉子は咄嗟に止める。

「あんまり、無理しない方がいいんじゃないですか。変に思い出そうとして、頭が痛くなったら大変ですよ」

「そうやな。ありがとう、山崎さん」

翔也が頑張って少しでも早く、自分の記憶を取り戻そうとする姿勢は好ましい。しかし、炉子は決してそれを望んではいなかった。

今の炉子にとっては、あの日の翔也が今の翔也であれば、それで十分なのである。

「それで、翔也さん。やっぱり梅の柄の方がいいですか？」

「いや。そのままでええよ。その色無地も十分似合ってるし、何より梅柄は、今やとちょっと季節外れかもしれんしな」

話す翔也は朗らかであり、着物姿を褒められた炉子はほんのり頰を赤らめる。

ほんの一瞬ときめいてしまった炉子だったが、あくまで自分は春日小路家に今日雇われた者で、翔也はその若旦那なのだと思い出す。

そして、今からさらに移動する先は、翔也の縁談の初顔合わせの会場である。

（身分違い、身分違い）

と、呪文のように心の中で唱えながら、炉子は平常心を保った。

その後、炉子達一行は由良の運転するフォルクスワーゲンに乗って、翔也の縁談の初顔合わせの会場だという、道雄が常連の料亭まで移動した。

辿り着いた料亭は八坂《やさか》神社のすぐ南にあり、それこそ、一流芸能人や玄人《くろうと》しか知らないような、目立たぬ路地沿いにある、目立たぬ佇《たたず》まい。

二階建てで決して大きくはないが、塀から見える木は青々と葉が茂って手入れがよくなされている。周辺は綺麗に清められ、塀には汚れ一つなく、塵《ちり》一つさえ落ちていなかった。

飾らずとも、全てが上質と分かるその料亭の門を、車から降り駐車場から歩いてきた炉子達四人がくぐる。

玄関に入る前から、料亭の支配人や小紋を着た従業員が丁寧に炉子達を案内し、中に入ると、スーツをきっちり着こなした細身の中年男性が一人、三和土《たたき》に立っていた。

「おぉ、円《えん》さん」

道雄がにこやかな顔を見せ、

「山崎さん。この人が、かすがの役員の一人の、円さんやで。円地《えんち》さんな」

と、円地茂《しげる》の背中を押しながら炉子に紹介してくれた。

「初めまして、山崎さん。株式会社かすがの取締役で、大番頭やらしてもらってます、円地と申します。今風で言うなら、総務部の部長ですね。これからどうぞ、よろしくお願いします」

この円地が、初顔合わせの進行役だという。

料亭の支配人の話によれば、他の四家は既に奥座敷で待っているらしく、

「まぁ、そら、うちより遅れる人はいないでしょうしねぇ」

と、呟いた円地の笑顔を見た瞬間、炉子は、奥座敷で待つ四家のうち三つを支配し、残り一家も、相手の方が得意先なのに立場は上であるらしいオーナー会社・春日小路家の威勢がいかに強いかを、一瞬にして悟ったのだった。

その時ふと、炉子が視線を感じて顔を上げると、こちらに振り向いていた翔也と目が合う。

「山崎さん、大丈夫か。いきなりこんなとこ来て、びっくりするやろ」

翔也なりに気遣っているらしい。炉子の心の中に、小さな嬉しさの花がぽんと咲く。

「大丈夫です。ありがとうございます。まあ、確かに、こんな料亭とか初めて来るんで、実はめっちゃびっくりしてますけど……。翔也さんは、やっぱり平気なんですか？ 緊張しません？」

社長の跡取りやし、こういう場所は慣れてるよなぁと炉子が思っていると、

「そら、緊張するよ。俺の縁談なんやで」

と、微かに笑って肩をすくめた。その純朴《じゅんぼく》さに炉子がまず笑って、続いて、翔也も笑顔を見せて、二人で緊張を共有する。それがあまりにも自然だったので、気が付けば炉子の緊張はほぐれていた。

少し長い廊下を歩き、曲がり、奥座敷へと続く襖《ふすま》の前に立つと、円地がすっと前に出る。様子を窺うようにほんのわずかに襖を開けると、そこから中が見えた。

てっきり完全な和室だと思っていた奥座敷には、正座がしづらい人への配慮《はいりょ》と思われる上質な黒いテーブルや椅子が、何十畳もある畳の上に並んでいる。そこに、四家の面々と思われる十数人が、既に着席して待っていた。

その人達はまだ、襖の向こうに春日小路家が到着していると気付いていない。

円地の後ろから中を垣間見た炉子は、その華やかさに思わず息を飲み、目を見開いてしまった。

（……凄い……！　ドラマの世界みたい……！）

木製の窓から見える純和風の中庭を背に、テーブルについて春日小路家を待つ、株式会社かすがの傘下や得意先の人達。

全員が、京都・八坂の料亭で行われる縁談に相応しい服装と顔立ち、そして何より、オーラとも言える雰囲気を湛《たた》えていた。

大衆食堂の娘であり、庶民である炉子だからこそ、一目で分かる。

人を雇う側、そして、人を統率する側の人間である「殿上人」達が、そこにいた。

四家の顔ぶれは、それぞれの両親にして経営者と見える、黒や紺色のスーツをかっちり着た壮年の男性達や、控えめでも上品な訪問着を着こなす円熟の年代の女性達。今日の主役の、翔也の縁談相手らしい若い娘達は、振袖やワンピース姿で華やかだった。

ある娘は桃色の京友禅《きょうゆうぜん》の振袖で可愛らしく、ある娘は空色の絞り染めの振袖を纏《まと》って淑《しと》やかである。クリーム色のシンプルなワンピース姿の娘は、こういう場があまり好きではないのか、無表情で俯《うつむ》きがちだった。

一流の美容師によるものなのか、三人とも結い上げた髪型や化粧にも隙がなく、花さえ霞《かす》む美しさ。桃色の振袖の可愛らしい子の隣に座っている最後の一人は、振袖ではなく色留袖《いろとめそで》を着ているが、彼女も他の三人に負けない程の存在感で、猫のような顔立ちに鈴張りの目が特徴的だった。

他にも、縁談の当人達の兄弟あるいは親戚《しんせき》や、傘下の会社の役員なのか若い男性も何人か着席している。

（縁談相手はもちろん、どの人も皆綺麗……）

炉子がうっかり、映画の撮影現場に来たのかと錯覚するには、十分すぎる光景だった。

直後に炉子が驚いたのは、この四家の面々に加えて、明らかに中学生くらいのスーツ姿の少年が、同じくスーツ姿の長髪を束ねた青年の横に座っている事と、その向かいの席の下に、ワンピースの娘に寄り添うように立派な牡鹿《おじか》が優雅《ゆうが》に伏せている事だった。

その奇妙さに戸惑った炉子だったが、やがて、彼らが人間ではない事を気配から察する。

（子供と……鹿……？　あ、でも、人間じゃないなら、もしかして……）

炉子が視線を変えると、いつの間に変化したのか、頭だけが狐になっている由良とばっちり目が合った。

「ゆ、由良さん⁉　その姿……⁉　ほな、やっぱり由良さんは人間じゃなくて、ほんで、

「ええ、そうですよ。私は人間ではなく道雄さんの付喪神だと、何度も言ってるじゃないですか。この狐の姿が、私のもう一つの姿です。我が春日小路家だけでなく、あの四家の人達も実はほとんどが霊力持ちで、それぞれ自分の付喪神を所有しているのですよ。ですから、誰も驚きやしません……。

　春日小路家の縁談では、相手の方々は自分の付喪神の同伴が必須です。こちら側は、その質を見極める必要もありますからね。ですからお察しの通り、あの少年や牡鹿も、四家の人達に仕える付喪神という訳です。人間や動物に化けているんですよ。

　少年の方は、松尾《まつお》家の跡取りの付喪神で、私も面識があります。春日小路と松尾家は、特に仲がいいですからね。鹿の方は……ちょっと、初めて見ますね。今いる位置からして、中村《なかむら》家のお嬢様の付喪神だとは思いますが……。この場で鹿とは。人間には化けないんでしょうかねぇ……」

　四家のうちの二つと思われる家名や事情を出して、まったり話す由良。スーツを着て、二足歩行の狐の姿はまさに百鬼夜行《ひゃっきやこう》。あるいは、鳥獣戯画《ちょうじゅうぎが》のような光景を前にした炉子は、再び呆然として、ただただ由良を見上げるだけ。

「しょ、翔也さんは、由良さんのこれ、知ってました……？」

　炉子は思わず翔也に尋ねたが、

「うん。俺、記憶を失くしてるのは襲われた日の事だけやし、由良の事はよう知っとるよ。由良は小さい頃からの、俺のお世話係も兼任《けんにん》してたから……。今は人間みたいに歩いてるけど、由良は、ほんまのでかい狐にもなれて、背中に乗してもらった事もあんねん」

と、平然と答えて由良と微笑み合っていた。

「そ、そうなんですね……」

獣の狐とそれに跨《また》る翔也を想像すると、途端にその翔也は狩衣《かりぎぬ》姿となり、後光が射す麗《うるわ》しい陰陽師となる。

そんな妄想《もうそう》と同時に、炉子は狐の連想から裳子を思い出した。

（裳子がもし、大きくなってたら……。今頃は私も、裳子の背中に乗ってたりするんかなぁ）

そうこうしているうちに、円地が道雄に、

「ほな、社長。今日いらっしゃる四家の方々は全員揃ってるみたいなので、先行きますね」

と声をかけ、道雄が頷く。

円地はそのまま、炉子達に先立って襖を開けて奥座敷へ入り、

「失礼します。皆様、大変お世話になっております。社長と子息が到着しました」

と、よく通る声で四家の面々に通達した。

その瞬間、座っていた四家の全員が一斉《いっせい》に立ち上がり、それはまさしく、座ったまま

オーナーを迎えるのは失礼にあたるという、目下の者の完璧な礼儀だった。

さながら体育会系の空気の中を、先触れを務めた円地と由良に先導させる道雄が、悠々と開かれた襖を抜けて奥座敷に入っていく。

するとまた、その瞬間に四家の面々が一斉に、

「お世話になっております！」

「お疲れ様です！」

と、まるで大合唱のように綺麗に挨拶し、各家の両親達はもとより娘達も、きっちり頭を下げていた。

その声や、お辞儀の時の衣擦れの音が、廊下で待機する炉子の耳にも届く。奥座敷の様子は、まるで帝とそれを迎える臣下達であり、炉子と一緒に中を垣間見た料亭の従業員達も、圧倒されて言葉を失っていた。

炉子はこの時点でまたしても、自分がいかに凄い家に雇われたのかと衝撃を受ける。すっかり空気に呑まれてしまった。

奥座敷に入った道雄は、当たり前のように四家の面々に取り巻かれて案内され、上座《かみざ》に腰を下ろしている。

その隣に、道雄の付喪神として、狐の由良も席に着く。続いて座敷に入った翔也ももちろん、まるで皇太子と呼ばれるほどの勢いで同様の出迎えを受けていた。

この間、四家の面々は誰も座らない。翔也の場合は、縁談の当人ゆえか四家の両親達

から、

「この度はありがとうございます」

「この度はよろしくお願い致します」

と、邪推《じゃすい》すれば媚《こ》びを売るような挨拶をされ、もう片方の縁談の当人である娘達が、それぞれの親に促されて翔也へ静かに頭を下げた。

翔也の縁談相手ゆえに、炉子は秘かに、その娘達をじっと見てしまう。

（あの子達の中の誰かが、いつか翔也君と結婚するんやんな……。凄いなぁ。私には絶対……無理な世界……）

炉子は何故か、彼女達から目を逸らしてしまった。

そんな中、由良が松尾家の付喪神だと話していた少年の横にいた、長髪のスーツ姿の若い男性が、四家の面々の中で唯一翔也へ軽く手を挙げている。

「お疲れ、翔也」

すると、その若い男性に対して翔也も途端に表情を和らげ、

「お疲れ。スーツを着た貴史《たかし》、久し振りに見たわ」

と、集団の場なので短く、この場を労い合うように言葉を交わしていた。

それを見た炉子は、この空気の中で立場を超えた二人の気軽さに驚いたが、道雄も由良も円地も、さらに言えば貴史の母親らしい中年女性も、翔也への無礼を咎《とが》めない。

他の三家の面々も、表情こそ一瞬だけ面白くなさそうにしていたが、貴史の翔也への

態度そのものは黙認していた。

(そういえば由良さんが、春日小路家とあそこの家……松尾さんっていう家は、仲がいいって言うてたっけ)

そうなると、翔也と貴史は、オーナー会社の跡取りと子会社の跡取りという関係の他に、以前からの友人同士なのかもしれなかった。

炉子がふと視線を変えると、由良が中村家の令嬢だと話したワンピースの娘の父親と思われる男性が、貴史はもちろん松尾家全体を見つめている。

冷静さを装ってはいるが、瞳の奥では、明らかに不機嫌さや対抗心が煮えたぎっていた。

(こんな所で、皇太子さまと仲がいい事を示しやがって。嫌らしい家だ)

唾を吐くような感情が、父親の視線から漏れていた。

しかし何より怖いのは、そんな父親の態度について、彼の娘も、他の三家の面々も、道雄達さえも明らかに気づいているのに皆平然としている事で、松尾家の当主と思われる貴史の母親に至っては、中村家の父親と目が合った瞬間にわざとらしく笑顔で会釈《えしやく》を返した事だった。

当然父親の方も表面上は笑顔を返すが、空気は完全に張り詰めている。この一連の流れを見た炉子はもう内心、「ひええ」という悲鳴でいっぱいだった。

(何とおっそろしい世界……。やっぱり、傘下の会社同士っていうのは、自分がよりオーナーと親密になれるよういがみ合ってたりするんかな……？　……いや絶対、いがみ合ってるやんな、あれ……）

もし娘がオーナー会社の次期当主の伴侶となれば、ゆくゆくは春日小路家の外戚として、会社や一族が春日小路グループ第一の傘下となるだろう。当然、その権勢がいかに芽吹くか……という想像は、炉子でもつく。

そうなればやはり、次期当主たる翔也の縁談は、単なるお見合いだけに留まるはずがない。華麗なる闘いとはこの事だ、と炉子は息を飲んでしまった。

春日小路家の現当主と付喪神、そして次期当主の腰が落ち着くと、円地が初顔合わせの進行役を務める為か壁際に立つ。最後になって炉子もようやく、円地の手招きを受けて奥座敷に入った。

すっかりこの場に萎縮《いしゅく》していた炉子は、そろりと足袋《たび》を畳に擦らせて、末座にあたる出入り口の襖に近い場所に立って、道雄や円地に頭を下げる。

この時、炉子は自分は従業員だから四家には無視されるだろうと思っていたが、予想外にも四家の面々は、最後に入ってきた炉子にも「お疲れ様です」と声をかけ、微笑んでくれた。

それ以降、四家の面々の意識は、改めての道雄や翔也、円地や由良への挨拶に向いて、炉子はしかし一人取り残されてしまう。

炉子は一人にされた事で炉子はかえって気持ちを落ち着かせる事が出来、今の状況を改めて確認し、春日小路家が支配する四家のことを知るよい時間となった。

この時、わずかな隙間時間を使って、円地が炉子に説明してくれた。

「桃色の振袖のお嬢様が、加賀《かが》家の方で、空色の振袖のお嬢様が、御子柴《みこしば》家。先程、若旦那と挨拶を交わしていた貴史さんという方が、松尾《まつお》家の方です。この三つがうちの子会社の経営を担っており、最後の、ワンピースのお嬢様の中村《なかむら》家が、うちの得意先さんです」

ここへ来るまでに由良が話していた通り、加賀家は、東京に本部を置いてホテル三店舗を経営する会社であり、御子柴家と松尾家は、チェーン展開こそしていないものの、それぞれ京都観光ガイド会社と、装束も含む神具店を営んでいた。

京都にホテルを置く加賀家はもちろん、高級志向の観光コースを提供する御子柴家も、神社仏閣と繋がりの深い松尾家も、小規模の会社ではあってもここ京都での地位や知名度はかなり高いらしい。

「御子柴さんのところは、お仕事柄かなりお顔が広いですよ。松尾さんとこも、やっぱりお仕事がお仕事ですから、葵祭《あおいまつり》や時代祭《じだいまつり》の衣紋方《えもんかた》を務めはったりしてますよ。確か貴史君ご本人も、葵祭の行列に毎年参加してるんじゃなかったですかね」

「斎王代《さいおうだい》ですか⁉」

「いやいや、それは女性じゃないですか。しかも毎年変わるじゃないですか。そっちじゃなしに、狩衣姿で行列に付き添って、行列全体のサポートをしはる列方役《れつかたやく》さんです」

「へぇ……そうなんですね……。すご……。葵祭の行列の人って、初めて見ました……」

「僕を見てそう言われても、僕じゃないですよ。貴史君ですよ」

あんぐり口を開けた炉子を見て、円地が面白そうに笑っていた。

四家の面々は最初こそ、まるで道雄を帝と崇めるかのような挨拶合戦をしていたが、それが終わって座り直した今は、ひとまずは顔合わせの前座というように、道雄を中心にしてグループの総会めいた会話を始めている。

各会社の業績報告や、業界の流行の話。インバウンドに、京都市の市政の話や税務の話など、あらゆる話題が交わされ、オーナーである道雄達が頷いて耳を傾けたり、自分の意見を出したりしていた。

もちろん翔也も真剣な表情でそれらを聞いており、襖の前にひっそり立つ炉子は、実業家としての翔也の横顔に思わず見惚れてしまう。

（確か、翔也君は、皆から呼ばれてるあだ名があって……）

その名を思い出そうとした瞬間、御子柴家の家長が、今の話題について意見を出した翔也に感嘆した。

「――さすが、『春日小路家の光る君』ですわ」

それを耳にした炉子は、ぱっと顔を上げる。しかし炉子のささやかな仕草には誰も気づかず、皆、翔也が今話している、自身の商売における展望や推測等に聞き入っていた。

業界の詳しい事情は炉子には分からない。しかし、すらすらと話す翔也には迷いがなく、傲慢《ごうまん》でもない。ひたすら冷静で、けれども仕事に対する誠実さも見える翔也の姿は、凛々《りり》しい跡取りにして、若き実業家そのものだった。

(私があの夜に出会った、記憶を失くす前の翔也君も、優しいけど冷静で、判断力があった。こんなところも、やっぱり翔也君は翔也君なんやな)

道雄も、翔也が話している様子を横目で見て、親として満足そうである。

光る君という異名の輝きは、決して顔だけではない。そんな人と出会い、今こうして従業員として傍にいられる事になった自分が、炉子は誇らしかった。

この頃には料理の提供も始まっており、料亭の上位の従業員どころか、支配人自ら道雄達へ配膳し、飲める者には、店が取り寄せたという純米大吟醸《じゅんまいだいぎんじょう》を勧めて丁寧にもてなしている。

炉子は春日小路家の従業員という立場なので、円地の指示で道雄の荷物を支配人に預けたり、円地に頼まれて郵便物を近くのポストへ出しに行くなど、和やかに進む春日小路家と四家の食事風景を横に、細々と雑用をこなしていた。

頂点の風格を漂わす道雄に、有望な「光る君」の翔也。それに仕える四家の面々が揃った食事風景は華やかだったが、やがて、それが最後のデザートまで終わり、

「皆様、お食事はいかがでしたでしょうか。――それではこれより、春日小路家の縁談の初顔合わせを開始、並びに縁談の規則等のご説明をさせて頂きたいと思います」

と円地が口を開き、道雄の後ろへ移動した瞬間、奥座敷の空気が一変した。

（今から、縁談が始まるんや……）

炉子はこの場の豪華さと、翔也への憧憬の念を抱いて忘れていたが、道雄の言葉を思い出す。

（この四家の中に……。六年前、翔也君を襲った犯人がいる……！）

道雄、円地、由良、そして翔也本人も、まっすぐに四家の面々を見据えている。

そして、四家の面々もまっすぐに春日小路家を見つめていた。


縁談の初顔合わせが終了した後、炉子は由良の指示で一旦帰宅して荷物をまとめ、京都市上京区にある春日小路家の本宅に移動した。

炉子が今まで、面接や面談を受けていた烏丸五条の平屋は、聞けば応接室代わりに使う事務用の住居だったらしい。その他にも春日小路家は、複数の家屋を所有しているとの事だった。

今、柔らかい西日を受けているこの本宅は、寺町通り沿いにあり、御所東という地域の西端に位置する。要するに、春日小路家本宅の目の前の西隣が、かつては天皇が住んでいた、京都の中心地たる京都御所および京都御苑なのである。

本宅は昔ながらの京町家だと、由良も道雄達も口を揃えて言っていたが、今、炉子の目の前にあるのは、先の料亭の倍近い規模を誇る数寄屋《すきや》門と築地塀《ついじべい》。

数寄屋門の格子の隙間からは、まず手入れの行き届いた前庭が見える。見るからに豪邸の本宅は、その向こうの少し離れたところにあった。門から本宅までは敷石が並び、汚れ一つなかった。

「……私の知ってる町家じゃない……」

京都の人達が住む昔ながらの家屋は、基本的に「うなぎの寝床《ねどこ》」と呼ばれる京町家という種類であり、縦長で狭く、全体的にこぢんまりしているのが特徴である。

炉子の家のように、中庭は一番奥にあっても猫の額ほどの広さであり、門や塀などはそもそもないのが一般的だった。

しかしそれは、あくまで庶民が住む町家の話であり、門や塀、庭があっても、構造や間取りが同種であれば、分類上は大小問わず京町家である。ここは立地からして御所の隣という破格の場所であり、そこに豪邸が建っていると、炉子にとってはその家は「町家」というよりもはや「貴族のお屋敷」だった。

これが、春日小路家が商いの財で建てた自分達の住まいなのである。

(でも、あながち貴族のお屋敷で間違いはないかも。春日小路家は、平安時代からの陰陽師の家な訳やし……)

庶民がささやかに住む小さな町家しか知らない炉子は、この本宅をじっと見上げて、やはり度肝《どぎも》を抜かれてしまう。今までの、自分の周りとは遠く離れていた存在を目の前に、もはや笑いさえこみ上げてきた。

（私でさえも、前の職場の他府県出身の人から、『えーっ！　金閣寺の近くに住んでるの⁉　セレブなの？』とか、羨ましがられた事もあったけど……。これが、ほんまもんのセレブなんやんな……。何か知らんけど、自分がめっちゃちっぽけに見える……！）

庶民の性《さが》なのか、物珍しさもあってずっと数寄屋門を見上げていると、本宅の中から気づいたらしい由良が玄関を開けて姿を現す。敷石を歩いてこちらに来て、勢いよく門の戸を開けた。

「何してるんですか。早く入って下さい？」

「わっ！　ゆ、由良さん、目の前で急に開けないで下さい！」

「貴女《あなた》が遅いからでしょうが。翔さんも、もう帰ってきますよ。ほら、早く」

「は、はいっ！」

翔也と聞いて、炉子は気持ちを切り替える。翔也は、料亭から出た後に炉子や由良と別れて道雄や円地と出かけており、やがてここに帰って来る予定だった。

今日からこの家が、炉子の住む場所で仕事場になる。

炉子は住み込みの荷物をよいしょと背負って、由良が出てきた正面の玄関とは別の、南側にもあった使用人用の玄関から、本宅に入った。

現在、本宅には翔也と由良が二人で暮らしており、現当主である道雄は妻の珠美が亡くなった直後に別宅へ引っ越して、一人暮らしをしているという。

そうなったのは別にお家騒動があった訳ではなく、道雄本人の強い意向だと由良は言う。

「道雄さんと奥様は、ご結婚当初から私や分家の方々、今はいませんが住み込みの使用人、子会社の人達に囲まれて生活されていましたからね。奥様が亡くなった後、二人で静かに暮らしたいと、道雄さんがおっしゃったのです」

道雄は、葬儀《そうぎ》の後から今日まで、朝と晩に、珠美の遺影に話しかけるのを欠かさないという。

「社長は、奥様をとても愛していらっしゃるんですね」

よき夫婦愛に炉子が微笑むと、由良も嬉しそうに微笑んだ。

「はい。奥様はとてもお優しい、それこそ聖母のような微笑みで道雄さんを癒《いや》して下さる方でした。奥様は、お体があまり強くありませんでしたから……、道雄さんはいつも奥様を気遣っていらっしゃいましたよ。そんな奥様の思い出の品を、記憶を失くす前の翔さんがあなたに渡したのです。大切になさって下さいね」

形見のネックレスについて話が向けられたので、炉子は「あっ」と思い出し、申し訳ない気持ちで頭を下げた。

「す、すみません！　そういえば私、奥様のネックレスを持ったままでした……！　翔也さんが帰って来られた時にお返しします」

「あぁ、その事なんですが……。道雄さんと翔さんが、そのまま山崎さんが所持して構わないとおっしゃっていましたよ。ひとまず山崎さんが持っていた方が、翔さんの記憶も戻りやすいだろうという事で……。他人へ渡すのはもちろん、粗雑《そざつ》に扱ったりしない限りは返さなくていいですよ」

「そ、そう……なんですか……？」

一応翔さんに確認して下さいね、と言う由良に、炉子は再び頭を下げてお礼を言う。

その後、炉子は由良に案内されて本宅の中を一通り見て、家の間取りをきちんと覚えた。

（基本的に町家の構造やから、覚えやすくてよかった）

玄関に隣接する畳敷きの店の間や、改装されて使いやすいフローリングの細長い台所に、一階の奥座敷。そこからさらに奥には、中庭を左手にして、縁側と板張りの廊下が続いている。その先に浴室や洗面所、お手洗いがあった。

もちろん二階にも奥座敷や部屋がいくつかあって、由良の部屋や翔也の寝室、翔也の書斎《しょさい》等を、由良がその襖だけを見せてくれる。中に入れずとも、間口の大きさから広さは十分察する事が出来、どの部屋もお屋敷の名に違わぬ広さだった。

（ここが、翔也君の書斎……）

書斎に籠《こも》り、文人のように読書や書き物をする翔也は、さぞかし麗しいだろう。

そう思って、書斎の襖をじっと見つめる炉子だったが、さすがに中を見せてとは言えなかった。

この本宅の後方、つまり東側にも庭があって、そこには誰も使っていない小さな離れと、春日小路家の伝来品等を置く蔵が建っている。

炉子が寝起きする場所はその小さな離れであり、元は茶室を改装した、かつての使用人達の部屋だった。

広さは五畳半ほどで、古くても洗面所やお手洗いがちゃんと設置されている。

由良は、離れの小ささを悪く思ったのか、

「すみませんね。何だか、狭い所に押し込めるみたいで……。いくら住み込みの方とはいえ、一人だけの空間があった方がいいという事で、求人募集を始める前に翔さんと一緒に掃除したんです。なので、問題なく生活は出来ると思います」

と頭を掻《か》いたが、一般的な住み込みの仕事の寝室は、二人以上の相部屋《あいべや》も珍しくない。

炉子は、春日小路家の気遣いや、相手を尊重する姿勢に感動し、

「むしろ、こんなん、めちゃくちゃ贅沢《ぜいたく》です！　ありがとうございます！　お邪魔しますっ！」

と喜んで、勇んで離れに上がって荷物をほどいた。

すると、それを見た由良が、

「何だか、親戚の子が来たみたいですね」

と笑っている。それは嫌味ではなく、家に新しい人が来たという心から楽しそうな顔だった。

炉子の正式な業務開始は、明日からである。夕食を外で済ませた炉子は、数寄屋門を

くぐって本宅と築地塀の隙間を抜けて離れに戻った後、明日からの衣服の整理に勤《いそ》しんでいた。

(由良さんの言うたはった通り、押し入れに小紋がいっぱいある……！　私も店で着物を着てたから、ある意味ラッキーかも。明日からはこの着物達が、私の仕事着になるんやな。最初はどれを着よう……？)

あれこれ迷っていたこの時に翔也が帰宅して、なおかつ、自ら離れまで来てくれたらしい。

「山崎さん。入ってええかな」

という翔也の声と、戸を叩く音に、炉子は飛び上がらんばかりに驚いた。

「だ、大丈夫です！　今、開けます！」

炉子が立ち上がって戸を開けると、スーツ姿の翔也が立っている。

「お、お帰りなさいませ！　すみません、出迎えるのを忘れて……」

炉子がにわかに落ち込むと、翔也がふっと笑って小さく手を振った。

「別に、そんなに気にせんでええねんで。昔はどうか知らんけど、今は別に、お手伝いさんは家来じゃないんやしな」

「ありがとうございます。でも翔也さんは、私を雇ってる側の人ですし……」

「その事で話があんねんけど、中、上がらしてもらってええかな」

「あ、はい。どうぞ……」

炉子が脇によけると、翔也がゆっくり靴を脱ぎ、畳の上に座る。

真ん中を空けて炉子も向かい合うように座った後、翔也がすっと鞄《かばん》から出したのは、炉子の雇用契約書。それも原本だった。

「これは……」

「今日、父さんと山崎さんが交わしたやつや。俺が父さんに頼んで、借りてきた」

「何か、不備でもあったんですか」

「いや、ない。でも、もう一度山崎さんの意思を聞く為に、これを持ってきた」

翔也の真剣な眼差しに、炉子は軽く息を飲む。

不備はないなら、何らかの問題があって雇用契約が白紙になるのだろうか。

不安になった炉子が顔を上げると、翔也の真剣な眼差しは、よく見ればとても温かいものがある。

「今日、山崎さんは……。春日小路《うち》家がどういう家であるかや、俺の抱えてる事情や縁談の話を聞いて、さぞかしびっくりしたと思う。初顔合わせで円地さんが説明した、縁談の流れや決まりも凄く特殊で……。付喪神同士の試合もあるなんて、思わへんかったやろ」

「あ……。はい……。確かに正直に言うと、凄くびっくりしました……」

炉子は八坂の料亭での初顔合わせで、円地が四家の面々に説明した、縁談のスケジュールや規則を思い出す。

それらは、翔也を襲った犯人が四家の中にいる可能性が高いという極秘の事情も含めて、一度聞いただけでは到底頭の整理が追いつかない。

炉子は、明日改めて由良達から詳しく聞いて状況を把握《はあく》しようと思っていたところであり、それを伝えると、翔也は改まるように正座し直して、炉子にもう一度雇用契約書を差し出した。

「今日、聞いた通り……。今の俺を取り巻く環境は、あやかしの世界ががっつり絡んでる。縁談はあんなんやし、犯人の標的があくまで俺で、この縁談で事態は加速するかもしれへん。今日までの状況や警察もいることを考えると、山崎さんが危なくなるような事は、起こらへんやろうけど……。

それでも。付喪神同士の試合もあったりして、春日小路家のお手伝いさんとしての今回の仕事は、それなりに大変なものになると思う。既に雇用契約を交わしてるとしても、山崎さんが家に帰る権利は、当然あると俺は思う」

「翔也さん……」

「父さんにはその事を話して、この契約書を借りて来た。山崎さん。……もし、山崎さんがこの仕事を降りたいと思うんやったら、この契約書を破ったらええ。うちで、俺の家で働いてくれるかどうかを、もう一度聞かしてほしい」

真摯《しんし》に、まっすぐ依頼する翔也の顔を、炉子はまじまじと見る。

雇用契約書を頼んで借りたという事は、この件は翔也が自ら考え、社長でもある父を説得して、今あえて炉子に全ての判断を委《ゆだ》ねているに違いない。

既に初顔合わせまで終えているのに、翔也が最後まで炉子の事を考えてくれている温かさが、痛い程身に沁みる。

（由良さんも、翔也君も、ほんまにいい人達やな……。翔也君に契約書を渡した社長も……。ほんで、やっぱり……翔也君は優しい。お父さん。裳子。私はここで働いて、うちの店を助けたい。それと……）

華麗なる家々の闘いに身を投じる決意は、既に出来ている。

この家で働きたい。

翔也の存在があったからこそ今の自分があって、その翔也が縁談や艱難《かんなん》に接しようとしている今、炉子に迷いはなかった。

「お気遣い、本当にありがとうございます。でも私の心はもう決まっています。——私を、ここで働かせて下さい。私を、春日小路家の使用人として雇って下さい。社長や由良さん、そして……翔也さんのお手伝いを精一杯、させて頂きたいと思います」

自分の署名と、判子が押してある雇用契約書に両指を置いて、丁寧に翔也へ返す。

それを見た翔也は、数秒の無言ののち、小さく頷いて雇用契約書を鞄に入れた。

「山崎さん。ありがとう。これから、どうぞよろしくお願いします」

「はい。明日から頑張ります。……よろしくお願いします！」

この時炉子に芽生えた感情は、山崎家の問題が解決した安堵と、自分の新しい仕事が見つかった希望、そして何より、翔也の傍で働ける事になった嬉しさ。

それは、自分を助けてくれた恩人の元で働くというドラマのような凄い展開だからと、炉子は何故か必死に、自分にそう言い訳していた。

「ほな、俺もう主屋《おもや》に帰るわな。由良からまた説明があると思うけど、明日俺らは朝七時に起きるから、その頃に起きてくれると助かる」

「分かりましたっ！　もちろん、お二人よりも早く起きて家の事をさしてもらいます！　しばらくは慣れない事も多いかもですが、そこは大目に見て下さい！」

「ははは。頼むわな」

口元を緩めて笑う翔也に、炉子は家族のような親近感がわく。

由良が言っていたネックレスの所持の件も、翔也は即座に快諾し、最後に二人はこんな約束を交わして一日を終えた。

「そう言えば、山崎さん。俺、記憶を失う前は山崎さんの事を名前で呼んでたらしいな」

「はい。『炉子さん』って……。私は『翔也君』と呼んでました。本人から、周りにそう呼ばれてるからその方がいいと……」

「あぁ、なるほど。確かに、今日みたいな外部の人達がいる時は別やけど、かすがの従業員ばっかりの時は、円地さんも他の従業員も皆、俺の事を『翔也君』って呼んでるわ。その、呼び方の事やけど……。俺、明日からも引き続き、山崎さんの事は『山崎さん』って呼ぼうと思うねん」

「別に、私は名前で呼んで下さってもいいですけど……？」

「いや、名字で呼ぶ。その方が、記憶を失くした時の俺との区別がついて、記憶が戻った時に分かりやすいやろ」

「あ……っ！　そう……！　確かにそうですね……！　ぜひ、そうして下さい！　ありがとうございます！　私も、一日でも早く若旦那様の記憶が戻るように頑張りますんで！　若旦那様も頑張りましょう！」

「若旦那？　それ、俺の事？」

「はい。嫌やったら、すみません。実は、翔也さんは社長の息子さんなので、名前で呼ぶのはどうかなってちょっと思ってたんですよね……。縁談もありますし、いくら使用人といっても、異性の私が名前を呼んで、四家のお嬢さん方に嫌な思いさせるのも、よくないなぁと思うんです。名前を呼ぶ事って、それこそ平安時代から大事なものじゃないですか。なので私もこれからは、記憶喪失が治るまでは、『若旦那様』と呼ぶ事にしたいんです。……そうしてもいいですか？」

「ええよ。つまりそれは、俺の記憶が戻ったら、若旦那様呼びも変わるって事やな」

「はい！　若旦那様の記憶が戻ったその時に、お名前を呼ばせて頂きます！　あの雪の夜のように……」

「分かった。ほな、お互いそうしよう。約束やで。……山崎さん。うちに来てくれて、ありがとう。何とも不思議で、ええご縁やと思ってる。きっと裳子ちゃんがくれたご縁やな」

「そう言って下さって、嬉しいです。……縁談、頑張って下さいね」

「うん」

主屋に戻ってゆく翔也の背中を、すっかり暗くなって月灯りが射している庭から、炉子は秘かに見つめる。

明日からの、京都の名家での華麗なる生活が、炉子を待っていた。

第三章　加賀愛子と春のお茶会

初日こそ現実離れしたものだったが、京都中に桜が咲き誇り、鴨川《かもがわ》にはシロツメクサも咲いた翌日以降の炉子の生活は至って普通で、温かな陽光に包まれた、平和な使用人の日々だった。

春日小路家から炉子が前借りしたお金は、相当に山咲を助けてくれそうで、

「炉子、ありがとうな。お陰で、移転がちゃんと出来そうやわ」

と、電話口から聞こえた祐司の安堵の声が、全ての好転を物語っていた。

家事手伝いとして雇われた炉子の主な仕事は、小紋に襷《たすき》掛けをして行う本宅の掃除、雑用、炊事といった家事全般。

炉子の使用人としての一日は、大まかに言えば、その大半を家事や炊事に費やしており、まず、日の出より早く起きた後は、自分の身支度をささっと済ませて本宅に入る。

もちろんその時、炉子の大切なお守りである、形見のネックレスと梅の根付も忘れない。その日の気分で選んだ小紋を着て、お守りの入った巾着を懐に入れる。きりりと襷をかけたり割烹着を着たりして、掃除や朝餉《あさげ》の準備をしながら、二人が居間に下りてく

るのを待つのだった。

起床した翔也と由良に朝餉を出した後は、二人の身支度を手伝ったり朝餉の片づけをしてから、二人の出勤を見届ける。その後本宅で一人になってから、埃《ほこり》が舞うような大掛かりな掃除や、葉っぱまみれになるような庭の手入れを、やってくる蝶《ちょう》や蜜蜂《みつばち》達を横目にせっせと行う。

虫達の中には話せるものもいて、霊力持ちにはそれが聞こえるし、話す事も出来る。虫達の方もそれは分かっているようで、何かと炉子に、

「こちらのお庭の、お花の蜜を吸ってもいい？」

「お尻の針を新調したから、試しにおたくの腕に刺してみてもいい？」

等と尋ねてくるので、前者は歓迎して花まで案内するが、後者は即座に拒絶して、

「ダメに決まってるやん！」

と軽く叱って追い払うのだった。

翔也と由良は、基本的に昼餉は工房や外で済ませてくるが、場合によっては本宅に戻る事もあり、さらに言えば、得意先をはじめとした大切な客と一緒に戻ってくる事もある。

この時、白飯と一緒に出せる簡単なおかずを作り置きしたり、来客にも出せるような、摘まめる菓子や冷たいお茶を常備しておく事も、炉子の大切な仕事。

自分の昼食を簡単に済ませると、もう夕餉の支度の時間。外に出て買い物が必要にな

ってくる。その際、炉子はもんぺを履《は》き、本宅の自転車を使って近くのスーパー「フレスコ河原町丸太町店」まで、昼下がりの中を走るのだった。

　このフレスコ河原町丸太町店は、京都でも極めて珍しいスーパーで、建物の前身は大正十二年に建てられた「旧京都中央電話局上分局」。その建築年代等から、国の登録有形文化財となっていた。

　つまり国の文化財が、人々の市場として使われている。レストランや結婚式場として活用される歴史的建造物はよく見るものの、ここまで人の生活に密接に、日常的に使われている例を、炉子は今まで見た事がなかった。

　フレスコというスーパー自体は京都でお馴染みのチェーン店だが、初めてこの店舗を知った炉子は衝撃を受け、その活用を実現させたフレスコという企業そのものを見直す思いで、

(フレスコ、やるやん……！)

　と心から感心したものだった。

　食材を買う費用は、「春日小路家の健康管理」という名目等があれば、基本的に無制限である。

「こちらが納得できる目的であれば、レシピ本等も含めて好きなものを買って下さって結構です」

　と由良は言い、

「ただし、あなたのおやつは二千円までです」

と謎に遠足のように言われていた。

そんな由良に対して翔也が申し訳なく思ったのか、道雄に次ぐ責任者としてフォローを入れ、

「大丈夫やで、山崎さん。由良の冗談やし気にしんといて。食べたいお菓子があったら、二千円以上でも使ってええしな」

「いえ百円でも大丈夫です……」

と、炉子がすかさず突っ込んでしまい、皆で笑ったものだった。

買い物の後は翔也達の帰宅に合わせて夕餉を作り、二人の入浴や就寝を見届けた後でようやく、炉子も入浴して床に就く。

炉子が来る前の本宅は、働き者の翔也と、付喪神の由良の二人暮らしが長かったせいか、掃除だけは欠かさず家の中は綺麗でも、自分達の食事はかなり適当だったらしい。

炉子が参考までにと、以前の夕食の献立を聞くと、

「確か、この前は白ご飯だけやったわ」

と翔也が平然と言ったので、炉子は思わず目を見開いた。

「えっ、おかずは？　ご飯とお味噌汁《みそしる》だけやったんですか？」

「ご飯だけやった」

「えええーっ⁉　それだけですか⁉」

「だって注文品の納期が迫ってたし。父さんは別件で接待に出てたから、その分、俺が副社長としてやらんなん仕事もあったし……」

食事も惜しんで仕事に打ち込む姿勢は素晴らしいが、それにしても白飯だけとは、さすがの炉子も眉間に皺《しわ》を寄せてしまう。

「そんなご飯やと絶対に栄養が足りひんで、仕事にも支障が出ますよ？　いえ、脅しじゃなくて、ほんまに出ますよ？　根拠はここです。私です。私も、山咲の手伝いで遅くまで働いてた事がありますけど、特にしんどかった時は、ご飯をまともに食べていない時でした。そういう時こそ、実はちゃんとご飯を食べた方がいいんですよ」

炉子が丁寧に勧めると、翔也は素直にうんうんと頷く。

そしてふっと笑って、

「せやし、山崎さんに来てもらったんや」

と言われると、炉子はつい嬉しくなって頬が赤くなるのだった。

何か上手いこと絆《ほだ》されたなぁと思いつつ、笑顔で肩をすくめる。

「これからは私が、若旦那様達に栄養たっぷりのご飯をお出ししますので、しっかり食べて下さいね」

「うん。嫌いな物がなかったら、食べる」

翔也の言葉に笑った炉子は、その場で翔也と由良の苦手な食べ物を訊き、なるべくそれを避けるように次の日から配慮するのだった。

　そんな風に、食材はもちろんタオルや掃除用品、浴室の石鹸《せっけん》や玄関の置物等に至るまで、炉子は全てを翔也達の好みに合わせて買い揃え、本宅の管理をこなし続けた。

　配膳や賄い作り等で父の店を手伝い、実家でも働く父に代わって家事をしていた経験から、炉子にとってこの仕事は何ら苦ではない。むしろ、費用が無制限で頭の算盤《そろばん》を弾く必要がないので、非常に楽しいものだった。

　ふと気づけば、このままずっと翔也の傍で働く日々が続いて、これ以上何も起こらないのではという錯覚を、炉子は時折抱いていた。

　しかし翔也の縁談は水面下でしっかり進んでおり、炉子が使用人の仕事にも慣れてきた四月のある日、本宅の玄関のインターホンが鳴って、妙に響いた。

　ちょうどその時、夕餉を終えた翔也が居間でお茶を飲み、炉子がお代わりを淹れようとしていたところで、由良が何かを察したのか立ち上がろうとした炉子を制して、自ら玄関に向かう。

　やがて、一通の美しい封筒を手に戻ってきて、

「そろそろ来るだろうと思っていましたが……、やはりそうでした。翔さん。山崎さん。いよいよ、縁談《たたかい》の始まりです。加賀家のお嬢様より、お茶会の案内が来ましたよ」

　という由良の言葉を聞いた瞬間、炉子も翔也も顔を上げた。

（そうやった。この縁談に臨む翔也君の……、若旦那様の力になるために、私は雇われたんやった）

炉子は今までの平穏から引き戻されて、今更ながらに、自分の使命に目覚めた気がした。

「加賀家のお嬢様って、あの……？　初顔合わせの時にいらっしゃってた、桃色の振袖の方ですよね？」

「はい。加賀愛子《かがあいこ》さんです。母親である加賀社長とはよくお会いしていますが、お嬢様にお会いするのは、私もあの時が初めてでした。社長に似てお美しく、とても可愛らしいお方でしたね」

炉子が愛子の顔を思い出していると、翔也が口を開く。

「そのお茶会は、他の三家の人らも来るんやろ」

「翔さんのおっしゃる通りです。それが、『春日小路家の縁談』ですからね」

由良が静かに、ちゃぶ台の上に招待状を置いた。

初顔合わせで円地が説明した翔也の縁談、すなわち「春日小路家の縁談」は、概ね四季に沿って行われる。

春夏秋冬に合わせて、四家の子供達が交代で主催者となり、趣向を凝らした行事を開く。そこに翔也はもちろん、残りの三家の面々や春日小路家の者等を招待して、各々もてなす事になっていた。

その目的はもちろん、いかに自分が翔也の伴侶に相応しいか、また、いかに次期当主の妻として商売に携わる人格や才覚を持っているかを、春日小路家や他の縁談相手達に披露するため。これに対して、招かれた翔也や春日小路家の者達、他の三家の面々は、行事内容や運営の手腕等を見て、才覚の真贋《しんがん》を見極めるのだった。

　各行事の後、翔也も含めた特別役員会議が都度開かれ、縁談における、その主催者の合否が決められる。

　春日小路家の当主の妻、いわゆる「北の方」に相応しいと認められれば、その主催者は四回にわたる行事を終えた後の最終会議まで、北の方候補者として残る事が出来る。

　逆に、相応しくないと判断されれば、その場で不合格。つまり破棄とされ、春日小路家の縁談から脱落となるのだった。

　これはつまり、春日小路家の子会社の経営者達にとっては「自分の子供がオーナー会社の跡取りと結婚し、自分達もろとも、オーナー会社の外戚となって繁栄する」という、重大な機会を失う事になる。

　春日小路家というオーナー会社と繋がるためにも、あるいは、他の三家に自分達の権勢を見せつけて、今後の役員会等で少しでも優位に立つためにも、主催者たる四家と子供達は、いずれも己の行事に全力を注ぐだろうと、顔合わせの後の由良は語っていた。

「ただし相手は一般人ではなく、我々や他の三家ですからね。こう言うのも何ですが……ほぼ全員が経営者や役員という立場なので、ある程度の贅沢《ぜいたく》には慣れています。行事といっても、単に豪勢にしただけでは『金使うだけかい。工夫の出来ひん人やな』と思われて、ほぼ確実に不合格となるでしょう。実際、私もそう思います。人の本当の才覚というのは、贅沢とは別のところで表れるものです。大枚で飾る事しか出来ない人など、翔さんの北の方とはなれません」

自分の担当する季節に合わせて、あらゆる贅を知る殿上人達をいかにもてなすか。それが翔也の縁談に臨む者達の未来を左右する鍵であり、世にも珍しい「春日小路家の縁談」の特徴の一つ。

「そして、縁談における重要な要素がもう一つ。初顔合わせで円地さんが説明していた『付喪神同士の試合』……。まぁ、これは博打《ばくち》に近い、極めて特殊なルールです。結論として春日小路家の縁談は、基本的には代々、この四季の行事が核となっていますね」

そんな行事の一番手が、ホテル経営者たる加賀家の令嬢・愛子。

今、ちゃぶ台の上に置かれた厚手の封筒や招待状には、送り主である愛子の人柄を表すように、可愛らしい春の花々や、若葉の美しい縁取りが施されて華やかである。

炉子が気付いて鼻を近づけると、招待状には薄い香まで焚《た》き染《し》めてあった。

内容は、由良が言った通り春の昼食会およびアフタヌーンティーの案内であり、場所は八坂の高名なゲストハウス。当然のように、終日の全館貸し切りと書いてあった。

封筒と中の招待状それぞれに、加賀家の家紋と思われる「糸輪《いとわ》に覗き上《あが》り藤」が箔《はく》押しされており、それが春日小路家の傘下・加賀家としての気高さや、縁談に対する愛子の意気込みを匂わせていた。

由良は、この春のお茶会に炉子も春日小路家側として出席するよう指示し、

「招待状は、宛名こそ翔さんになっていますが、出席人数に制限はありません。社長秘書である私が『この顔ぶれで参ります』と返信すれば、加賀家はそれに従って準備するまでです。ですから山崎さんも我々の付き添いの従業員として参加するという旨を、先方に伝えておきますね。当日はよろしくお願いします」

と言うと、炉子はしっかり頷いた。

「お茶会なんて初めてで緊張しますけど、粗相《そそう》しいひんよう頑張ります」

それを見た由良が、居間の端に置いてあった自分の鞄から万年筆を出し、招待状に同封されていた出席者一覧に炉子の名前を記入する。

「これで山崎さんも、春のお茶会の招待者となりました。加賀家は恐らく、翔さんや私だけでなく、貴女さえもてなすでしょう。ですが……。貴女はあくまで、春日小路家の末端の従業員という立場で、縁談のサポート役です。どんなに華やかな場所にいても、仕事という事をお忘れなきように。

そして……。我々、春日小路家にとって今回の縁談がどういうものかは、貴女ももう分かっていますよね？　私や翔さんは行事の渦中の者ですから、皆から終始見られて動きにくくなると思います。迂闊《うかつ》に込み入った話や発言も出来ないでしょう。しかしその点、山崎さんは従業員ですから、比較的動けるでしょうし色んな人とも話がしやすいはずです」

「それって、つまり……。社長が面接で言っていたような、普通の縁談のお手伝いをしつつ……、私も私なりに、若旦那様を襲った犯人探しの情報収集をしろという事ですか？」

「ありがとうございます。山崎さんは本当に、理解が早くて助かります。長年、お父様のお店のお手伝いをしていた賜物《たまもの》ですね。そういう事です。よろしくお願いします」

正座している由良が、万年筆をちゃぶ台の上に置く。その横顔はまるで出陣前の儀式を行う武士のようであり、炉子もそれに影響されて、すっと背筋を伸ばしていた。

今回の縁談は、春日小路家にとっては襲撃犯を探す行事でもある。

面接の際、道雄は炉子に、業務の一つである「縁談の手伝い」について情報収集をしろとまではさすがに言わなかったものの、その後で道雄から聞いた事情と、あの料亭での初顔合わせの様子を目の当たりにすると、否が応でも、使用人の自分にもそういう役割が含まれているのだと、炉子は既に気づいていた。

四回にわたる行事というのは、犯人にとっても春日小路家側にとっても互いに接近するチャンス。一般的な縁談のサポート役をしつつ、一従業員の視点から犯人特定への情報を集めるのが、今回の春のお茶会から始まる炉子の新たな仕事だった。

情報収集となれば、仕事としてはそれなりに重要である。しかし翔也の身体がかかっているだけに、炉子は臆するどころか自然と身が引き締まる。

「由良さん。私、接客には慣れていても、探偵がやるみたいな情報収集は初めてです。なので、もしかしたら何の情報も得られへんか、素人《しろうと》同然の情報しか無理かもしれませんが……それでもいいですか」

「もちろんです。むしろ無理に探偵を気取って行動される方が、かえって犯人に気づかれる恐れがあります。お茶会の間は、ごく普通の従業員として過ごして頂き、終わった後で、誰がどんな印象だったとか、誰が何をしていたかとか、そんな些細《ささい》な事を我々に伝えて頂ければいいのです。物事の手掛かりというのは、実はそういうところにありますからね」

「ありがとうございます。そう言って頂けると助かります」

炉子と由良が話している間、翔也はちゃぶ台の前でじっと座って、事が進んでいく様子を見守っていた。

由良の横顔に出陣前の凛々しさがあるのだとしたら、翔也の横顔は、そんな由良の上に立つ冷静な主君の、状況全てを把握する泰然さがある。何もしないのではなく、自分の意志で由良を信頼して任せているのだと、すぐに分かった。

同時に炉子を見る目も、初日の離れでの意思確認を経て、今は信頼してくれているのだと、よく伝わる。

従業員として嬉しくなった炉子は、刹那《せつな》的に、翔也から次期当主としての器を感じていた。

「若旦那様。縁談、頑張って下さいね。当日は私もお供させて頂きます。いざとなったらお守りします」

「ありがとう。頼んだで。でも、無理はしたらあかんで。山崎さんもうちの大切な社員なんやしな」

さらりと言う翔也に、炉子は胸をときめかせる。

若旦那様の器に感心しているから、と心の中でときめきに理由付けしていると、すかさず由良が対抗した。

「翔さんを守るのは私の役目ですよ。貴女は、雑用係と情報収集係。それに山崎さんは霊力持ちではあっても、戦う能力もなければ、自分の付喪神だって持ってないでしょうに」

「そ、それは……！　フライパンで敵を叩くとか！」

「わーお。原始的で頼りになるぅー」

「棒読み、やめてもらえますぅ？」

炉子が口を尖らせると、由良があえて見下したように、ふふんと笑う。炉子がここで働き始めて、まだ二ヶ月も経っていない。しかしさすがに毎日同じ屋根の下で過ごしているだけあって、炉子は由良とも、気づけば親しくなっていた。

炉子達のやり取りを見た翔也の口から、軽やかな笑い声が漏れる。

「由良も山崎さんも、ありがとう。俺もしっかり加賀さん達を見るし、縁談という意味でも、きちんと臨む。当日は皆で頑張ろう。犯人探しがなかったら単なる縁談のお茶会やから、楽しめるんやけどな。――いずれにせよ、頼むわな」

自分達の主である翔也の言葉に、炉子も由良も力強く、

「はい」

と答えていた。


京都の象徴的存在の一つ、八坂の塔を見上げながら、石畳の美しい八坂通りを進み、色鮮やかな「くくり猿」が有名の八坂庚申堂《こうしんどう》と親しまれる金剛寺《こんごうじ》で曲がると、春のお茶会の舞台「アカガネリゾート京都東山1925」が見えてくる。

ここは京都の、昔ながらの純和風邸宅を活用したもので、実に七百坪の敷地を誇るゲストハウスだった。

元々は京都市南区に本社を置く銅の加工メーカー・三谷伸銅《みたにしんどう》の元社長の本宅であり、現在は、別会社が歴史的価値の高いこの建物を保存するために運営を受託している。

正式名称の1925というのは、建築年である大正十四年、すなわち一九二五年から取られている。アカガネという名前も、それが銅の別称である他、銅の加工の家業ゆえに当時の近所の人々から「あかがねさん、あかがねさん」と呼ばれ親しまれていた事に由来していた。

京都の東山、それも清水寺や八坂の塔を目の前にした一等地に店を構えるアカガネリゾートは、現在は主に結婚式場として人気を博し、三階建ての本宅を改装した宴会場や、

勾配の地形を生かした緑豊かな庭園、アフタヌーンティーの会場として使われる「望楼《ぼうろう》塔《とう》」と呼ばれる別棟等、見所は枚挙に暇《いとま》がない。

春日小路家からのお茶会の出席者は、主賓《しゅひん》である翔也をはじめ、由良に炉子、そして今回の行事の見届け役として、円地も加わっていた。

本来ならば、ここに現当主かつ社長の道雄も入るはずだが、とある理由から、縁談の当事者の親達は基本的に行事には介入しない事となっている。

当日は午前中からよく晴れており、桜はすっかり爽やかな葉桜に衣替えして、美しい緑を茂らせていた。

翔也、由良、円地はスーツを着て、炉子も、付き添いの従業員として着物で参加する予定である。アカガネリゾートに行く前にまず、春日小路家一行は由良が手配した貸衣装店に入って、炉子の着物を着付けてもらった。

場所が八坂なので、由良が手配した貸衣装店は、炉子が以前初顔合わせの時に連れて行ってもらったところと同じ。高台寺の塔頭・圓徳院の傍に建っている「Kyoto Hisyo」という店だった。

この日の炉子の着付けは、以前とは違う若い女性の弓場《ゆば》さんが担当し、ヘアセットは、若い大柄の矢口《やぐち》さんという男性が行ってくれた。

炉子の立場は、一応の招待客ではあっても従業員という微妙な立場であり、普段着の着物にあたる小紋にひっつめ髪では、招待客として相応しくない。かといって、第一礼装にあたる振袖では従業員として相応しくないと、弓場さんや矢口さんは少しだけ悩んでいた。

しかし、そこはプロの裁量できちんと結果を出し、

「山崎さんのお着物は、これにしましょっか」

「髪型は、こんな感じでいかがでしょうか。組紐《くみひも》を巻きつけているので、毛先が散らばる事もないと思います」

と、着物は小紋と礼装の間にあたる「付け下げ」と名古屋帯にして、髪型は低い位置でのポニーテールに、根元から先端に至るまで緩く、白くて細い組紐を巻いてくれた。

弓場さんのセンスによって選ばれた清楚《せいそ》な色柄の付け下げと帯や、矢口さんの技術によって、リボン結びも入っている組紐で結い上げられた髪型は、招待客としての華やかさはあっても、従業員という本来の立場も忘れない控えめさがある。

完成された炉子の姿を見た翔也、由良、円地の三人は、それぞれ満足そうに頷き、

「うん。山崎さん、よう似合ってる」

「他の招待者達を差し置いて目立つ事もなく、かといって、出席者の一人として、春日小路家や道雄さんに恥をかかさない姿……。完璧ですね」

「さすがは、『お衣裳　美三輝《みさき》』さんの姉妹店ですねぇ。ＴＰＯに合わせた細やかなご配慮とセンス、ほんまに有難いです」

と絶賛するのを聞いて、弓場さんや矢口さんはもちろん、炉子も一緒に照れていた。

どんなに控えめでも、使用人の立場で思いがけずドレスアップしてもらった幸運を、炉子は喜ぶ。以前と同じく、似合ってると褒めてくれた翔也の柔らかな表情をそっと心に残すのだった。

店や圓徳院の前に伸びる「ねねの道」を抜ければ、アカガネリゾートにはすぐ着く。閉ざされている大きな門の前に炉子達四人が立つと、円地がおもむろに、胸ポケットからスマートフォンを出した。

「お世話になってますー。円地ですー。今、門の前に着きましたんで、今日はよろしくお願いしますー」

中にいる加賀家の者に連絡しているらしい。円地の長年のビジネス経験が窺える柔らかい口調での通話の後、何となく、門の向こうが騒がしくなった気がした。

おそらくアカガネリゾートの内部では、主催者たる愛子やスタッフ達が待機しているだろうと思われ、縁談における主役ご一行のご到着となれば、皆一斉に動き出すのは当然だった。

円地の電話が切れてから、炉子の感覚ではおよそ一分もたたない頃だったろうか。内側から、閂《かんぬき》を外すような音がして門が開き、

「副社長様、由良様、円地様。ようこそお越し下さいました！」

と元気な愛らしい声で炉子達を出迎えたのは、麗しい京友禅の振袖をまとって、頭の両側に青いつまみ細工の飾りを付けたツインテールの主催者・加賀愛子その人だった。

声と同じく、見るだけで人を明るくするような可憐《かれん》な愛子に、翔也がそっと微笑みかける。

「加賀さん。今日はお招きありがとう。ゆっくり、楽しませてもらうわ」

落ち着いた静かな返事に、愛子の瞳がぱっと輝く。

「まぁ。そう言って頂いて光栄です。お心ゆくまで、お楽しみ下さいませね」

主催者が真っ先に出迎えに来るとは思っていなかった事と、愛子の天真爛漫《てんしんらんまん》な振袖姿が髪型も含めこれ以上ないほど似合っていた事で、炉子は愛子を、芸能人やアイドルのように見つめてしまう。そうしてすぐに、自分の存在の小ささを思い知って萎縮して、傍にいた円地の後ろについ隠れそうになった。

しかし愛子は、主賓である翔也や由良、円地に丁寧に挨拶した後で、炉子にもきちんと目を向ける。

「山崎さん。ご足労頂きありがとうございます。前に、初顔合わせでお会いしましたよね。今日のお茶会を仕切らせて頂きます、加賀愛子と申します。お食事もスイーツもご用意してますから、お好きなだけ楽しんで下さいね！　よろしくお願いします」

翔也達だけでなく、炉子の顔と名前まで覚えていた。

この気遣いに炉子は感動し、一気に愛子に親しみがわいた。

「さぁ、皆様こちらへどうぞ！　他のご出席の方々は、先に披露宴《ひろうえん》会場でお待ち頂いてます」

愛子の案内で門を抜け、青竹の植えられた美しい庭を抜けて、アカガネリゾートの中心部にあたる本宅の玄関に立つ。

豪商の住まいだったこの建物はバンケットと呼ばれる披露宴会場で、イベント用の施設としてある程度改装されてはいるが、硝子《がらす》の引き戸や三和土等、玄関はほぼ当時のまま残されているのがよく分かった。

まるで大正時代にタイムスリップして、豪商の家に招かれたようだった。

（でも、今の私の状況も、お嬢様に招かれてのお茶会やし、ほとんど一緒やんな）

きっとその昔、ここに住んでいた子息や令嬢も縁談を経て、新しい家族を迎えたり、あるいは嫁いでゆくために、ここから巣立っていったのだろう。そうして今は結婚式場として、沢山の新しい家族を祝福しているのである。

愛子が代理で、フロントに立って春日小路家の受付を済ませている。振袖の襟《えり》に挿していたペンを抜き出し、機嫌よくくるりと回して、四人の名前を記入する。

その間に炉子は、玄関の瓦屋根や銅製の雨どいを見上げたり、綺麗に清められた三和土を眺めながら、約百年前から続いている日本の家族の形に想いを馳《は》せていた。

披露宴会場は廊下を渡った奥にあり、待機していたスタッフが左右同時に扉を開く。

その向こうには、梁を残して三階まで吹き抜けにした、解放感と明るさに溢れる和風の会場と、ガラス窓を通して見える、若葉と木漏れ日がきらきら溢れたなだらかな斜面の庭園が広がっていた。

バンケットは本来、その主な用途からテーブルが多数並んでいるのが通常だが、今日は春のお茶会だけの貸し切りであり、中央に、人数分の完璧な食事の準備が整えられた豪華な長テーブルがあるだけ。そこに既に春日小路家以外の招待者達、つまり、他の三家の人達が着席していた。

道雄同様、縁談における「とある理由」によって、各三家の長にして経営者である親達は今回はいない。出席者は、翔也の縁談相手である子供達と、彼女達に仕える付喪神だけ。初顔合わせの時にいた松尾家の少年の付喪神と、中村家の鹿の付喪神も、そこにいた。

春日小路家側の出席者を入れると、今ここに集まっているのは十人と一匹で、それなりの規模。

それでもアカガネリゾートは、十人と一匹が大所帯でないと感じる程、広くてゆったりとした空気が流れていた。ここだけが八坂の喧騒から切り離されて、時が止まったようだった。

（凄い……！　ここが今日一日、縁談の行事だけで全部貸し切りって事……⁉）

一体いくらかかるのか、と炉子は考えようとして、やめた。

立ち尽くしている炉子の前を、こういう場所に慣れているらしい翔也達が平然と中に入って行く。愛子に優しく肩を叩かれて促された炉子も、ようやく我に返って翔也達について行った。

翔也が支配人に案内されてテーブルの上座に座り、由良がその横に座る。

翔也の向かい側の席は、主催者にして今回の縁談の主役である愛子が座り、隣の空席は愛子の付喪神の席らしい。そこから下座《しもざ》へ順番に、他の三家の席が家ごとに決められていた。

炉子の席はさらに下座の末席で、円地はこの後すぐに会場を離れる予定でもあるのか、立ったまま。

ふと着席した炉子が目を向けると、付喪神の鹿が、炉子の向かい側に座る中村家の令嬢の傍から静かに立ち上がり移動している。中村家の令嬢は、今日もワンピースを着て茶髪のミディアムヘアを襟足付近で一つにまとめており、顔つきは以前と同じくクールで無表情だった。

鹿は、自分の主人たる令嬢の顔をちらちら見つつ、椅子に座れない自分の姿を翔也達によく見せるためか、バンケットの端まで歩いてから、首を下げる一礼をして伏せる。

そんな中村家の一つ上座の席には、訪問着を着た御子柴家の令嬢がいて、以前はコンタクトレンズだったのか、今日は丸眼鏡《まるめがね》をかけている。一本の長い三つ編みを横から垂らしている黒髪の豊かさと艶やかさは、離れている炉子の席からでもよく分かる。それが、大人しそうな彼女の顔立ちと共に、一種の神秘性《しんぴせい》を漂わせていた。

もちろん隣には付喪神の男性もいて、まるで姫様の屈強《くっきょう》な護衛官だと言わんばかりに、どっしり腰を落ち着けている。いかにも山の生活が得意そうな、四角い顔に顎髭《あごひげ》を生やした姿で、スーツを着ていても隠せない程の全身の筋肉が印象的だった。

（由良さんの正体が狐やし、あの人も、実は何かの動物……？　……ゴリラとか……？）

もし付喪神同士の試合になった時、果たして由良はあのゴリラのような人に勝てるのだろうかと、炉子は少しだけ不安になった。

そして残った最後の縁談相手が松尾家であり、加賀家の隣に座る松尾家の跡取りと、それに仕える少年の付喪神に、翔也がふっと視線を向ける。

「何や、貴史。今日は振袖で来ると思ってたのに」

友人として、翔也が気軽に声をかけると、

「一瞬そう思っててんけど、やめてん。今の俺はお前の縁談相手やし、俺は本気やからな。ちゃんとせなあかん時は、ちゃんとせなあかんやろ？　ふざけてばっかりやったら、お前の伴侶にはなれへんしな」

とスーツ姿の貴史が言い、付喪神の少年が苦笑いで肩をすくめている。

それを聞いた翔也は、友人相手ゆえに楽しそうに、

「せやな。将来はお前が、俺のパートナーになってくれるんかもしれへんしな」

と言って、満更でもなさそうに微笑んでいた。

初顔合わせの時、円地からの縁談の説明が終わって、翔也の縁談相手、すなわち四家の跡取り達がそれぞれ自己紹介をした時の事を、炉子は思い出す。

あの時炉子が最も驚いたのは、愛子の隣に座っていた猫のような顔立ちに鈴張りの目

をした色留袖の女性が愛子の付喪神だった事で、てっきり誰かの付き添いだと思っていた、翔也の友人にして松尾家の長男・貴史こそが、縁談相手の一人だったという事。これには炉子だけでなく、他の縁談相手達も皆驚いていた。

伴侶という言葉は、今の時代ではその意味がぐっと広くなっており、「人生を共に歩むパートナー」というのが伴侶であれば、同意のうえでの同性同士でも全く問題ない。

そうなると、貴史も縁談相手の一人となる事には誰も反対せず、貴史本人も自己紹介の場で堂々と、

「もし俺が副社長の伴侶となれましたら、ご希望とあれば俺が白無垢《しろむく》を着ても構いませんよ。ええものを着るのは何でも好きですし、ちょうどええ事に俺自身は長髪で、文金《ぶんきん》高島田《たかしまだ》でも何でも綺麗に結えますからね。副社長を引き立てる為やったら、俺は何でもしますよ。いつかオーナーにして友人の、副社長の公私を共にしたパートナーとなれる日を楽しみにしてます」

と言ってのけたのを、炉子はよく覚えていた。

最終的に、その初顔合わせで正式に翔也の縁談相手と決まったのは、加賀家の令嬢・愛子、御子柴家の令嬢・るい、中村家の令嬢・樹里《じゆり》、そして松尾家の長男・貴史の四人。

襲撃犯を探す目的が秘かにあるとしても、やはりこれは翔也の縁談である。名門・春日小路家の未来を左右する大切な行事で、翔也を支える生涯の伴侶が厳正な審査を経て、四人の中から決まるはずだった。

ゆえに翔也は真剣に、これから一年かけて、四人とじっくり交流を深めるのである。

今、初顔合わせとこのお茶会での親しさを考えると、伴侶に一番近いのはとりあえず貴史だと思われるが、

（でも、これは、戸籍《こせき》に関わるものやから……）

と炉子が思ったように、単なる友情が直《ただ》ちに伴侶へ繋がる程、縁談、そして結婚というのは簡単なものではないと皆分かっているらしい。ゆえに、今回は誰も貴史を妬む者はいなかった。

炉子ら春日小路家の者が着席し、場の雰囲気もある程度落ち着いたところで、愛子が支配人に小さく手を挙げて合図を出す。

委細承知しているらしい支配人がバンケットを出たかと思うと、やがて開かれていた入り口から女性二人がやってきて、

「皆様、いつも大変お世話になっております」

と生粋の京都弁で丁寧に頭を下げたのは、カガホテルの社長にして、愛子の母親である加賀家の家長・加賀福乃《ふくの》だった。

立派な訪問着の福乃の横には、初顔合わせの時にいた鈴張りの目の女性がいて、今日は藍《あい》色の着物に辛子《からし》色の袴を履いている。足元は着物と同色のハイヒールであり、それが顔立ちと相まって一層、すらりとした猫を連想させた。

福乃が家長として、

「加賀愛子の母親の、福乃でございます」

と、自己紹介するのに続いて、

「加賀家のご長女・愛子様の付喪神であります、瑠璃《るり》でございます」

と、瑠璃も同じく京都弁で、赤いリボンで結った髪をするりと滑らせながら、丁寧に頭を下げた。

そのお辞儀と同時に瑠璃の頭から猫の耳が現れて、袴の後ろからは、細い猫の尻尾が見えている。これで瑠璃のもう一つの姿が猫であると全員に伝わり、炉子は目を丸くして見つめ、由良や貴史が「なるほどね」と呟いた。

瑠璃の挨拶が終わると、福乃が再び口を開き、優雅な言辞を披露する。

「オーナー様である春日小路様ならびに他のグループ会社の皆様、お得意先様である中村様には、日頃よりご愛顧を賜《たまわ》りまして心より御礼申し上げます。本来であれば私も、こちらで皆様をおもてなしさせて頂くのが筋かと存じますが、縁談の規則により、本日はこれを以て私は失礼させて頂きます事をどうぞお許し下さいませ。後は娘の愛子が一切を取り仕切り、承りますので、何かございますれば愛子に何なりとお申しつけ下さいませ」

噛む事なく、福乃は深く一礼して家長の挨拶を終える。それに合わせて自分の席についていた愛子も、ゆっくり立ち上がって頭を下げた。

縁談が家の将来の地位を左右するものであれば、当然、その家長たる親が自分の子供の行事に介入してしまう事がある。そうなれば、主催者たる子供の存在が薄くなり、本人の資質が吟味《ぎんみ》しにくくなってしまう。道雄の縁談の時までは、過剰な介入を行ったがゆえに、結局は不合格とされた家がいくつかあったらしい。

そういう事情もあって、今回の縁談は、翔也や縁談相手の付喪神がそれぞれの家長の代理として各行事に出席する事となっていた。

道雄や他の三家の親達がここにいないのはそういう理由があり、それを円地が、初顔合わせの新設の縁談の規則として、四家の面々に説明していた。

道雄の付喪神である由良がここに出席しているのも、翔也に自身の付喪神がいないがゆえの特例だった。

とはいっても、さすがに大切な行事なだけに、家長が不在というのはよくないだろうと福乃は考えたらしい。出席者全員が揃うタイミングでバンケットに来て、介入はよくないと理解しつつも加賀家の威光を見せたい一心で、ついあの長口上《ながこうじょう》になったという訳だった。

これ以降は、福乃は宣言通り介入しないそうで、円地と共に行事の見届け役として別室で終日を過ごすという。

「それでは私は、円地様とご一緒に貴賓室《きひんしつ》にて待機させて頂きます。私も今回の行事の見届け役をさせて頂きますので、あとはお若い方々でどうぞごゆっくりお寛《くつろ》ぎ下さいませ。

見届けのお役目上、専用の式神を通して終始、円地様とご一緒に皆様のご様子を拝見致しますが、これも縁談の規則の一つとして何卒《なにとぞ》ご理解のほどをお願い申し上げます」

ホテル業界の社長というだけあって、福乃は愛子以上に堂々としており、年相応の威厳が感じられるかと思えば、人当たりのよさと華やかさを全身から醸《かも》し出している。

福乃に促された円地もここで退出し、

「ほな、山崎さん。あとは頼みましたよ」

と、炉子にだけそっと声をかけて、支配人の案内に沿ってバンケットとは反対側の貴賓室へと去っていった。

福乃達が出ていくのと入れ替わるように、今度は愛子が席から立って、閉じられた入り口の前に立つ。瑠璃も愛子に仕える付喪神として、その数歩後ろに立った。

春のお茶会の主催者・愛子の軽やかな声が、優雅な演奏のようにバンケットに響いた。

「――改めまして、皆様ようこそお越し下さいました！　春日小路翔也様と、付喪神の由良様に山崎炉子様。ならびに、御子柴るい様と付喪神の巌ノ丸《いわのまる》様。中村樹里様と豊親《とよちか》様、そして、松尾貴史様に湊《みなと》様……。ご出席を心より御礼申し上げます。本日は皆様のためにこの場を設け、様々なお食事やスイーツをご用意致しました。短い時間ではございますが、どうぞよろしくお願い致します。皆様と楽しいお時間を過ごせます事を、私、心より願っております！」

それぞれの付喪神も含め、各出席者をフルネームで呼んだ愛子は、母親と違って完全な標準語である。そのイントネーションの違いもあるかもしれないが、闊達《かったつ》さに溢れていた。

愛子の挨拶でいよいよ食事会が始まり、支配人やスタッフ達によってコース料理が運ばれてくる。目もあやな料理を食べた炉子は、その煌《きら》びやかさに圧倒されてずっと目を輝かせ、思わず自分の仕事を忘れそうだった。

アカガネリゾートのコース料理は、フランス料理をベースに京都という地に相応しい和のテイストを加えた、料理長渾身の季節に合わせたメニューだった。

紋甲《もんごう》イカの軽いソテー
春の野菜とのアンサンブル
春の味覚のポタージュ
桜鯛《さくらだい》のポワレ、新じゃがいものロティ、甲殻類《こうかくるい》のエキューム

という、英語でいうローストにあたるロティや、泡立ての意味のエキューム等、フランス語が付く料理名の書かれたメニュー表を見るだけでも、炉子をリッチな気分にさせてくれる。

もちろんパンは別に付いているし、ドリンクも別紙のメニューから好きなものを選べるようになっていて、炉子は思わず、

（こんなんが、毎日食べられたらええのに……）

と、貴族になった自分を妄想していた。

前菜が運ばれて以降は完全な歓談の時間となり、愛子は主催者らしく、食事を進めながら場を盛り上げる。翔也に話しかけ、由良に話しかけ、るいに話しかけ、樹里や貴史にも話しかけ、もちろん炉子や付喪神達にも話しかけていた。

諍いとなるのを避けるためか、平等に話題を振る愛子のさり気ない気遣いは、ホテル業界の社長令嬢としてまことに申し分ない。

そんな愛子が皆の心を和らげたのか、最初に貴史が、その次にるいが、と言った具合に各々口を開くようになり、メインが運ばれてくる前には、今日のお見合いの主役である愛子と翔也を中心にして、皆が何かしら発言出来る和やかな雰囲気になっていた。

炉子は末席からその様子を見たり、自分も愛子と会話しながら、初顔合わせの時には見えなかった皆の性格をしっかり心の中でメモする。

（加賀愛子さんは、振袖にツインテールっていう外見も口調も、全部が可愛くて明るい人。その付喪神の瑠璃さんも、今こそ主の愛子さんを立てて控えめやけど、多分、同じように明るい性格やと思う。そんな愛子さん達とは対照的に、御子柴るいさんはかなり大人しい人。喋る時は受け身が多いし、言葉に詰まって、付喪神の巌ノ丸さんが代わりに答える時もあるぐらいやし……。でも、全く喋れへんって感じじゃなさそう。そらそうやんな。観光ガイド会社のお嬢様やもんな。中村樹里さんはクールな性格で、こう、何て言うんやろう。……正直、付喪神の豊親さんもひっくるめて、ちょっと近寄りがたい。こういう場所が好きじゃないんかな？　確か初顔合わせの時も、そうやったっけ。貴史さんは砕けてはいても、きっと、真面目さもある人やと思う。……多分。それに対して付喪神の湊君は、めっちゃしっかり受け答えしてて、まさに貴史さんのサポート役って感じやなぁ。あと、めっちゃ美少年）

そこから炉子は、さて襲撃犯の手がかりをと考えてはみたものの、それ以上は何も分からない。情報収集という役目を負っているからか、何だか探偵みたいだなと炉子は思い、もっと皆を観察しようと内心気合を入れた。

ただ、素人のそういう行為は、傍目《はため》から見れば分かりやすいらしい。

炉子が、るいの艶めく三つ編みを眺めて、

（ほんまに凄い。どんなお手入れをしたら、あんな綺麗になるんやろ？　絶対、市販のトリートメントじゃないよな。もしかして、何かの術とかで……？）

と思っていると、その本人と目が合ってしまう。

ノンアルコールのスパークリングワインを飲もうとしていたるいが、グラスを持ったまま恥ずかしそうに会釈する。炉子も慌てて会釈すると、それを見た巌ノ丸が微笑んで、

（いかがですか？　我々の姫様は）

という自らの主を自慢するような眼差しを、まっすぐ炉子に向けていた。

巌ノ丸は、炉子が春日小路家の従業員として、るいを吟味していると捉えたらしい。

さすがに情報収集とまでは見破られなかったが、いずれにせよ視線に気付かれた事に炉子は焦って、助けを求めるように由良や翔也を見てしまった。

巌ノ丸が気付いたという事は、当然、由良達もこの事に気付いている。

案の定由良は、

(山崎さん。こちら側の目的がばれないようにしてくださいよ。探偵を気取って行動されるかたが、かえって犯人に気付かれると伝えたでしょうに)

と言いたげな視線を、秘かに炉子へ投げている。

そんな由良の隣で翔也が、

(大丈夫やで。無理しんときや)

というような、フォローの視線を送ってくれた。

その直後、翔也の視線が優しくなり、

(山崎さん。ありがとうな)

という心の声を聞いた気がした炉子は、すっと気持ちを切り替えた。

ここで、自分のせいで犯人に気付かれてしまっては申し訳ない。

これからの自分はごく普通の従業員として過ごそうと、炉子は、翔也と春日小路家のためにも固く決心したのだった。

つつがなく昼食が進む中、愛子は会場の皆とそつなく話していたが、最も多く話していたのはやはり翔也であり、愛子が、

「副社長様は、お休みの日はどうお過ごしなんですか？」

「最近、うちのホテルのスタッフが新しいSNSアカウントを開設したんです。先月にアメリカの会社がリリースして日本語版も出た、加工動画の投稿サービスの……」

「そう言えば来週、あのアニメの劇場版が公開されますよね。私、あれ大好きなんです！　副社長様は、お好きな映画とかジャンルってあります？」

と尋ねて、物静かな翔也もまた微笑みながら自らについて深く話すのは、まさしく彼女の手腕だった。

この時の翔也の話は、由良さえ知らなかった内容も出たらしく、

「翔さん、そういう漫画も読むんですか？　初めて聞きましたよ」

と驚く由良に、翔也は嬉しそうに頷いていた。

「この前、会社のSNSを開いた時にプロモーションが流れてきて、それで試しに読んだら面白かった。あれ、序盤の展開が凄いよな。加賀さん」

翔也が愛子を見ると、愛子はこの上なく嬉しそうに同意する。互いに分かち合う事の出来る作品のよさについて、存分に語り合うのだった。

愛子が引き出した翔也の趣味嗜好《しゅみしこう》は、同席している他の三家はもちろん、炉子も料理を食べつつ聞いている。翔也の内面が知れて嬉しいと思いつつ、何となく心に小さなさざ波が立っているのを、炉子は知らないふりをした。

やがてコース料理がメインに入る。茶美豚《ちゃーみーとん》フィレ肉のロティか、黒毛和牛ロース肉の

グリエに赤ワインソースか、黒毛和牛フィレ肉のポワレにトリュフソースという三種類から選べるようになっている。

翔也と由良をはじめ、他の四家の面々も、豪華な料理自体には慣れているようだったが、美味しい料理を食べる喜び自体は炉子と等しく持っているらしい。

皆、メニューそれぞれの旨味を楽しそうに味わっている。特に飲食店経営者の娘である樹里は、時折スタッフに頼んで料理長を呼び、使われている食材や産地、仕入れのやり方などを細かく訊いていた。

それを見た翔也が、心から樹里を褒める。

「中村さん、さすがやな。いつでも研究熱心なんやな。ソースの材料の仕入れ先や、まして配送方法なんて、俺、考えもしいひんかった」

すると、それまでほとんど無表情だった樹里がこの時ばかりは顔を上げて、

「ありがとうございます。ソースは、メインにはなれずとも大事な決め手なので、産地からこだわった方がいいと思うのです。ですからシェフに訊きました。私も厨房《ちゅうぼう》に立つ事があって、参考になると思いまして。ここのシェフは、いい方です。使う材料の根拠も、仕入れのやり方もしっかりしてます」

と答えた。

表情はやはり不愛想でも、自分の考えを語る瞳には、明らかに飲食業への情熱が宿っていた。

樹里の熱い一面を知った翔也が、とても楽しそうににっこり笑う。樹里が今しがた材料の産地を訊いたメイン料理のソースをそっと口にして、自分も学ぶように味わっていた。

「ソースは、メインになれへんでも大事な決め手……か。隅々までこだわるのは、料理にとっても、物作りにとっても、確かに大事やな。俺の制作の、精神的な参考にもなる。ええこと聞いた。中村さん、ありがとう」

翔也の言葉に、樹里が小さく頭を下げた。

「こちらこそ、勿体ないお言葉をありがとうございます。引き続き、私はシェフに料理について訊いたりしますけど、うるさかったらすみません」

「いや、ええで。その時は、俺も一緒に聞いてもええか」

「どうぞ」

この時二人の間には、和雑貨の制作と料理という違う分野でも、物作りという点では通じる精神がある事から、小さな絆が芽生えたらしい。

それは、炉子だけでなく他の出席者も感じており、他の三家はもちろん、炉子も一瞬、翔也と絆を築いた樹里を羨ましいと思った。

その直後、愛子に仕える付喪神の瑠璃がすっと顔を上げて、わずかに身を乗り出す。

滑らかで美しい京都弁が、翔也に呼びかけた。

「失礼致します、副社長様。差し出がましいとは重々承知の上ですけど、この辺りで一つ、ご提案をさせて頂いてもよろしいでしょうか？　せっかくご交流も深まってきた事ですし……。副社長様と愛子様は、お互い、お名前で呼び合うというのはいかがでしょう？　もちろん、私の事も瑠璃と呼び捨てにして下さいね。私は愛子様にお仕えするものですから、副社長様にも当然、その権利がおありやと思います。

お名前で呼び合われた方が、より一層お見合いらしいと思いますし、お二人もより気軽に楽しくお過ごし頂けると思うのですが……。いかがでしょう？」

瑠璃の提案に、炉子や他の三家だけでなく、由良も一瞬驚いた顔をする。

肝心の愛子本人は、願い出た瑠璃を止めるでもなく、自分も一緒に請うでもなく、ただ微笑んで翔也を見るだけ。

その場の全員が翔也の答えを待っていると、翔也が愛子の綺麗な瞳をじっと見て、やがて小さく頷いた。

「ええよ。確かに縁談やのに、いつまでも畏まった名前っていうのも変やわな。ほな改めて……愛子さん。これからは、そう呼ばせてもらうわ。別に敬語も取ってくれてええで」

「本当に？　嬉しい！　翔也さん、ありがとうございます！」

愛子が両手を合わせて、弾けるような笑みを見せる。

その瞬間、他の三家の間に「やられた！」という空気が沸《わ》き上がり、真っ先に口を開いたのは貴史だった。

「おい、ずるいぞ加賀さん！　翔也、俺の事も何か、お見合い専用の別のあだ名で呼んでえや！　何かこう……、いかにも婚約者みたいな名前で！」

大人しくて控えめな性格のるいも、慌てたように願い出る。

「わ、私も……！　私の事も、名前で呼んで下さいませ。それと、私も、副社長様の事を、その、お名前で呼んでも……？」

ここまでくると流石に、それまで表情を変えずクールに食事していた樹里も口を開き、

「翔也さん。私の事も、名前で呼んで下さい。そうすれば、父も豊親も喜ぶでしょうし」

と、自らが先に名前を呼ぶ事で事後承諾のように押し通して、翔也に請うた。

突然始まったお願い合戦に、炉子は呆然としてしまう。

いつかどこかでこんな展開がくるだろうと覚悟していたものの、実際に目の当たりにすると、やはり縁談相手達の気迫に圧倒されてしまった。

自分こそが翔也と親しくなって、オーナー会社かつ名家の次期当主の伴侶、さらには一族ごと外戚の座を勝ち取るのだといういきり立った感情や各々背負った使命感が、ひしひしと伝わってくる。

身震いした炉子は思わず、フォークに刺していた黒毛和牛の欠片《かけら》を落としそうになった。

（皆の必死さが怖い……。分かってはいたけど、怖いぃ……！　若旦那様、どうすんのこれ……？）

丸く収める方法は恐らく一つしかない。炉子の予想通り、三人の要望を受けた翔也は次期当主に相応しい冷静さで受け入れる。

「分かった。せっかくのご縁やし、これからは皆、名前で呼び合って仲良くしよう。貴史も、まぁ、呼び方はそのままでええやろ？　俺、考え付かへんし……。るいさんに樹里さんも、気軽に接してくれたらええで。これからはそうしよう」

翔也の言葉は、まさしく鶴の一声である。

るいがほっとした顔でお礼を言い、樹里も硬い表情ながら頭を下げる。

「あ、ありがとうございます！　しょ、翔也さん……！」

「ありがとうございます。翔也さんもご遠慮なく、私の事は樹里と呼んで、豊親の事も名前で呼んで下さい」

それに合わせて、バンケットの端にいる豊親が頭を下げ、るいの付喪神である巌ノ丸や貴史の付喪神である湊も同様に、翔也に頭を下げている。

貴史だけはあだ名を貰えなかった事に口を尖らせていたが、

「ま、ええか。俺はもう既に、名前で呼んでもらってるしな。おもろい呼び方を考え付いたら、教えて」

と、すぐに機嫌を直していた。

経緯はどうあれ、翔也と皆の交流が一層深くなる。

その雰囲気を察した愛子が上手くまとめて、

「これで決まりね。ね、翔也さん！　やっぱり皆で、名前で呼び合った方がいいわよね。そうしましょう！　私が率先して砕《くだ》けた口調にするから、皆さんもお気を遣わずに話してね」

と宣言する純粋な瞳に、翔也は「せやな」と、先程よりも一層親しく愛子に微笑んでいた。

末席の炉子は、ほっとすると同時に苦笑いするしかなかった。

この流れによって縁談は一歩前進し、バンケットでの会話はさらに盛り上がる。

出席者がほぼ全員会社の跡取りであるがゆえに、自然と商売の話題が多く、昼食のテーブルはまるで若き経営者達のサロンのようになった。

縁談相手の当人達はもちろん、その場にいる同年代という事で、従業員の炉子さえも愛子達から名前で呼ばれるようになり、会話にも交ぜてもらう。

そのきっかけは、炉子自身が立場を弁《わきま》えて黙っていたところに、愛子が「ね、ね、炉子さん！」と呼んで招き入れたもので、そんな積極的なところが愛子の魅力の一つだった。

「……じゃあ炉子さんは、かすがの工房のスタッフさんじゃなくて、翔也さんのご自宅のお手伝いさんなのね？　凄い！　私、本物のハウスキーパーさんって初めて見た！」

愛子はどこまでも天真爛漫で、縁談相手ではない炉子にも親しく話す。接する度に、明るく砕けた口調になる。

「うちはお手伝いさんはいなくて、掃除やご飯作りは全部、家族で交代してやってるの。社長の家なんて、案外そんなところも多いんじゃない？　こだわりが強くて、他人に任せたくない人だっているしね。うちのホテルをよく利用する出版社の社長さんも、そういう方よ。私こう見えても、掃除には結構自信があるの。職場でもするのよ。さすがにベテラン社員さんには勝てないけど、早くて綺麗って褒められるんだから！」

炉子と愛子が家電製品の話題で盛り上がり、炉子が、山咲での手伝いや使用人として得た家電の豆知識を教えると、愛子は大喜びする。

「こんなに話せるなんて嬉しい。炉子さん、今度どっか遊びに行きましょ⁉　というか、家電を見に行かない？　絶対に楽しいと思うわ。るいさんや樹里さんも、ぜひご一緒に！　るいさんはヘアケア商品に詳しそうだし、樹里さんは絶対にキッチン用品に詳しいわよね？」

それぞれの好きな分野で誘われた二人も、るいは嬉しそうに、樹里は拒否せず頷いていた。

話す度に炉子だけでなく、るいも樹里も貴史も、愛子の人柄に吸い込まれるように口を開き、心をほぐされていく。そんな様子を見ていた翔也も、愛子をはじめ他の三人と会話しながらずっと微笑み、自分からもよく皆に話しかけていた。

炉子は笑顔を絶やさない愛子を見て、改めて、一般人とは違うその輝きに感心する。

（ほんまに……。なんて明るくて可愛くて、親しみやすい人なんやろ。若旦那様が今、楽しそうにお喋りしたはんのは、絶対に愛子さんの存在が大きい。もし愛子さんが北の方になったら、お客様の相手を難なくこなして、誰からも褒められる素敵な奥様になりそう）

春日小路家同様、こんな人の下でなら働きたいと、炉子は従業員として思っていた。

今日の主催者という事もあるが、今、この場の中心人物は間違いなく愛子であり、同時に翔也から好感を得ているのも愛子だという事は、もはや誰もが分かっていた。

しかもそれは、主催者として必死に取り繕った賜物ではなく、愛子の真の人格である純真さや人懐こさがもたらした結果。

つまり、春日小路家の北の方として必要な華やかさ、人当たりのよさ等の素質をいかに自分が持っているかを、愛子は見事自然に披露したのである。

これは春日小路家の縁談においては先取点を挙げたようなもので、家長・福乃の代理でもある瑠璃はこの上なく嬉しそうに愛子を見守り、由良も炉子同様、愛子に感心していた。

貴賓室でこの様子を見ている福乃もさぞかし喜んでいるだろうし、円地もきっと、愛子の立派な姿に感心しているに違いなかった。

しかし競争相手である他の三家の者達は、さすがに素直にはなれないらしい。

本人達ではなく付喪神達の方が内心悔しがり焦っているようで、最初に口を開いたのは、るいの付喪神の巌ノ丸だった。

「いやぁ、ほんまに。愛子さんは色々気遣いの出来はる、頼もしい娘さんですね。こんなに楽しいお昼は久々ですわ」

一見すれば褒め言葉だが、炉子は、京都で生まれ育った者としての直感で、「従業員にまで媚び売んなやお喋りが」という嫌味である事に気付いて戦慄《せんりつ》する。

当の愛子や瑠璃も、巌ノ丸の嫌味には気付いたようだったが、愛子はさすがの強者で意にも介さず、

「巌ノ丸さん、ありがとうございます！」

と、あえて笑顔で返し、瑠璃は堂々と、

「ええ、ほんまにお陰様で。私も誇らしく思って、安心さしてもうてます。愛子様は、ちょっとお転婆なところはありますけど、いつでもお元気で周りを明るくしますし、それがホテルの従業員にもええ効果をもたらすんです。私は付喪神として愛子様に昔からお仕えしてますけど……、愛子様はほんまに、大事なものを持って育ってくれたお人やなぁ、ええ子にならはったなぁと、親馬鹿ならぬ付喪神馬鹿ですが、思ってますねん。ほら、明るさって、何よりも大事なものですしねぇ」

と言ってのけ、わざとらしく御子柴るいに微笑んでいた。

るいは、炉子が観察した通りに大人しい性格で、愛子達や翔也に声をかけられても終始受け身だったり、言葉に詰まる事も多かった。

この場でそれを不快に思う人は誰もいないが、どうしてもそれは愛子との比較対象と

なり、会話を変に切ってしまう存在として、悪い意味で目立っていた。

巌ノ丸に嫌味を言われた瑠璃は、仕返しと言わんばかりにそれを指摘して、

（そんな暗い子が、春日小路家の北の方なんか出来ますやろか）

という嘲笑《ちょうしょう》を、るいの心に刺したのである。

るいと巌ノ丸もすぐにそれを見抜き、るい本人は傷付いたのか俯いてしまう。

そんな自分の主の様子を見た巌ノ丸はすぐ、

「瑠璃さんは、愛子さんがほんまにお好きなんですねぇ。ええ事ですわ」

と、表情こそ笑顔だったが、ちょうどその時持っていたナイフを、まるで瑠璃、あるいは愛子の首の代わりだと言わんばかりに力の限り握り締めていた。

愛子と瑠璃は、それさえも明らかに気づいていたが全く動じず、その代わりに瑠璃が微かに口から、「シャー」という猫の威嚇《いかく》音を出していた。

以上の様子を間近で見てしまった炉子は、もはや「ひえぇ」という言葉も出ず、真っ青になる。ここが華麗なる闘いの場だったという事を、改めて思い知らされた。

加えて恐ろしかったのは、翔也と由良が、自分達の表情が周りに影響を及ぼさないよう無関心を装っていたのに対して、樹里と豊親はこの小競り合いを見て微かに鼻で笑い、貴史に至っては湊と一緒に、さも面白そうに笑いをこらえていた事である。

（うわぁ。嫌や、えぐいぃ……。裳子。お父さん。私やっぱり、貴族の世界は無理かもしれへん……）

生温かくにっこり笑い、ドリンクを飲む事しか出来ない炉子だった。

この場にいるのが器の小さい者達であれば、この状況一つで全てが台無しになるだろうが、そこは慣れている者達の食事会である。嫌味を吐いた方も返した方も、一旦収まれば後はすぐ、場の空気や後の影響を察してか、それぞれの憤懣《ふんまん》は胸中に仕舞って、何事もなかったかのように食事を続けていた。

縁談相手本人、あるいはそれに仕える付喪神が、そういう大人の態度が出来るかどうかも審査の対象だろうと炉子が察したのはこの時で、由良と秘かに目が合うと、

(ま、瑠璃さんも巌ノ丸さんも、どちらも及第点ですね)

と言うように微かに頷く。

しかしそんな由良本人は、主である道雄をあまりにも崇拝している。もし道雄が馬鹿にされたら、きっと相手をぶん殴るのではなかろうかと、炉子はつい思ってしまうのだった。

付喪神同士がそんな風に張り合っていても、翔也も含めた縁談当人達はひとまず愛子を中心にして、ほのぼのとした雰囲気が続いている。

何かの会話の流れで、愛子が炉子のポニーテールを褒めて、

「炉子さんによく似合ってる。頭の形と髪型がよくマッチしてて、きっとヘアセットした人が上手な方なんでしょうね。炉子さんが一つで、私がツインテールで、るいさんが三つ編みだから……。後のどちらかが、四つにヘアセットしてくれたらよかったのに」

と可愛らしく膨れると貴史が笑って、

「四つのヘアセットて、どうすんねん。っていうか、俺も一つ括《くく》りやん」

と、一本にまとめただけの自分の髪を持ち上げて考える。

すると、愛子に話を振られたもう一人の樹里が、おもむろにヘアゴムやピンを取って髪を解き、

「……ゼロ」

と、何も結っていない髪をするりと見せて、見事に数字の順番を繋げた。

まるで歌劇団の男役のような颯爽《さっそう》とした態度に、炉子とるいは思わず「きゃー」と声を上げる。

「うわ、その手があったんか」

と、悔しがる貴史の横で愛子が拍手し、

「最高じゃない！　私、樹里さんのそういうところ、好きよ？」

と称賛すると、樹里も素直に受け止めて、

「どうも」

と、最後までクールでも、愛子に微笑んでいた。

昼食を締めくくるデザートは苺と宇治抹茶のコンポジションで、後は食後のコーヒーまたは紅茶となって、食事会は終了である。

しかし、これからの予定を考えた炉子はふと疑問に思い、心の中で首を傾げた。

（あれ……？　愛子さんの話やと、この食事会の後はアフタヌーンティーもあるって言うてたやんな？　ご飯食べてすぐにアフタヌーンティーって、普通にしんどいやんな……？　愛子さん程の人が、それに気づかへん訳ないと思うんやけど……。ほな、アフタヌーンティーの前に何か、催《もよお》し物があるって事？）

しかし、その事について炉子達は何も聞いていない。

同じ事を翔也をはじめ他の出席者達も思ったらしく、隣の貴史が、

「炉子ちゃんは何か、この後の予定とか聞いてる？」

と、こっそり炉子に尋ねたが、首を横に振るしかなかった。

「反対に、貴史さんは何か聞かれてますか？」

「いや全く。食事とアフタヌーンティーしか、招待状には書いてへんかったよな？　俺、初めっから不思議に思っててん。え、何やろ」

貴史の付喪神である湊も肩をすくめて両手を広げ、外国人のように「知らない」というジェスチャーをする。

やがて食事を終えた全員の視線が愛子に向き、当の愛子は、それに全く動じる事なく周りを見渡し、最後に翔也をまっすぐ見据えた。

「皆様、お食事はいかがでしたでしょうか。楽しい時間が過ごせました事を、心より感謝申し上げます。さて、この後はアフタヌーンティーをご用意しておりますが、実はその前に一つ、翔也さんにお願いしたい事があるのです。

――京都・春日小路家の光る君、翔也さん。私にお一つ、お付き合い下さらないかしら。縁談相手として正式に、付喪神同士の試合を申し込みます。……受けて下さいますわよね？」

瞬間、その場にいる全員が、雷に打たれたように衝撃を受ける。

炉子も驚きを隠せず、大きく目を見開いた。

「何と」

「今、試合を……？」

小さく声を上げたのは、豊親とるいである。

バンケットの扉の向こうからは、

「えっ⁉」

という福乃の叫び声がして、すぐに、慌ただしい足音と共に福乃がバンケットに飛び込んできた。

「愛子！　あんた、どういう事やの⁉　今日は、食事と演奏会とアフタヌーンティーで……。試合なんて一言も聞いてへんで⁉」

「当たり前じゃない。言ってないんだもの。ママに言ったら、絶対にやめろって言うでしょ？　だから、こうしたの。私は初めから、翔也さんと『付喪神同士の試合』をしたいがために、今回のお茶会を設けたのよ」

「何やて、あんた……⁉」

愛子の意思を聞いた福乃は、もう卒倒寸前である。

炉子も末席から、まさかこんなに早く、春日小路家の縁談の最大の特徴である「付喪神同士の試合」を見る時が訪れるなんて、と息を飲んでいた。


付喪神とは、古い道具に魂が宿るあやかしの一種である。

一般的には、長い年月を経た道具が付喪神になると言われているが、霊力持ちの世界では、道具の持ち主に式神等を使役《しえき》する才能があれば、たとえ新品でも、自分の道具に強い愛着や思い入れを宿して、付喪神にする事が出来るのである。

それは正確には付喪神ではなく、式神の変種だと説く陰陽師もいるが、基本的には道具の精霊に変わりはないので、「付喪神」と呼ばれる事が多いという。

炉子や祐司は、霊力はあっても式神等を使役する才能がなかったので、今までは付喪神の世界とは無縁だった。

しかし今回、春日小路家の従業員となって、あの初顔合わせで円地が説明した内容に「付喪神同士の試合」があった事から、炉子は由良と翔也から付喪神について教えてもらっていた。

「霊力というのは、人によって様々な能力となって開花します。結界や感知能力、砲撃や肉体強化、魔除《まよ》け等……。春日小路家の封じる力も、もちろん霊力を源とした技術です。自分の愛着のある道具に魂を宿らせ使役する力も、それらと同じく、霊力による技術の一種という訳です。付喪神を使役する力はやはり、何らかの商売をする霊力持ちの方に、よく現れる傾向のようですね」

「俺の父さんと由良がそうであるように、自分の付喪神を社員にして、付き人やボディーガードをさせるという主従関係が多いらしいな。確かに、式神や付喪神……特に付喪神は、自分の大切な道具から生まれる精霊や。一度持つ事が出来たら、生涯にわたって信頼出来る相棒となるやろな」

「そういう訳で、今ではその事情が逆転して、自分の付喪神を所持している事が、霊力持ちの経営者達の間でステータスや必須事項と思われる事もあるようです。ですから、他の四家の人達も皆、自分の付喪神を持っているという訳です」

「父さんと違って、俺は何でか、まだ自分の付喪神は持ててへんけどな……」

「何にでも優れる翔さんでも、そこだけが気がかりですよね。でもまぁ、翔さん。気にする事はありませんよ。春日小路家は、巷《ちまた》の見栄に踊らされるような家柄ではありません。たとえ付喪神を持っていなくとも、翔さんは立派に道雄さんと共にお商売をされていますし、春日小路家の本来の能力である『封じる力』は、ちゃんと使いこなせているのですから。堂々としていればよいのです」

「うん。ありがとう、由良」

　この二人を見た炉子は、付喪神は使役されるあやかしであると同時に、家族の一人でもあるんやな、と思った。

様々な人と接する商売の家柄なら、何かあった時には、やはり家族に近い付喪神がいた方が安心出来、当主だけでなく妻もその能力に秀でていれば、より心強いという理屈になる。

春日小路家の次期当主の北の方にも自然とその資質が求められ、今では次期当主の縁談における審査項目の一つとなっているのも、ある意味当然かもしれなかった。

その付喪神を使役する縁談相手の能力を、どのようにして見極めるかとなって編み出された方法が、付喪神同士を戦わせる事。さすがに今は流血沙汰を伴うような戦闘ではなく、空手の組手のような、あるいはサバイバルゲームのような試合形式だった。

縁談相手がもし春日小路家の次期当主にこの戦いを挑んだ場合、縁談の他の規則は全て後回しにして、次期当主は否応《いやおう》なく挑戦を受ける事になっている。挑まれた側も名家の威信を懸けて、自身の付喪神で迎え撃つのだった。

たとえ怪我を極力避ける試合形式でも、実際に戦う事で、付喪神や使役する縁談相手達の咄嗟の判断力等、その者の底力も見えてくる。そういう審査が出来る意味でも、付喪神同士の試合が導入されていた。

試合によって、縁談相手および付喪神の底力が見えるという事は、同時に春日小路家の次期当主とその付喪神の底力も表面化するという事である。

もし、次期当主が縁談相手に敗れた場合は無条件でその者を伴侶とし、その場で縁談自体が終了するという規則になっていた。

むろんリスクは縁談相手も同等で、自身が次期当主に破れた場合、「素質なし」という事で無条件に縁談を破棄され、脱落となる。

これが、四季の持ち回り制の行事と並ぶ、春日小路家の縁談のもう一つの特徴である特別審査、どちらも一発勝負の、「付喪神同士の試合」の全容だった。

今までの行事への準備や努力、これから翔也と親しくなる機会を全て投げ出し、自らと付喪神の実力一つで栄光を勝ち取る方法を、愛子は選んだのだった。


今、バンケットは水を打ったような静けさの中、福乃が仁王立ちで娘を見つめている。

愛子も腹を括ったように、社長である母親を見返していた。


「愛子」

「なあに？」

「春日小路さんの副社長に、皆の前で、口に出して申し込んだという事は……。もう、後戻りは出来ひんな。事後承諾とはやってくれるやないの。確かに『試合』は、次期当主の北の方になれる最短ルートやけど……。負けたらその時点で終わりなんやで。そんな博打を、あんたはしたいんか」

「ええ。したいわ」

愛子の答えに、福乃が目を険しくする。

「あのね、ママ。私は自分の人生を、自分で引っ張っていきたいの。だから、翔也さんと由良さんに申し込んだの。ここで私と瑠璃が勝ったら、その時点で、縁談も私の勝ちになるんでしょ。素敵じゃない」

「若いもんは、皆そう言うて勇んで、失敗するもんやねんで。小さい頃から散々言い聞かしてきたのに、あんたまでそんな無茶するんか。まさか父親の、あのろくでなしの血筋で……」

「違うわよ、ママ。そんな訳ないじゃない……。私ね、ママの事を凄く尊敬しているの。京都から遥々《はるばる》関東に嫁いで、離婚しても女手一つで私や妹を育てて、それでいて社長としていつも笑顔で、行動力に溢れて凜としている。

それがカガホテルの社長で、私の母親。本当に素晴らしい人だと思うわ。

そんなママも私を愛して、自分と違ってよりよい人と家に嫁げるようにと、この縁談に組み入れてくれたのも知ってたわ。それは凄く感謝しているし、私も加賀家の繁栄の為に頑張りたいけど……。

でもね。私はただ幸せになりたいんじゃなくて、ママみたいな女になって、幸せになりたいの。審査されて未来が決まるのは、嫌なの。私の未来は私が決める。そのうえで翔也さんの伴侶となって、今後の人生を歩むのは魅力的だと思うわ。私が、そう判断したの。だから、私が自分から翔也さんと未来に手を伸ばして、手に入れるのよ」

愛子の言葉は力強かったが、同時に、いきり立つ母親を鎮めるような柔らかな敬意に満ちている。先程までの可愛らしさから打って変わって、付喪神同士の試合にかける愛子の人生への想いがどれほどかを伝えるには、十分すぎるものだった。

自分のようになって、幸せになりたいとまで言われた福乃はもう何も言い返す事が出来ず、観念したように大きくため息をつく。

それを炉子達一同が固唾《かたず》を飲んで見守っていたが、由良がおもむろに両手を挙げたかと思うと、バンケット中に響くような音で拍手した。

「――まことに、素晴らしいお志《こころざし》を聞かせて頂きました。愛子さんならば、いつか翔さんの北の方となられましてもきっと大丈夫でしょう。ですが……規則は規則です。私と翔さんに敗れたら、その未来は諦めてもらいますよ？」

「ええ、いいわ。自分の力を出し切って駄目だったら、そこに悔いはないもの。ね？瑠璃」

愛子が問うと、傍らの瑠璃が強く頷く。

「それでこそ、私がお仕えする姫様です。愛子様、全身全霊でやりましょうね。私も頑張りますさかい」

「ありがと。期待してるわよ？」

「はい。どうぞ見といてくれやす。――福乃様。愛子様には私がついておりますので、どうかご安心なさって下さい。大丈夫です。愛子様は、ほんまに頑張り屋さんの、ええ子やと思いますし……」

加賀家の内情は、炉子には分からない。しかし、山崎家には山崎家の絆があるように、加賀家にもまた、確かな一家の絆があるらしい。

それを見た由良は静かに立ち上がり、福乃や愛子に代わってその場を取り仕切った。

「……決まりですね。翔さん、準備しましょう」

「分かった。頼んだで、由良。俺も頑張って戦うわ」

「もちろんです。道雄さんとあなたの名誉にかけて、試合に勝ちますよ。——それでは皆様！　縁談の規則の一つ、『付喪神同士の試合』を執り行いますので、只今より進行は、加賀家に代わりまして春日小路家が務めさせて頂きます」

気配がしたので入り口を見ると、いつの間にか円地もバンケットに戻っている。

試合の進行や審判は円地が務めるらしく、由良の要請を受けた円地がてきぱきと、アカガネリゾートの支配人やスタッフ達に指示を出していた。

翔也と由良、愛子と瑠璃が、縁談相手としてではなく、今は対戦相手として、しっかり見つめ合っていた。

「愛子さん。お手並み、拝見させてもらうわ」

「とくとご覧下さいませね？　翔也さんは、聞いた話では剣道部の主将だったそうだけど……。誰がどんな術を使うか分からないのが、付喪神同士の試合でしょ？　甘く見ないでね」

付喪神の由良と瑠璃は既に闘志満々で、それぞれ、由良は頭が完全な狐に、瑠璃は頭から猫の耳を出して、瞳も完全な猫のそれになっている。

「瑠璃さん。試合の舞台はそちらの、アカガネリゾートの庭園ですか？　草木が多い場所は、狐である私にかなり有利だと思いますが……。大丈夫ですか？」

「まぁ。ふふふっ。ご自分だけが、野山を走れると思てはんのん？　私の獣姿が猫やというのは、この頭を見て分かるやないの。猫かて、上手に動けますえ？」

翔也達四人はバンケットの端にある格子戸へ向かい、そこから庭園に下りてゆく。円地の誘導で、炉子達は試合の観戦者として窓際に案内された。

一面ガラス張りの窓からは、アカガネリゾートの庭園を見下ろす事が出来る。

斜面の地形に沿って澄《す》んだ小川が流れ、春ゆえに沢山の木々が瑞々しく茂っている。天からは、木漏れ日が降って石畳の階段に陽光のまだら模様を作っており、バンケットから庭園の中心辺りまで移動する翔也達は、まるで昼下がりの恋人達のようだった。

とても未来を懸けて試合するようには見えない。

しかし、どんなに優雅に見えても戦いが待っており、炉子は他の三家や福乃に交じってガラス窓に手を添えて、じっと翔也達を見下ろした。

円地が小さく、他の三家の者達に向かって頭を下げた。

「それでは皆様。私も庭園に移動さしてもらいますね。審判役をしますので」

円地もバンケットを出て翔也達のそばに向かう。

その姿が窓から見下ろす炉子達にも見えた時、急に頭の中で円地の声が響き、

「皆様、私の声は聞こえておりますでしょうか？　聞こえておりましたら、お返事をお願いします」

と言われたので、炉子は驚いて顔を上げた。

貴史と目が合い、炉子の様子を見た貴史がにっこり笑う。

「炉子ちゃん、もしかして霊力持ちでもこういうのには慣れてない感じ？」

「あ、はい……。私、霊力はあっても、人じゃないものが見えたり話が出来る程度なので……」

「なるほど。まぁとりあえず、円地さんに返事しよっか」

「はい」

貴史や炉子だけでなく、円地の霊力による声は、バンケットにいる出席者全員に聞こえたらしい。るいや樹里をはじめ、付喪神達や福乃も、聞こえている旨を声に出し円地に伝えていた。

「はい、結構です。皆様、私の声が聞こえているようですね。それでは今から、春日小路翔也様と加賀愛子様による、付喪神同士の試合を始めます。こちらの音声や状況は、私の能力を通して皆様に聞こえるように致しますが、皆様のお声は届かないように致しますので、ご了承ください」

円地のアナウンスの背後で、

「さすがは、人間Ｗｉ－Ｆｉの異名をお持ちの円地さんですね」

と、由良が呟く声が聞こえて、

「由良君、それ褒めてる？」

と、円地が笑っていた。

由良が呟いたあだ名の通り、円地は霊力持ちの人間で、霊力を使って相手と頭の中で会話をしたり、周辺の音声を相手に届ける事が出来るらしい。

これは円地独自の能力で、炉子はもちろん他の誰にも出来ない技術らしい。貴史と湊が唸《うな》っていた。

「円地さん、凄いなぁ。感知能力タイプっていうか、電波系か？　湊と似てるよな」

「ちょっと貴史さん。迂闊に喋ったらあかんやん」

二人の会話が炉子にも聞こえて、

「湊君の能力？」

と、炉子が尋ねると、湊が苦笑いで貴史を見上げた。

「ほらぁ、貴史さん。興味持たれたやん」

「大丈夫やって、湊。炉子ちゃんは霊力持ちやけど縁談相手じゃないし、戦いの事もよう知らんねんから」

「でも、春日小路家の社員さんやろ。後で上に報告されたらどうすんの」

「あ、そうか。まぁええんちゃう」

「あの、じゃあ……。私は何も訊かへんし、言わんといておきますので……」

少年でもはきはきとした湊に押される形で、炉子は二人に手を振る。

しかし付喪神同士の実際の試合のやり方や、霊力持ちの人間の戦い方自体の事は訊いておきたく、

「これから、若旦那様と愛子さんが付喪神を戦わせるんですよね？　それって、由良さんと瑠璃さんは庭園に出ても、主の二人も外に出る必要があるんですか？」

と貴史に訊くと、

「そらそうやん。主同士も戦うんやから」

と、あっさり返された。

本格的に戦うと知った炉子は思わずガラス窓に額を付けて、翔也と愛子を凝視した。

「今から、あの二人が武器を持って戦うんですか⁉」

「せやで」

「付喪神同士の戦いって、どんな感じになるんですか？」

「それはなぁ、えーっと……。もう、実際に見た方が早いって。合間に俺が色々教えたげるから、とりあえず翔也達の試合を見とき」

「は、はい！」

貴史の勧めもあって、炉子は他の出席者達と一緒に庭園を見守る。

炉子達の頭の中には、終始、円地の能力によって試合の音声が流れている。まるで自

分も庭園にいて、試合に参加しているようだった。

翔也達は今、愛子達を先導に斜面の庭園を下りて、石畳の階段の、庭園全体の中央にあたる踊り場に案内される。

翔也の傍らの由良が、

「ほう」

と感心して庭園を見回し、

「素晴らしいお庭ですね。こんな場所で試合をして大丈夫なんですか。歴史的建造物に傷がつくのは、よくないと思いますがね」

と愛子達に尋ねると、二人は振り向いて「大丈夫」と微笑んだ。

「このアカガネリゾートさんは、建築した時から敷地全域にわたって、厄除《やくよ》けや防御の力にとっても優れてるの。だから私は、今日の行事と試合会場をここに決めたのよ。もちろん、支配人さんや所有者の方にも許可を得ているわ。このアカガネさんのお屋敷ならどこでも、試合の衝撃なんて簡単に弾いちゃうでしょうね」

「何でも、このお屋敷は当時の宮大工さんが建てはったもので、八坂の地形である斜面に沿わせるために、かなり頑丈に作らはったそうです。加えてこの家は、銅と縁が深い。つまり、銅の持つ力の恩恵を物凄く頂いてるそうです。銅は、殺菌力もあれば防水や防食にも優れて……。ほら、神社さんのお社の屋根にもよう使われてますやろ。早い話が、ここの施設そのものが、神社さん並みの力をお持ちですねや。せやし、霊力持ちの新郎新婦さんやご家族から、縁起がいいという事で、よう挙式会場に選ばれますねんて」

「なるほど。配慮はされているようですね」

愛子や瑠璃の説明に、由良が納得する。

和気藹々《わきあいあい》とした雰囲気はそこまでで、愛子が階段の上にある本宅前の広場を指差した。

「さぁ、翔也さん。あなたが目上なんだから、高い位置についてちょうだい。私達はこの踊り場をスタート地点にするわ。あなた達は上から、私達は下から飛び出して戦いましょう？」

「分かった。お互い、全力を尽くそう」

翔也は悠然と階段を上り、由良もそれに続く。

翔也達がバンケットのある本宅を背に、愛子達を見下ろす形で階段の上の広場に立った時、少し離れたところにいた円地が静かに右手を挙げた。

「双方、ご準備はよろしいでしょうか」

翔也も愛子も頷く。

「只今より、春日小路家の縁談の特別審査を開始します。——始めっ！」

威厳溢れる号令の瞬間、上からは由良が、下からは瑠璃が飛び出して、戦いの火蓋《ひぶた》が切られた。

付喪神二人が動くと同時に、その姿に変化が起こる。

由良はまるで幻術のように、スーツから狩衣を思わせる戦装束《いくさ》となり、右手に美しい太刀《たち》を持っている。瑠璃は装いに変化はないものの、由良と同じく右手に赤と緑を基調とした、華やかな色合いの如意棒《にょいぼう》を持っていた。

由良も瑠璃も、己の武器を横に振って互いを薙《な》ぎ払おうとする。

実力的には由良の方が優れているのか少し速く、押し負けると判断した瑠璃は、咄嗟の機転で手元をわずかに動かして由良の太刀を受け流した。

その反動で、二人がすれ違いながら落ちたかと思えば、どちらも身軽に狐や猫に変化する。石灯籠《いしどうろう》や小川にかかる石を足場にして再び、今度は獣としてぶつかり合っていた。

由良達が戦う間、主たる翔也と愛子も動いており、愛子が勇ましく帯の間に挟んでいた扇子《せんす》を一気に開く。

よく見るとそれは一般的な扇子ではなく、両側に花や房をつけ、百花と木々の描かれた檜扇《ひおうぎ》。どうやら愛子専用の、特注で作らせた武器らしかった。

対する翔也も、懐から名刺のような白い紙を出したかと思うと、口を開いて陰陽師の代名詞である、「急急如律令《きゅうきゅうにょりつりょう》」という呪文を唱える。

その直後、白い紙がほのかに光って風を受けたかのように丸まり、やがて強まった光明とともに、竹光《たけみつ》の刀に変化した。

刀身こそ竹製で斬《き》れないが、拵《こしら》えは京都の名家に相応しく真剣と同じもの。竹自体も、竹細工を生業《なりわい》とする春日小路家と深い縁を持つ素材。見るだけで、強い霊力の気配を感じる代物だった。

翔也は自分の封じる能力を応用して、白い紙に刀を封印していたらしい。

炉子は、翔也と初めて出会った雪の夜を思い出し、あの時も翔也が小さな札を使って周辺を温かくした事を思い出した。

（そっか。あれは、寒さを封じる術やったんや）

術の優劣の基準はよく分からないが、封じる力で気温を操り、武器の携帯を可能にするのは、並大抵の事ではないだろう。それを翔也は、呪文に頼ってはいても簡単に行っている。

春日小路家はやはり本当の、京都の陰陽師の一族なのだという事を、炉子は自身の目で見て実感したのだった。

刀を手にした翔也が堂々と、眼下の踊り場にいる愛子に向かって正眼《せいがん》に構える。

翔也の威厳ある姿を見上げた愛子が、わずかに目を見開いた。

「さすがね。でも、そんな物騒な物は振り回さないでほしいわ」

「試合や。しゃあない。封じる力で殺傷力《さっしょうりょく》を抑えて、弾くような衝撃だけにしとくから、安心して来たらええ」

「まぁー、器用ですこと。――じゃあ、お言葉に甘えてっ！」

一歩、二歩と、愛子が草履《ぞうり》を擦らせて走り出す。階段を上る愛子の体が異常に軽やかになり、まるで兎のような小股の跳躍で翔也に急接近したかと思えば、手に持つ檜扇で翔也の顔を横に切ろうとした。

翔也もそれを冷静に迎え撃ち、自分の顔を切られる前に、愛子の檜扇を持つ手を打とうとする。しかし、翔也の体と切っ先が飛び出すと同時に愛子は体を回転させ、空中で鮮やかに方向転換した。

惑わされたかのように、翔也の刀の切っ先が空を切る。その時にはもう、愛子は翔也の斜め後ろについて着地と同時に身を低くしており、振り向きざま、檜扇を華麗に払って翔也の足首を狙っていた。

愛子の檜扇には霊力が込められているらしい。堅牢《けんろう》な刃のように襲ってくるそれを、翔也もまた咄嗟に腰を落として、下に振るう刀で防ぐ。

この時、愛子の振袖の袖がふわりと宙を舞っており、豪華《ごうか》絢爛《けんらん》な京友禅の袖がなびき翻《ひるがえ》る様は、まるで刹那の絵巻物のようだった。

翔也が愛子に伝えたように、刀から弾くような衝撃が出たので愛子は咄嗟に後方へ跳び、翔也もまた、愛子とは反対方向に跳ぶ。ちょうど炉子達が観戦しているところから真下の本宅前の広場で、二人はそれぞれ刀と檜扇を構えて対峙した。

「……凄い動きやな。ほんまの兎みたいや」

「ありがとう。陰陽師の動きの『禹歩《うほ》』ならぬ、『兎脚《うきやく》』よ。加賀家オリジナルの得意技。怖くなった？」

「せやな。迂闊に動けへんわ」

「大した冷静さね。挑発にも乗らないし、目がずっと私の動きを探ってる」

翔也達の下では、由良と瑠璃がずっと互いの矜持をかけて戦い続けており、人の姿、あるいは獣の姿で庭園を駆けたり石や木々を飛び移ったりしては、火花を散らしている。

瑠璃が棒をくるりと回して魔法の杖のように由良に向けて呪文をとなえると、庭園のあらゆる場所から細い蔓《つる》が出現して、由良を捕えようとしたり、由良の体に鞭《むち》打とうとする。

それだけでなく、瑠璃は棒から花弁を出して散らす能力も持っており、瑠璃自身が由良と距離を詰めて棒で殴ろうとしたかと思えば、そこでも棒を回してあらゆる種類の花弁を散らして、一瞬の目眩《めくら》ませをする。その隙に棒で胴を打とうとしたり、猫に変化して鋭い爪や牙で由良を襲い続けた。

しかし、そんな瑠璃の猛攻に対して由良は至って冷静で、豪華な太刀を手足のように振るっては蔓の鞭を全て切り払い、瑠璃の不規則な肉弾戦をいなしている。

きっちり反撃も行っており、瑠璃が素早い猫だからこそ辛うじて避けられているものの、愚鈍なあやかしの類だとあっという間に太刀で打たれているだろう。

それほど由良の剣戟《けんげき》は過激にして、華麗だった。

付喪神達の猛々《たけだけ》しさとは対照的に、翔也と愛子は互いの動きを読んで睨み合い、膠着状態が続いている。円地は審判役として付喪神達や主達から上手く距離を取って、逐一変わる試合の状況を見守っていた。

これらの状況をバンケットから見ている炉子は、呼吸も忘れて凝視する。

「凄い……。こんな戦い、初めて見た……」

炉子だけでなく、貴史と湊も、るいや巌ノ丸や樹里も、息を詰めて翔也達を見守っていた。

バンケットの端にいた豊親も樹里の傍まで来ており、

「樹里殿。いかがかな。この戦いの行く末は」

「さぁ、私に訊かれても」

という短い会話を、己の主と交わしていた。

知りたい事は山ほどあって貴史に訊きたいのに、炉子は庭園から目が離せない。

そんな炉子の気持ちを貴史の方が先に察してくれたが、

「炉子ちゃん。この試合や付喪神の事で、何か訊きたい事ある？」

「はい。えっと、この試合って……」

「あっ、あーっ！　あっぶな‼　翔也のやつ今、ギリッギリやったやんけ！」

と、貴史がガラス窓に思い切り顔を寄せたので、炉子も驚いて庭園を見て、翔也が愛子の奇襲から脱したと知ってほっとした。

「いやぁー。愛子ちゃん、やるなぁ。あんな小《ち》っちゃい檜扇でよう出来るわ、あんな芸当」

「あの、貴史さん……」

「おー。凄い、凄い。由良さんは相変わらずというか、さすがやなぁ。道雄さんの付喪神でもええけど、もう、京都府警の陰陽師隊員と一緒に働いたらどやねん。あれ、戦闘力はそんな変わらんやろ」

貴史は炉子に声をかけた事をすっかり忘れて観戦に没頭している。気持ちが高まると、縁談相手ではなく翔也の友達となってしまうのか、

「あいつ、何しょーもない動きしとんねん！　おーい。根性出せや、翔也ぁー。相手に遠慮せんでええねん、試合なんやから！」

と、口調も態度も丁寧さを投げ捨てて、必死に応援していた。

何も訊けない事に炉子はぽかんとしてしまったが、貴史の応援は翔也への友情に溢れている。

それを感じた炉子が微笑んで何も言わないでおき、自分なりに考えながら試合を見ようと思った矢先、貴史の横から、湊がひょこっと顔を出した。

「山崎さん。ほんまにごめんなさい。貴史さんはほんまにもう、自分が言い出しっぺやのにー……」

むくれる湊に、炉子は思わずくすりと笑う。

貴史の代わりに湊が色々教えると言ってくれたので、炉子はまず、この付喪神同士の試合の勝敗の付け方を尋ねた。

「由良さんからは事前に、相手を戦闘不能にしたら勝ち、とだけ聞いてたんですけど……」

「そのままの意味で合ってるし、惜しいとも言えますね。付喪神同士の戦いの場合、勝つ方法は二つあります。一つは、由良さんの言わはった通り、相手やその付喪神を気絶

させるなりして、動けへんようにする事。もう一つは、相手の付喪神の本体を持ち主から取り上げる事です」

「あっ、そうか……！　付喪神やったら、元となる道具が存在してるはずやもんな」

「そういう事です。そこが一般的に知られている『式神』と、貴史さん達みたいな人が持つ『付喪神』との違いですね。似て非なるもんなんですよ」

早い話が、付喪神は持ち主の思い入れから生まれたあやかしで、持ち主が道具を奪われると酷く弱体化し、完全に破壊されれば付喪神自体が消滅してしまうという。

それは付喪神を使役する者達の間では当たり前の話なので、初顔合わせでの円地は説明を省いていたらしい。

そのため春日小路家の縁談では、試合する者達はお互いに、付喪神の本体である道具を所持、あるいは会場に持ち込んで試合に臨むという規則があった。

「という事は……。今、若旦那様も愛子さんも、由良さんや瑠璃さんの本体を持ってるって事なんですか？」

「そうですよ。春日小路さんの方は、由良さんの本体が刀って事は有名なので、加賀さんを含めもう皆分かってますけど……。加賀さんの方は、瑠璃さんの本体の道具は何なんでしょうね」

愛子の武器は檜扇だが、それが本体の道具だとは限らないと湊は言う。

「何も無理に、本体の道具で戦う必要はないですからね。そのために成長した付喪神は、本体から離れて動ける術を持つ訳ですし……。檜扇じゃなくて、別の道具やと思いますよ」

「隠し持ってる？」

「はい。あるいは逆に、ほんまに檜扇かもしれませんね。瑠璃さんの戦い方は、蔓とか花といった草木を操ってるので、檜扇と結び付ける事は一応出来ます。棒も、木の枝と関連付けられますしね」

「なるほどー……。そういうフェイントもあるんや。相手の付喪神の本体の道具が何かを探るのも、試合の鍵って事なんや……。ん？　今さっき、由良さんの本体が刀って言わはりました？」

「はい。霊力持ちの商売人の間では、結構有名な話ですよ。現当主の春日小路道雄さんと、その付喪神である由良さんは、自分達で怨霊等を追い払えるぐらい霊力が強くて、中でも由良さんは『不死身の由良の太刀』と言われてます。その『由良の太刀』が、由良さんの本当の名前、いわゆる真名《まな》だそうです。今、春日小路さんが使っている竹光の刀がそれですね。現当主が縁談の為に、一時的に譲渡しはったんでしょうね」

「そうなんですね⁉　ほな、愛子さんが若旦那様の刀を奪ったら、試合終了って事で……。最初から本体の道具が何か知られてるって、大きなハンデじゃないですか？」

「それはしゃあないですね。春日小路さんは自分の付喪神を持ってないですし、昔から本体ごと有名な由良さんを相棒にしたはる訳ですから……。まぁ、由良さんは強いし、そういうハンデがあってトントンってとこでしょう」

「そ、そうなんですね……」

「というか、そういうハンデをひっくり返してこそ、春日小路家のご当主の器やと僕は思いますね」

炉子に話しながら、湊はゆっくり自分の指を口元に当てて由良と瑠璃の戦いを眺めていた。

翔也か愛子、どちらかが相手を戦闘不能にするか、道具の奪取に成功すれば勝敗が決する。

同時に、翔也の伴侶が愛子となるか否かも、決まるのだった。

（若旦那様はこの試合、勝てるんやろか……？）

愛子の発言から、翔也は学生時代は剣道部の主将だったらしい。今この瞬間も刀を難なく扱っている様子と身のこなしから、それは嘘ではないようだった。一定以上の身体能力があることで、ある程度は安心出来るだろうと炉子は推測した。

しかし対する愛子も、挑んだ側だけあって負けてはおらず、翔也に劣る身体能力や武芸の才を補って余りある兎脚での身軽さや柔軟さ、奇襲にも近い思わぬ攻撃を駆使して対等に戦っている。檜扇とは反対の手で振袖の袖を持ち、まるで羽衣のように振って翔也の視線を刹那的に翻弄しながらの回避や檜扇で攻撃を繰り出す雄姿は、素人の炉子が見ても天晴《あっぱ》れとしか言いようがなかった。

この時の翔也は一見すれば愛子に押されているようで、先程貴史が声を上げたように、ヒヤッとする場面もいくつかあった。

しかし実際は、冷静に愛子の攻撃を受け流して反撃し、同時に、愛子の動きをよく見て兎脚の癖を観察している。

言うまでもなく、それは瑠璃の本体の道具が何なのかを探っており、翔也が愛子の俊《しゅん》敏《びん》な動きに付き合いこそすれ一切流されず、回避・反撃・探索の三つを行っている実力に気付いた炉子は、胸が熱くなった。

(凄い、若旦那様……! でも、愛子さんかって本気やから、ちょっとでも気を抜いたら負けてしまうかもしれへん。そうなったら、若旦那様の北の方は……)

そう意識した途端、炉子の胸が何故か切なく、きゅっと締め付けられた。

心の底から、翔也に負けてほしくないと思った。

(それは当然やんな。だって、ここでもし若旦那様が負けたら、縁談が終わる。襲撃犯探しは続くやろうけど、住み込みの使用人の仕事は、きっと終わりになる……)

そうなれば、自分は再び無職になる。楽しんでいた住み込みの仕事を失う。

それが嫌で不安なのだと、炉子は自分の胸の切なさについて、明らかにその理屈が矛盾していると分かっていながら、自分で説明づけた。

何にせよ、炉子は春日小路家の従業員である。不安になってもならなくても、副社長である翔也を応援する立場にある。

貴史と同じように自分も声を出して応援すれば、ひょっとして思いが届くかもしれないと、炉子は仕切り直すように顔を上げた。

――その時。

一瞬、視界が真っ暗になり、炉子の足元から噴き上がるような悪寒《おかん》が走る。

（えっ⁉　何⁉　えっ、これ何……⁉　どうしたん……っ⁉）

視界はすぐ元通りになったが、悪寒は止まらない。全身から冷や汗が出て足が震え、恐怖のあまり声が出ない。

必死に目を動かして貴史達を見たが、自分以外には何の異常もないようだった。

（えっ、えっ。どうしよう。何なんこれ……⁉）

何の対抗手段も持たない炉子は、突如やってきた原因不明の異常に怯える事しか出来ない。

ほとんど無意識に襟元に手を置き、きゅっと両手を握ると、わずかに悪寒が引いた気がする。

（そうや、お守り……！）

炉子は、懐に入れている巾着、すなわち珠美のネックレスと梅の花の根付の存在を思い出し、襟の上から縋《すが》りつくように、お守りの入った巾着を握り締める。

すると炉子の握力に比例して悪寒が弱まり、やがて完全になくなって、全てが元通りになった。

（……なくなった……？　……よかった……！　でも、今のは、一体何やったたん……？）

四家の誰かの嫉妬など、黒い感情が悪寒となって炉子に伝わったのだろうか。

しかしそれにしては、結局炉子に何の影響も出ず、そもそも庭園で試合をしている翔也や由良ではなく、炉子だけに伝わる理由が分からない。

肩で息をする炉子の顔を、貴史が心配そうに覗き込んでいた。

「炉子ちゃん、どうしたん？　大丈夫か？」

「だ、大丈夫です……」

貴史の気遣いは嬉しかったが、悲しい事に、四家の中に犯人がいるのだとすれば、迂闊にここで今の悪寒を話す訳にはいかない。

まだ正体の分からぬ犯人に勘づかれないよう、炉子は急いで息を整えて、貴史に笑顔を見せた。

「すみません。上等な着物を着てるので……。ちょっと息苦しくなったんです」

「あぁ、なるほどなぁ。女性の着物は、締め付ける小物が色々あるし、礼装やと余計に、しっかり着付けなあかんもんな。しんどかったら、無理せんとスタッフさんに言いや？」

「はい。ありがとうござ……」

炉子がお礼を言おうとした瞬間、巌ノ丸の声が上がる。

「くそっ！　やりよったな嬢ちゃん！」

炉子と貴史がはっと気付いて庭園の奥の方を見ると、奇襲を受けてついに倒れたらしい翔也が、愛子に馬乗りにされている。振袖は足を開く事が出来ないので、愛子は上品に両足を閉じたまま、両の爪先から全体重をかけて翔也の鳩尾《みぞおち》に乗り、檜扇で首を押さえ付けていた。

「若旦那様……⁉」

「まじかっ⁉　やる事えぐない⁉」

炉子と貴史は周りの目も忘れて、ガラス窓に手をつけた。

眼下の愛子は、檜扇で翔也の首を押さえつつ、空いた手で刀を掴み、由良の本体であるそれを奪い取ろうと全力で引っ張っていた。

対する翔也も、両手で刀を引っ張ってはいるが、愛子に鳩尾を突かれて倒された上に、今なお急所の鳩尾に全体重をかけて乗られ、さらに首まで硬い檜扇で押さえ付けられているせいで、上手く力が出せないらしい。

千載一遇《せんざいいちぐう》に気付いた瑠璃が、由良との戦いを放棄して疾風《しっぷう》のように庭園を走る。愛子に加勢して手を伸ばし、翔也から刀をもぎ取ろうとした。

一歩遅れた由良も走り出すが、間に合わない。

（若旦那様……っ！）

全て、ほんの二秒ほどの間。炉子は翔也の敗北を覚悟して、他の三家の者達も、苦い顔で愛子の勝利を確信した。

翔也の上にいる愛子が、宣言する。

「私の、勝ちね」

「いや。――俺の勝ちや」

「えっ……」

言い返した翔也が、仰向けに倒れたまま左手を刀から離し、愛子の襟元にそっと手を伸ばす。

「あ……っ⁉」

「しまっ……！」

愛子や瑠璃が気付いた時には、もう遅かった。

翔也は愛子の振袖の襟に挿されていたペンを素早く引き抜き、愛子が焦った隙をついて押しのけて脱出し、距離を取る。

今、翔也の右手には刀があり、左手には、水色に花柄の美しい高価なボールペンが握られていた。

その瞬間、人の姿をしていた瑠璃が、しゅんという音と共に姿を変えて、小さな子猫になる。広場に座り込み、観念した表情の愛子に駆け寄る子猫の瑠璃は、明らかに本体を奪われて弱体化した付喪神の姿だった。

「にゃあ……」

弱体化したせいか、子猫になった瑠璃は、人の言葉さえ話せない。

「ごめんね瑠璃。――負けちゃった」

瑠璃を抱き上げた愛子が、優しく微笑んだ。

それを見た翔也が円地に向かって、愛子から取ったペンを見せた。

「たった今、加賀愛子さんの付喪神・瑠璃殿の御本体を頂戴した。ご確認を」

「加賀愛子様。お間違いないですか？」

円地の問いに、愛子が静かに頷く。

「はい。間違いありません。そのボールペンを本体とした、『瑠璃ペン』……。それが、瑠璃の真名です」

確認が取れた事で、円地が高らかに宣言する。

「――勝負あり！　只今の試合は、春日小路翔也様が勝利いたしました。よって、加賀愛子様はこの時を限りに縁談破棄、脱落とさせて頂きます。この首尾を、私円地が間違いなく見届けました事をここに宣言し、以上を以て、春日小路家の縁談の特別審査を終了させて頂きます」

一瞬、バンケットにいる観戦者達の間の空気がしんと冷たくなる。

炉子は、福乃の横顔をそっと見た。さすがに家長の威厳を保って顔色こそ変えていないが、目元がわずかに娘の脱落を悲しんでいた。

静寂を破って拍手したのは貴史であり、

「翔也、勝ててよかったなぁ！　愛子ちゃんも、ようやったやん！」

という屈託ない声に釣られて、るいや樹里、付喪神達もぱらぱらと拍手した。

炉子も、そこでようやく翔也が勝った事を喜んでよいのだと理解して、と、愛子を伴侶とするか否かの最初の難関を翔也が突破出来た事に、ほっと胸を撫で下ろすのだった。

（よかった……。若旦那様……）

炉子達のいるバンケットを、愛子が、瑠璃を抱きながら見上げている。

翔也が歩み寄ると、愛子は座り込んだまま、自分を見下ろす翔也に微笑んだ。

「翔也さん。いいえ、副社長様。……完敗よ。でも、楽しかった。あなたと対等に、全力で戦えてよかったわ。私の実力、なかなかのものだったでしょ？　食事会での仕切り方もこれ含めて……。引き続き、縁談頑張ってね。私はあなたの伴侶にはもうなれないけど、これからは子会社の次期社長として、あなたとお付き合いするわ。将来は立派な春日小路グループの重役になって、遠慮せず意見を出す存在になってあげるから見ていなさい！　だからあなたもしっかり自分を磨いて、立派なオーナーになってね。そして、素敵な人を伴侶にしてね。つまんない人と一緒になったら、ただじゃおかないから！　約束よ！」

明るく威勢よく、不敵な笑みをぶつける愛子。

翔也はそれを真正面から受け止めて、美しい顔立ちを柔らかく、そして、瞳は次期当主らしく凜々しくして、愛子にビジネスにおける友情を誓った。

「商売の世界は荒波やから、君みたいな子がいてくれると助かる。頼もしい事この上ない。……加賀愛子さん。短い時間やったけど、ありがとう。これからもよろしく。将来の、春日小路グループのホテル経営は頼んだで」

「ええ。お任せ下さいませ。永久なる栄華をお見せ致しますわ！」

　立ち上がろうとした愛子だったが、試合で足を痛めたのか、激痛に顔を歪めて尻餅をつく。

　瑠璃が慌てて前脚で組ると、それと同時に翔也が刀を地面に置いた。

　愛子にボールペンを返却して、すっと手を差し出す。

「立てるか」

「ええ。ありがとうございます」

　愛子は翔也の手を取り、ぎゅっと握って支えにする。足に激痛が走らないようゆっくり立ち上がる愛子の体を、翔也が支えた。

「このまま俺の手を、杖の代わりにしたらええで。無理しんときや」

「すみません、ご迷惑をおかけして……。兎脚は、兎のような動きと引き換えに、兎のように足が脆《もろ》くなるの」

「骨折してるんか」

「いいえ。そこまで酷くなってないから、大丈夫。――バンケットに戻る前に、少しだけお時間を下さいませ。お付き合い下さった皆様に、お礼を申し上げないと」

　愛子が翔也の手を支えにしたまま、バンケットの方を向く。

「瑠璃。もう人の姿になれる？」

と、胸元に抱いている瑠璃に尋ねると、子猫の瑠璃が元気に鳴いた。

「本体を返して頂きましたから、もう大丈夫です」

子猫の姿で喋った後は、するりと愛子の腕から下りて、再び人の姿になる。

それを見た愛子が、翔也と繋いでいる手とは反対の手で瑠璃の手を握り、バンケットにいる炉子達に向かって美しく頭を下げた。

「……皆様、いかがでしたでしょうか？　私、加賀愛子と付喪神の瑠璃、そして、光る君と名高い春日小路翔也様と由良様による、八坂・アカガネリゾートでの付喪神同士の試合……。皆様への素敵な催し物となりましたなら、これ以上ない幸いでございます。この後はカルテットによる演奏会と、美味しいアフタヌーンティーをご用意しておりますので、どうぞ皆様、ご準備が整われましたら敷地内の『望楼塔』までお越し下さいませ。ご観戦、まことにありがとうございました！」

カーテンコールのように、笑顔で、もう一度華やかに深くお辞儀する愛子の姿。

そのあまりの輝きを見て最初に拍手したのは、炉子だった。

「お疲れ様でした！　凄く……凄く格好よかったです！　またぜひ、一緒に家電を見に行きましょう！」

炉子の言葉は、庭園までは聞こえない。しかし口の動きで、愛子は気付いてくれたらしい。

愛子もまた、ガラス越しの炉子を見上げて、

「ありがと。約束よ？」

と、無邪気な笑顔で手を振ってくれた。

他の出席者達も愛子に感動したらしく、バンケットからは拍手喝采が巻き起こる。

これぞまさしく、春日小路家の縁談における試合の、真の締め括りである。

拍手はいつまでも鳴りやまず、敗者となって尚、今日の中心人物は、やはり愛子だった。

元のスーツ姿に戻った由良がこの上なく愉快そうに、翔也に話しかけていた。

「さすがは加賀家のご令嬢ですね。まさか春日小路家の次期当主とその付喪神を、催し物の演者にしてしまうとは……。お陰でゲストは皆、大満足です。この後のアフタヌーンティーも、さぞかし美味しいでしょうね。楽しみです」

「うん。加賀さんはほんまに、大した器や。将来こんな人が率いる会社を傘下に持って、春日小路家《うち》は幸せやな。――お疲れ、由良。頑張ってくれてありがとう」

「いえいえ。翔さんもお見事でした」

円地を通して聞こえた二人の会話に、炉子も温かく微笑んでいた。

ふと気が付くと、愛子の母親である福乃も静かに拍手している。

その温かい眼差しを見た炉子は、そっと福乃に声をかけた。

「加賀様。愛子さんは、とっても素晴らしい方やと思います。最高のお姫様です。もし私が二人いたら、片方は愛子さんの下で働きたいぐらいですよ。京都のホテル業界の未来は、明るいですね」

目を輝かせる炉子に、福乃がふっと笑い、心から幸せそうな顔をした。

「山崎さん、ありがとう。――せっかく私が手配して、名家との縁談を組んであげたのに……。あの子はほんまに天真爛漫で、猪突猛進《ちょとつもうしん》で……。最高の自慢の娘やわ」

この試合の後、元は来客をもてなしたり、泊めるための邸宅だったという別棟「望楼塔」で、弦楽四重奏の生演奏とアカガネリゾートのこだわりの紅茶、そして、雅《みやび》で可愛らしいスイーツが沢山揃った和のアフタヌーンティーが振る舞われた。

弦楽四重奏は流麗で素晴らしく、紅茶とスイーツは極上の味。

支配人自らの案内によるアカガネリゾート内の散策は、望楼塔が清水寺と同じ懸造《かけづくり》で建てられているのを見上げて皆で感心したり、それぞれ庭園や貴賓室で休息の一時を過ごしたりと、春のお茶会に相応しい最高の一日となった。

帰り際、翔也が愛子に丁寧にお礼を言っていた。

「加賀さん、ありがとう。とても楽しい一日やった。足はまだ痛いやろうから、しっかり養生しいや」

「ありがとうございます、副社長様。引き続き、我々加賀家をどうぞよろしくお願いします」

京都・八坂。

春のアカガネリゾートの素晴らしい余韻は、炉子達が帰宅しても尚、いつまでも消えなかった。

幕間一

「山崎さん、それは本当ですか」

「はい。お二人が試合をしていた時、確かにバンケットで邪悪《じゃあく》な気配を感じました」

由良の問いに、炉子は正座している腿《もも》の上の両手をぎゅっと握り締めた。

春のお茶会から帰宅して、少し経った後。

炉子は翔也と由良を居間に呼んで、自分の身に起こった、あの這い上がるような悪寒の事を話した。

あれは、六年前に翔也を襲った犯人によるものかもしれない。悪寒以外の事は何も分からないが、少なくとも、春日小路家に味方する類では決してない事だけは、乏しい霊力の炉子でも分かった。

試合の後、炉子がすぐに報告しなかったのは犯人に気付かれるのを危惧《きぐ》したためで、帰りの道中も犯人の式神等がついて来てはいまいかと、炉子はずっと警戒していた。

しかし、さすがに春日小路家の本宅は安全であり、家の中は常に清浄な気配に満ちている。

炉子が経緯を話し終えると、由良の表情が悩まし気になり、低く唸った。

「うーん、そうですか……。道雄さんの奥様の、お形見のネックレスが山崎さんを守ったという事になりますね。なるほど……。まさか早速、何かが起こるとは。悪寒の発信源等を山崎さんが辿って、犯人が分かればよかったのですが」

「す、すみません。何も出来ませんでした……」

炉子が身を縮めると、翔也が主として冷静に由良を諌《いさ》める。

「由良。山崎さんを責めたらあかん。うちの従業員の、山崎さんの身に何も起こらへんかっただけでも、よしとしなあかん。それにこれで、今回の縁談相手の中に犯人がいるとほぼ分かったんや。それだけでも大きな収穫や」

「申し訳ありません。悪気はなかったのです。私もちゃんと、山崎さんがご無事でよかったと思ってますよ」

「そ、そんな！ 謝らなくていいですよ由良さん！ とにかく、若旦那様と由良さんもご無事で、何も起こらなくて、ほんまよかったです！」

由良が謝罪したので、炉子は慌てて手を振る。

自分があの時何も出来なかったのは事実なので、炉子はかえって自分の無力さが恥ずかしくなった。

考えをまとめたらしい翔也が、すっと顔を上げる。

「とにかく、俺の中ではもう縁談相手の誰かが例の犯人やと思ってる。せやないと、山崎さんだけが悪寒を感じて、付喪神を含む他の出席者達が誰も気付かへんかった説明が出来ひん。きっと春日小路家に狙いを定めてたから、他の人らは気付かへんかったんや。山崎さんが勘づいたから悪寒がすぐに身を引いたと考えると、相手はやっぱり、術や気配を上手く操れる実力者や。――由良。父さんや円地さんに、今すぐ報告してもらってもええか？」

「もちろんです。それでは一旦、失礼致します」

スマートフォンを持った由良が席を外すと、翔也が心配そうに炉子の顔を覗き込む。

「ごめんな、山崎さん。今まで何も気付かへんで。帰り道とか、一人で警戒して怖かったやろ。よう頑張ってくれた。ありがとう。山崎さんが悪寒だけで済んで、ほんまによかった」

「いえ、私は全然……。気遣って下さって、ありがとうございます。私自身は何も出来ませんでしたけど、これのお陰で助かりました」

炉子が翔也に見せたのは、自分の着物の懐に入れていた巾着の中のお守り。

炉子に譲渡した、母親の形見であるネックレスを翔也はじっくり眺めて、

「まさかこのタイミングで、母さんのネックレスから何かの力が出るなんてなぁ。俺が持ってた時は、母さんからもらった直後はもちろん、記憶はないけど山崎さんに譲る時までほんまに何も起こらへんかってんで。ただの綺麗なネックレスやった」

と呟き、炉子の何かにネックレスが反応したのでは、と推測した。

「そう、なんですかねぇ……？　でも、私はただお借りして毎日懐に入れてただけで、特に何もしてないです。手拭いとかで、丁寧に拭いたりはしてましたけど……」

「でも話を聞く限り、母さんのネックレスが山崎さんを守った事は確かや。きっと、山崎さんとネックレスの相性がいいんかもしれへんな。あの世にいる母さんも、自分のネックレスが人助け出来たて喜んでると思うわ。これからも、何かあった時は母さんのネックレスをお守りにしいや」

「はい。ありがとうございます」

翔也の真剣な瞳を受けて、炉子の胸の中が、包まれたような安堵に満ちる。

翔也に対して、自分の雇い主としての敬意が強く芽生えて、より一層翔也のために働きたいと思った。

そうなると必然的に、今の自分の、霊力的な無力さが歯痒《はがゆ》くなる。

「あの、若旦那様」

「何や？」

「私も練習したら、呪いを追い払ったり結界を張ったりする力が、身につくでしょうか」

「ああ、その話やけど」

炉子の問いに、翔也は少しだけ改まり、

「これからはちょいちょい、俺や由良や、他の春日小路の人らと一緒に色々やってみたらどやろか」

「……邪悪なものと戦う力の、練習をですか？」

「早い話がそういう事や。別に反撃する力じゃなくてもいいから、わずかでも護身の術を身につけた方が、備えあれば患《うれ》いなしやろ」

と提案するのを、炉子はわずかに目を見開いて、翔也の顔を見返した。

「……私にちゃんとそういう力がついて、ちゃんと使えるんでしょうか」

「それはやってみな分からん。でも山崎さんも霊力持ちやし、何より母さんのネックレスが山崎さんを守ったから、何らかの素質がある可能性はあると思う」

「結界とか、お祓いの力が……？」

「それも分からん。人の霊力がどんな形で開花するかは、その人次第やしな」

翔也の言葉を聞いても、炉子は信じられなかった。

今まで、炉子は人ならざるものを見る、あるいは接する以上の事は出来なかった。

では、霊力的にこのまま何も出来ない自分でいいかと問われれば、それは否だった。

自分は翔也に恩返しをするために、春日小路家で働いている。翔也の助けになる能力を得る事が出来るなら、一つでも増やす努力をすべきなのは明白だった。

もし自分にも特別な能力――異能が開花して、結界やお祓いはもちろん、自分の付喪神を得る事が出来たなら、自分の仕事や翔也を守る事がさらに出来るようになる。

また、炉子の脳裏には、今日のお茶会で鮮やかな存在感を見せた愛子の姿も浮かび上がっていた。戦いに敗れ、縁談の最初の脱落者となっても決して輝きを失わず、最後までお茶会の主催者を務め上げた姿は素晴らしいものだった。

足を痛めて、翔也に手を取ってもらって歩いていた様は、翔也とよくお似合いだった。たとえ伴侶にはなれなくても、翔也と並び立つ素質を十分に持っていた。

攻撃できる檜扇も兎脚も、何より付喪神である瑠璃の存在も、愛子の努力の賜物だろう。

自分もそんな人間になりたいと、炉子は憧れた。

「――若旦那様。家のお仕事も縁談のお仕事もちゃんとしますので、空いた時間でいいので、私に色々教えて下さい」

両手を畳につき、頭を下げてまっすぐ願うと、翔也もまっすぐ頷いた。

「ええよ。とりあえず今度研修で、かすがの工房に行くはずやな。その時に、春日小路家の家業を詳しく教えると同時に、霊力の練習も色々試してみよう。あと、いつか近くの京歴にも行こか。そこに春日小路の名前が載った史料が所蔵されてるから、うちの歴史を知っとくのもええと思うわ」

「ありがとうございます！　改めまして、よろしくお願いします！」

こうして炉子は、住み込みの仕事や縁談の手伝いと合わせて、自分の異能を探す事になった。

（裳子、お父さん。見といてや。私、めっちゃ凄い人間になって、帰ってくるしな！）

翔也にお礼を言った後は、付喪神の事や今日の試合の話になり、炉子は翔也に気になっていた事を尋ねる。

「若旦那様は、何で瑠璃さんの本体がボールペンって分かったんですか？　いつ分かったんですか？」

「ああ、あれなぁ。試合が始まってすぐ、瑠璃さんの戦い方がやたら棒を回してたから、その辺にヒントがあるなって思ってん。最初は、加賀さんの持ってる檜扇が本体かなと思ったけど、それにしては奪われる心配もせんと振り回してたから、途中で違うなってなった。ほんで何回目か、瑠璃さんが棒をくるって回すのを見た時に、『そういえば愛子さんも、ペンを回して受付で記入してた』って思い出したんや。扇子以外に手で回すもんとなると、とりあえずそれ以外考えられへんかったし、何よりホテルのフロントには大体、お客様用のペンがあるはずやしな……。その点でも結び付けられた。

案の定、加賀さんの襟元には、試合中にも関わらずペンが挿してあった。それで倒される振りして接近して取ったら、正解やったって訳や。ほんまは、立ったまま取りたかってんけど、加賀さんも動き回ってたから、間違って体を触ってしまったら申し訳ないなと思って、あんな賭けになってもうた」

瑠璃の本体、すなわち愛子が大切にしているものがボールペンである理由も、翔也が予想した通り、自分の家の商売がホテル経営で、フロントはもちろん客室にも備え付けられているところに起因しているという。

「アフタヌーンティーの前に詳しく訊いたら、加賀さんはこう言うてたで。『あのボールペンはね、私の初めてのバイト代で買ったものなの。私にとってボールペンは、ホテルのフロントや客室を連想させて、そこに泊まる人達を連想させて、そして、ママを連想させるもの。持つだけで、ママのような素敵なホテル経営者になれる気がする魔法の杖なのよ』ってな」

愛子が、あの綺麗なボールペンを持って母親に憧れ、自分も凜々しく華やかな人間になって跡を継ぐと決めたその時に、きっと瑠璃が生まれたに違いない。

付喪神はそういう風に生まれるのかと考えた炉子は、想いが具現化する温かさに感動し、今後、愛子と瑠璃が二人三脚でホテル経営をしていくだろう未来を心から応援した。

翔也も愛子も凄い人だと感心した時、炉子はある事に思い当たる。

「あの、今気付いたんですけど……。瑠璃さんの戦い方を観察してたから、愛子さんのボールペンに気付けたって事ですよね。それって、愛子さんと戦ってると同時に瑠璃さんも見てたって事ですか……？」

「うん。武道でようあるやろ。目の前の相手を見つつ、周りも見る目配りの仕方。剣術では遠山《えんざん》の目付《めつけ》って呼ぶし、格闘技《かくとうぎ》でも、確か少林寺やったかな、八方目《はっぽうもく》っていうやん。知らんか？」

「いえ……。初めて聞きました……」

翔也は何でもないように言うが、いくらその技術があるにしても、愛子と瑠璃の距離は離れていたし、二人ともずっと戦って動き回っていたはずである。

受付の時の様子一瞬だけで、相手の付喪神の本体を見抜いた判断力と、同時に常人離れした翔也の目の力に、炉子は呆然としてしまった。

「……若旦那様、めっちゃ格好いいですね……」

「え？」

「ごっ、ごめんなさい！　何でもないです！　お茶淹れてきますね⁉　若旦那様は、焙《ほう》じ茶の方がいいんですよねっ⁉」

「あ、うん。ありがとう。頼むわ」

思わず出た本音に、炉子は慌てて、顔を赤らめて台所へ走った。

第四章　御子柴るいと夏の散策

八坂でのお茶会から数日後。

炉子は朝早くから作業があると言う翔也を送り出し、午前の家事を一通り終えた後、由良の運転するフォルクスワーゲンに乗った。

自分の仕事場である本宅から足を伸ばして、大和大路《やまとおおじ》通りと七条《しちじょう》通りの交差点、大和大路七条を南に下がったところに建つ京町家「体験工房かすが」まで向かう。

体験工房かすがは、春日小路家がいくつか所有している商売の拠点の一つで、京都の代表的な名刹《めいさつ》・三十三間堂《さんじゅうさんげんどう》こと蓮華王院《れんげおういん》の西隣という清閑な場所にあった。

春日小路家は、三つの家と会社を従えるオーナーではあっても、本業はあくまで竹細工やリメイク和雑貨の制作・販売であり、観光団体等の要請を通して修学旅行生等を主な客層とした和雑貨作りの体験プランも受け入れている。

それらを行う場所が、社内での通称「七条の工房」こと、体験工房かすがだった。

今日の炉子は、従業員としての研修でその本業を学ぶと同時に、翔也が提案してくれた通り、霊力持ちのスタッフに自分の霊力の質を見てもらったり、護身程度の結界を教わる予定だった。

いざ由良と並んで工房の前に立つと、その建物は翔也達の住む本宅とは違って、こぢんまりとした二階建ての京町家。

本宅があれだけ大きな京町家なので、炉子はてっきりここも同じようなものと想像していた。あまりに生活感溢れる町家の姿を見て意外に思うと同時に、炉子にとってはこちらの庶民的な家の方が、だいぶ馴染み深かった。

「何か今、この工房を見て、めちゃくちゃほっとしてます」

工房を見上げながら、炉子は呟く。

三十三間堂の塀の向こうから雀の鳴き声がして、隣に立つ由良が耳を澄ましてそれを聞いた後、笑って答えた。

「そうですか。確かに、この町家は戦前に建てられたものだそうで、前の住人が住んでいた構造のまま道雄さんのご尊父《そんぷ》……つまり、先代の当主が買い取ったと道雄さんから伺っています。それをさらに、今日まで当時のまま使用していますので、前の住人の生活感が全然抜けていないんでしょうね。そういう昔ながらの町家で仕事して、京都に根を下ろすのも、春日小路家の商売の大切な心構えとされているんです。――さ、入りましょうか。翔さんや他のスタッフさんが待ってますからね」

「はい」

京町家の戸を開けた瞬間、玄関が竹細工やリメイク和雑貨の売り場になっているのが目に入り、玄関と隣接する「店の間」という畳の部屋にまで、ずらっと商品が並んでいた。

春日小路家の主力商品である竹細工は、簪《かんざし》や茶杓《ちゃしゃく》、耳かき等の小物が中心で、花籠《はなかご》や花器、用途が分からない竹製の道具まであった。

「それはコーヒースタンドですよ」

「あっ、そうなんですか⁉ 凄い！ ほな、この小さな網のやつはフィルターで……。それまで竹で出来てるんですね」

「はい。一から十まで、完全な手作りです。自然味溢れるという事で、キャンプ好きの方々に人気ですよ」

由良に教えてもらいつつ炉子が視線を移すと、手作りの和雑貨も沢山売られている。友禅和紙や西陣織を使ったヘアゴム、ポニーフックといった髪飾り、ピアス、ペンダント、指輪、使われなくなった糸巻をリメイクした、行燈《あんどん》を思わせる小さなルームランプ等、様々だった。

これらの商品は、常駐の社員や在宅のパートタイマー達が制作したものも含まれているが、半数以上は道雄と翔也が作っているという。

「ほな、この竹細工や小物の全部に、不運を封じる力が宿ってるんですか」

炉子が驚くと、由良が「違いますよ」と笑って手を横に振る。その後、商品列の端に置かれていた、友禅和紙を貼ったネクタイピンを手に取った。

「そりゃあ、道雄さんや翔さんが制作されたものには、多少なりとも春日小路の霊力が染み込みますから、幽霊程度は寄り付きにくくなると思いますが……。さすがに不運を封じるまでの力は、これらの売り物にはないですよ。本格的にそういう竹細工が欲しいなら、別ルートの特注になりますね。神社のお守りのように、陰陽師としての春日小路家が祭壇《さいだん》を設けてきっちりとした手順を踏んだうえで、制作しないといけません」

春日小路家の商売の中核をなす、現当主や次期当主の作る「不運を封じる竹細工」は、春日小路家特有の「封じる力」を込める関係上、制作するのに時間と費用がかかるらしい。

ゆえにその販売は、創業当時から今日まで完全な紹介制のみ。価格も、どんなに小さな小物であったとしても、普通の会社員ではとても買えない額だという。

「春日小路家のご先祖様は、封じる力こそ持ってはいても、かの安倍晴明等と違って悪しきものと戦う力そのものは弱かったそうです。だからこそ一族の特別な能力を、お商売の方に転用したという訳ですね。

手作りの竹細工に、春日小路家の術を編み込んだ『不運を封じる竹細工』……。その名の通り手元に置くだけで持ち主の不運を封じる訳ですから、たとえば経営者が春日小路家の竹細工を購入すると、その人の商売は必ず繁盛するという訳です。何せ、不運が封じられるのですからね。時代の流行りや株価、不景気などに、その人の運勢は左右されません。効果は竹細工が劣化したり壊れるまで続きます。定期的に購入する事が出来れば、一生、厄年知らずです」

そういう代物なので、現在では全国の霊力持ちの経営者、中でも京都の名士や有力な経営者達は、霊力持ちであれば大抵は秘かに春日小路家を知っているらしい。

それほどの力を持つ春日小路家とその商品が今でもあまり世で知られていないのは、ひとえに春日小路家の商品が「本物」であるがゆえ。既存の所有者、特に経営者達が、春日小路家の竹細工を所持した商売敵を増やさないように、故意《こい》に広めていないという事情が大きかった。

加えて春日小路家の竹細工は、その力がいくら本物でも、霊力があったとしても波長なり何かが合わなければ効果を得られない事があるという。

そこは完全に博打であり、自然と、春日小路家の竹細工を買えるのは既存の客が霊力の質を見極めた紹介者のみとなった。それがまた、春日小路家の竹細工そのものの価値を高めて需要も増え、春日小路家に莫大な利益をもたらしてゆく……。

この流れが三百年以上続いているのが、京都・春日小路という家と商売だった。

由良の説明を聞いた炉子は、もう一度、店に並ぶ竹細工や和雑貨を眺める。

炉子の目にはもう商品全てが、陰陽師の使う退魔の道具に見えていた。

「相変わらず、凄い家ですね……。そんなに凄い家はもう、京都の名家になるしかないですねぇ……」

笑っていると、炉子は「ん？」とある事について疑問に思った。

「松尾家は毎年、葵祭の行列に参加されていると聞きましたけど……。春日小路家が京都の有力な家として、どこかの神社やお祭の重役を担ってるとか、そういうのはないんですか？」

京都の名家となると、葵祭・祇園祭・時代祭等の京都の伝統文化に何らかの形で関わっている場合が多い。しかしその割には、春日小路家が京都の伝統文化に関わっている形跡がない。京都に根を下ろして商売をするのが大切な事だとしているのなら、尚更不思議だった。

春日小路家の本宅は御所東という地域にあって、これは下御霊《しもごりょう》神社の氏子区域である。つい先頃の五月も、下御霊神社の神幸祭《しんこうさい》や還幸祭《かんこうさい》があってお神輿《みこし》が氏子区域を巡ったが、炉子は本宅から出てお神輿を拝見しただけ。翔也と由良に至っては、お神輿の巡行の事は知っていたものの、その日は工房での仕事があったので帰宅は夜遅かった。

神具・装束店である関係から、葵祭の列方役として「路頭の儀」の行列に毎年参加している傘下の松尾家の方が、イメージ的にはよほど京都らしいと、炉子は思ったのである。

「特に、これから夏じゃないですか。祇園祭が始まりますから、少年時代の若旦那様や社長が長刀鉾《なぎなたほこ》のお稚児《ちご》さんを務めていても、おかしくないなぁと思うんですが……」

京都三大祭の一つ・祇園祭は、八坂神社の氏子である各町内が神様をお迎えするために出す「山鉾《やまほこ》」が世界的に有名である。中でも、毎年必ず巡行の先頭を務める長刀鉾には、現在でも唯一、人形ではなく生身の少年である「生き稚児」を乗せる。

その稚児を務める者は古来少年と決まっており、今も昔も、葵祭の斎王代と同じく、京都のやんごとなき家の子供が務めていた。それにかかる時間や費用は莫大で、とても一般家庭の子息では務められないというのは、全国的に知られる話だった。

道雄や翔也も、その家柄と財力を考えれば、祇園祭のお稚児さんを務めた事があったとしても全くおかしくはない。

炉子の質問に対して、由良が脱いだ靴を靴箱に入れながら、すぐに答えてくれた。

「確かに春日小路家も、千年近くの歴史を誇る京都の家柄です。財力の点から言っても、お稚児さん等のお役目を拝する事に何も問題はありません。

しかし春日小路家は、封じる力という呪術的な異能によって今の地位を得ている家です。端的に言うと、どんなに家の歴史が古くて財力があっても、お稚児さんという清らかなお役目を拝する家柄ではないと、春日小路家側は考えているのですよ。竹細工を通して常に、人の不運や不幸と付き合っている商売ですからね」

そういう了見を抱いた春日小路家の先祖が、京都の晴れ舞台から身を引いて他の名家を立てた結果、今でも春日小路家が京都の名高い神事や行事に表立って出る事はないという。

それを聞いた炉子は少しだけ残念に思ったが、

「ですが京都の伝統行事に携わる方々の中にも、春日小路家の竹細工を毎年買って下さるお得意様は沢山いらっしゃいますよ」

という由良の言葉を聞いて、なるほど、と気持ちが前向きになった。

「それってつまり……。その人達の不運を春日小路家の竹細工がいつも封じているからこそ、皆さん健康で、毎年お祭にご奉仕出来てるって事ですよね。そう考えると春日小路家の竹細工って、めっちゃ心強いじゃないですか！　京都の伝統文化を担う方々を不運から守る事で、間接的に京都の伝統行事を守ってるみたいで……。まさに縁の下の力持ちですね！」

直接的に人々を守る存在は、例えば京都府警等があるが、不運の心配がないというのも、その人の心の健康に影響を及ぼす大切な事である。

春日小路家がそこを支える家だと分かると、炉子は末端の使用人として、何だか誇らしくなった。

炉子の言葉を聞いた由良が、目から鱗《うろこ》が落ちたような表情になり、やがて嬉しそうに微笑んだ。

「ありがとうございます。そこに気付いて下さるのは、春日小路家にとって大変嬉しい事です。道雄さんや翔さんも、きっと喜んでくれますよ。特に翔さんが……」

「若旦那様が、ですか？」

翔也が喜んでくれると聞いて、炉子の胸がわずかに高鳴る。

「ええ。翔さんは特に、商品を使ってくれる人の運勢がよくなりますようにと強く念じながら、制作に励んでいますからね。適当に作る事は絶対にありません。付喪神の私だからこそ、それがよく分かります」

「若旦那様はほんまに、優しい人なんですね」

「はい。山崎さんも、それはよくご存じのはずですよね。幼少の頃からそうでした。亡き奥様の影響でしょうね。奥様は女神のようにお優しく美しく、道雄さん……我が主様は、帝のように凛々しく端正であらせられる。翔さんが今の人格を得ているのも、ひとえにお二人を親に持ったという稀有《けう》な幸運の……」

「あの、早く上がりましょう？」

由良を促しつつ、炉子も内心、ここでも見つけた翔也の優しい人柄を嬉しく思っていた。


工房の中は、平均的な京町家の構造そのままに、一階の座敷にも、狭くて急な階段を上がった二階にも、商品を作る為の作業机や資材が所狭しと置かれている。

二階は東側の窓から三十三間堂が見えており、陽光が射して全体が明るい。

この窓に接している作業机に翔也が座っており、由良と炉子が訪ねてきた事にも全く気付かず、紙やすりで一心に竹の棒を磨いていた。

ワイシャツを腕まくりし、指先に全神経を集中させている翔也の横顔の真剣さは、現場の凛々しい職人そのものである。

由良が翔也の邪魔にならない程度に炉子へ話しかけ、翔也が何をしているかを教えてくれた。

「今、翔さんが行っているのは、仕入れた竹を商品の資材として使えるように磨く作業です。同時に、仕入れた竹は微かな不運や穢《けが》れが付着しているので、それを紙やすりの呪符に移して封じる『磨き封じ』という術も行われています。春日小路家ならではの大切な作業ですよ」

通常の竹細工の作り方は、古民家や山から竹を仕入れた後、簪や花籠といった竹細工の素材となるよう一本一本丁寧に洗ってから、磨いて、切ったり削いだりし、竹ひごを編んだり加工して作品に仕上げていくという。

研修として炉子はそれをメモしながら、本当の興味はもっぱら、紙やすりの呪符とそれを扱う翔也に向いていた。

スーツを着こなした雅な翔也しか知らなかった炉子は、初めて見る手仕事の姿と、春日小路家の封じる術を直接見る事が出来て感動する。

炉子がしばらく息を潜めて見守っていると、磨き封じを一段落させた翔也が炉子達に気付いて、顔を上げた。

「あ……。確か、山崎さんの研修や霊力の相談は今日やったな。ごめんな山崎さん。ずっとほっといてたわ」

「いえ、大丈夫です！　私の方こそ、制作の邪魔をしてすみません！　大事な作業やと聞いたので……。お疲れ様です！」

炉子の視線が紙やすりに注がれていると気付いた翔也が、快くそれを見せてくれる。

「これ、気になる？」

「はい。さっき由良さんから、それが呪符やって聞いて……。わっ。すごっ！　ほんまに、やすりじゃない方の裏に、陰陽師のお札みたいなやつが書いてあるんですね⁉」

「まぁ、そらな。呪符やからな。もう触っても大丈夫やから、持ってみ」

「いいんですか？　ありがとうございます」

翔也が微笑む横で、炉子は紙やすりの呪符を撫でたり裏返したりして、つぶさに観察する。

紙やすりの呪符は墨《すみ》書きで、達筆な漢字や井桁《いげた》のような図形、星座を思わせるような小さな丸に六芒星《ろくぼうせい》が描かれている。さらに両端には、竹を生業とする家柄らしく、真っすぐ伸びる細い竹の絵も描かれていた。

紙やすりという点を除けば、映画や漫画等で親しまれる陰陽師の呪符そのもの。使用する呪符は全て翔也の手書きであり、描く図案は、春日小路家に代々伝わるものの一つであると翔也が説明してくれた。

「陰陽師ものでよく見る星形のやつの……。五芒星《ごぼうせい》は描かないんですか？」

「描く時もあるけど、うちは基本的に六芒星やな。竹籠の網目……つまり、籠目《かごめ》が六芒星と同じ形やから、より竹と縁を結んで効果を高めるために六芒星を使うねん。春日小路家の家紋も、『籠目に剣片喰《けんかたばみ》』やしな」

翔也の説明を補足するように、由良が自分のスマートフォンを出して、炉子に画面を見せてくれる。

由良のスマートフォンの待ち受け画面は正装した道雄の写真であり、和服の第一礼装とされる黒羽二重《くろはぶたえ》の五つ紋の着物と羽織をまとい、仙台平《せんだいひら》の縞《しま》の袴と白足袋を履いていた。

そこに写っている五つ紋は、翔也が言った通りに六芒星を思わせる籠目紋で、籠目の中に剣片喰を配した「籠目に剣片喰」という家紋だった。

家紋にもなっている六芒星や、先祖伝来の図案を紙やすりに書いて呪符とし、自らの霊力と呪文を込めて竹を磨く事で、伐採時から付いていた不運や穢れを紙やすりに封じ込めるのが、春日小路家の基礎的な封じる術の一つ「磨き封じ」だった。

「今日の竹はまだ清浄な方やったから、紙やすりに図案を描いた程度の呪符でよかったけど、仕入れた竹が物凄く穢れを溜め込んだやつやった場合は、紙やすりを人形代《ひとかたしろ》の形に切って、それで磨き封じする事もあんねん」

「六月と十二月の年二回、神社さんから貰う、あの紙の人形の事ですか？」

「そう。人の形をしたやつに、自分や家族の穢れを写して、神社さんでお祓いしてもらうやつやな。普通の呪符より人形代の方が、磨き封じの効果は高いねん」

人形代は、現在では神社で授与されるもののイメージが強いが、元は平安時代より身体についた穢れや罪を写し取って川に流す等の祓いに使用された、陰陽道の道具の一つが起源とされている。

人の形をしているだけに効果はてきめんで、自分の身代わりにするだけでなく、相手の身代わりとして禍《わざわい》を与える呪詛《じゅそ》の道具としても人形代はよく使われたという。

「春日小路家《うち》では人形代は悪い事には使わんと、こうして、ええ事にだけ使ってんねん。磨き封じで使った呪符や人形代は、ちゃんと別の工房でお祓いして処分すんねんで」

「なるほどー……。この紙やすりの呪符の中に、今、不運や穢れが封じられてるんですね」

炉子が興味本位で顔を近づけると、呪符の表面の一部がぐにゅりと動き、赤茶色の芋《いも》虫《むし》みたいなものが出てくる。

芋虫が、呪符から這い出ようと左右に揺れて炉子と目が合うと、

「わにゃ、わにゃ。わにゃにゃにゃにゃにゃにゃ」

という不思議な鳴き声を発して暴れ出した。

「ひっ⁉」

炉子は思わずのけ反《ぞ》ってしまい、呪符を落としてしまう。

その時、翔也がさっと手を伸ばして掬《すく》い上げ、小さく「急急如律令」と唱えて紙やすりを握り締めると、芋虫が蒸発したような音を出し、呪符の中へと吸い込まれていった。

「あ、ありがとうございます、若旦那様……。すみません、落としちゃって！」

「いや、ええねん。むしろ、ちゃんと封じ切れてへんかった俺のミスや」

この様子を見ていた由良が、「ほう」と目をわずかに見開いている。

「久し振りですね。翔さんが、その程度の穢れを封じ損ねるなんて」

「うん。自分でもびっくりしてる。何年ぶりかな、こんなん。父さんにしごかれて修行してた頃を思い出すわ。由良。今のは内緒な。父さんにばれたら、多分めっちゃ怒られる」

「いーえ。しっかり、道雄さんに報告させて頂きます」

「やっぱ、あかんか」

由良の頑《かたく》なな態度に、翔也が苦笑いで肩をすくめた。

「――ほな、俺は引き続き自分の作業をしてるし、山崎さんの研修と霊力の面倒を見るのは、由良達に任せてええかな」

「もちろんです。お任せ下さい」

「ありがとう。ほんまは俺が見てあげたいんやけど、作らなあかん注文品もあるし、何より、俺は縁談中やしな……。山崎さん。頑張ってな」

「はい。ありがとうございます。若旦那様も、お仕事頑張って下さいね」

その後、炉子は由良に案内されて工房の中を全て見て回り、部屋に置かれている資材の説明や業務体制、一階の奥座敷でアクセサリーを作っていた社員の紹介等を受けた。

一階で制作する四十代の女性社員・柳葉美輪《やなぎばみわ》も霊力持ちだったので、炉子は、由良と美輪に自分の霊力を見てもらい、まずは簡単な結界が作れるかどうかを試してみた。

その結果、一段落つく頃には、微かに自分の霊力を放出する事に成功する。炉子自身はその程度かと些《いささ》か落ち込んだものの、由良と美輪は笑顔で褒めてくれた。

「上出来です。自らの霊力を体にきちんと巡らせて、放出、つまり使う事さえ出来れば、練習次第で自分だけが使える〝異能〟が見つかるかもしれませんよ」

「半日も経ってへんのに、こんだけ出来たら十分、十分！　私もここに入社して練習する前は、見える聞こえる以外は全然ダメやったもん。それに地縛霊が襲ってきても、由良さんとか他の人らが守ってくれるから大丈夫、大丈夫！」

美輪が少女のような悪戯《いたずら》っぽい笑みで、由良や、作業中の翔也がいる二階を掌で指す。

由良が呆れたように苦笑していた。

「柳葉さん。そういうのはこっちに丸投げではなく、警察に通報して下さい。京都府警にはちゃんと、そういう専門の部署があるんですから。私共はあくまで一般人ですよ」

この間、翔也はずっと二階で作業していたが、体が固まらないよう椅子から立って一階まで下りてきた時は、

「山崎さん、どうや？」

と、短くも声をかけてくれる。

お昼を過ぎると、予約していたらしい修学旅行生四人が和雑貨の制作体験にやってきて、翔也と美輪が、それぞれの制作を中断して対応した。

二階の一番広い奥座敷に四人を案内し、翔也も美輪も、修学旅行生達にオリジナル簪

の作り方を丁寧に教えていた。

　この時、現当主である道雄も工房に顔を出す。由良が歓喜すると同時に炉子も挨拶すると、

「どや、山崎さん。今日は研修やら結界の練習をするって聞いてたけど、ちょっと見たげよか」

と、さすが親子の、翔也に似た声色や口調で、空いていた一階の奥座敷に炉子を呼んでくれた。

　道雄は炉子が覚えたばかりの霊力の放出を見てアドバイスし、単なる気配程度だった霊力を、しっかり自分を包む事の出来る薄くても立派な結界となるまでに引き上げてくれる。

　道雄の分かりやすい指導で結界の会得に成功した炉子は、目を輝かせて感動した。

「凄い……。社長。私、今、結界を張れてますか？」

「うん。見えとるよ。山崎さん自身しか包んでへんし、見るからにめちゃくちゃ脆いやつやけどな。でもまぁ、こんなもんでええやろ。人によったら、もしかしたらこれ以上の能力開花はないんかもしれんけど……。まぁそれでも、結界は結界や。何かあったら、それを使いや」

「ありがとうございます社長！　今、自分でも術が使えるようになったんに、めっちゃびっくりしてます！　社長のお陰です！」

「いやいや。この程度どうって事ない。引き続き、仕事頑張ってや」

「はい！」

炉子は喜んで、道雄に頭を下げて礼を言う。

隣の由良が何故か、

「道雄さん御自らのご指導……。羨ましすぎる……」

と、妙に悔しそうにして炉子に嫉妬する。それを見た道雄が、

「山崎さん。さっそくあいつに使《つ》こてみ」

と、笑って由良を指差した。

そのあと、道雄はすぐに工房を退出して、迎えに来た円地と共に別の場所へと出かけてしまう。

　春日小路家では現当主の道雄がやはり一番忙しく、毎日誰かの元へ出向いては、得意先に竹細工の見積もりを出したり相談をしたり、紹介された新規の客との面談をしたり、人里離れた古民家や山等へ赴き、資材となる竹や古道具を直接仕入れる等、休む暇がないとの事だった。

　場合によっては、京都中や関西中はもちろん、客との面談や霊力関連の相談で、北は北海道、南は沖縄まで、最も遠いところではアフリカまで出張した事があるという。

　修学旅行生の体験の対応を終えた美輪いわく、

「社長はいっつもうろうろしたはるし、全然捕まらへん。今日ここに来たんも久し振り

やで」

との事で、そんな道雄が時間を割いて炉子の霊力を見てくれるのは、襲撃犯の特定や翔也の記憶障害の回復について、それだけ炉子に期待を寄せている証だった。

由良いわく、

「現に今の山崎さんは、翔さんが襲撃される直前の事を知っているだけでなく、春のお茶会で邪悪な気配を察知して、結果的に容疑者を絞り込む役目を果たしています。既にうちの縁談にはなくてはならない人ですよ」

との事で、それを聞いた炉子は改めて気を引き締めた。

（これからも自主練して、自分もちゃんとした、何かの能力を持てるように頑張ろう。結界を張れたという事は、私の能力って将来は結界師みたいな感じになるんかな……？呪符とか人形代とか、何かの道具を使えば、能力の増強が出来たりして……？）

そうなれば翔也をもっとしっかり守れるのに、と思いながら、炉子は休憩時間にそっと二階へ上がり、今度は一心に竹籠を作っている翔也の背中を見つめた。

翔也が炉子の研修にも霊力の練習にも付き合わないのは、れっきとした理由があって、そのために翔也は自身の意志に反して、春日小路家の術の説明以外の全てを由良達に任せていたのだった。

本宅では、炉子が家事手伝いという立場なので多少は仕方ないにしても、縁談相手でもない同年代の炉子が翔也に必要以上に接触するのはよいものではない。

その事について縁談相手側から春日小路家にクレームが行くのを避けるために、翔也と炉子は、本宅以外では距離を置いているのだった。

(確かにそれは当然やわな。いくら私が従業員や言うても、あんまり若旦那様とべったりやったら縁談相手が快く思う訳ないもんな……)

本当は、翔也からもっと竹細工の事を教えてもらいたかったし、霊力を扱う練習も見てもらいたいと思う。

しかし雇われているだけの従業員がそこまで望むのは我儘《わがまま》であり、炉子もその点については重々承知していた。

研修はその日一日で終わったが、その後、炉子は本宅の離れで結界の自主練に励んだり、七条の工房へお手伝いに駆り出される日は、美輪や円地に練習の成果を見てもらった。霊力の扱いは存外難しく一進一退が続いたが、美輪達の応援と、何より翔也の遠くからの見守りに励まされて、炉子は毎日コツコツと練習を重ねていった。

そうこうしているうちに、御子柴家の令嬢・るいから、御子柴家の家紋「立沢瀉《たておもだか》」が箔押しされた夏の散策ツアーの案内が本宅に届く。

夏真っ盛りの七月に、春日小路家の縁談の第二弾が幕を開けたのだった。

七月になると、京都では八坂神社の祭礼・祇園祭が始まる。金色に輝く太陽だけでなく、京都に住む人達や町の雰囲気までもが、お祭の熱気に満ち溢れる。

炉子も京都で育ったので、学生の頃は友達と一緒にバスや電車に乗って四条界隈まで赴き、祇園囃子《ばやし》が響いて駒形提灯《こまがたちょうちん》の灯る幻想的な宵山《よいやま》を歩いた。

山鉾巡行や神幸祭・還幸祭が土日や祝日だった年は、家でテレビ中継を見て、

（やっぱこれを見ると、京都の夏やなって思うなぁ）

と、のんびり笑ったものだった。

そんな七月という事もあって、炉子はるいが主催するツアーも祇園祭にまつわるものと考えていたが、届いた案内を読むと意外にも京都から離れて、琵琶湖《びわこ》きらめく滋賀県が舞台だった。

今回の散策ツアーは観光ガイド会社の御子柴家らしく、るいが企画中の、富裕層をターゲットとした新プランの試験運用も兼ねているらしい。

翔也達を客と想定し、株式会社みこしばツアーズの跡取りにして専務兼総務部長のるいが自ら、ガイド役として皆をもてなすというものだった。

当日は夏らしく、からっと晴れた午前十時に、炉子達は夏の散策ツアーへ出発する。

まずは三条京阪《さんじょうけいはん》のバスロータリーが目の前の、高山彦九郎《たかやまひこくろう》が御所を遥拝する銅像前が集合場所となっていた。

主催者・るいの要請によって、麻の着物に袴、夏羽織をまとった翔也、由良、円地と、絹紅梅《きぬこうばい》の浴衣に歩きやすいサンダルを履いた炉子がそこへ到着すると、同じくるいの要

請で紗《しゃ》の着流しをまとった貴史に、浴衣の少年姿の湊、夏大島《なつおおしま》を着た樹里と、そもそも和装が出来ない鹿の豊親が待っていた。

京都で「土下座像」として親しまれる高山彦九郎の銅像は、実は魂が宿っていて、霊力持ちの者は話す事が出来る。炉子達が挨拶すると高山彦九郎像も顔を動かし、炉子達を見下ろしながら尋ねてくれた。

「浴衣の若者はよく見かけるが、付喪神達まで夏物を着て集まるとは壮観だな。どちらへ行くのだ」

高山彦九郎は生前、幕末の尊王志士《そんのうしし》達に強い影響を与えた人物なだけに、さすがは偉人の目で由良や湊の正体を見抜いている。

鹿の豊親には、

「そなたも、馬装とまでは言わんが、何か羽織ればどうだ」

と冗談めかして促し、それに対して豊親は丁寧に頭を下げ、

「お許し下さい。鹿の体には、薄物すら暑うございます」

と微笑むと、高山は「それもそうだな」と笑っていた。

翔也が皆を代表して、夏のツアーで大津《おおつ》港から観光船に乗り、その後、滋賀の名刹・石山寺《いしやまでら》へ行く事と、風情の一環で和装している事を伝えると、高山は興味深そうに耳を傾ける。

「ほう。琵琶湖に石山寺か。日本はどこでも暑いが、夏の物見遊山《ものみゆさん》としては、近江《おうみ》はよ

い選択だ。京都よりは涼しい。石山寺のご本尊は、我が国唯一の勅封秘仏《ちょくふうひぶつ》だ。紫式部《むらさきしきぶ》様がかの源氏物語を思いつかれた場所も、石山寺だと聞く。私が生きていた時代でも、あれはよく読まれていた。今では物語のゆかりの地へ参る事を、聖地巡礼と言うのだろう。私も参りたいものだ」

「高山様も、ご一緒されますか」

「たわけ。この巨体が乗ればバスは壊れるし、船は沈んでしまうわ。暑さに倒れぬよう、気を付けていくがよい」

ちょうどその時、台座の上の高山からは、るいの到着が見えたらしい。

「何と。紫式部様がいらっしゃったぞ」

愉快そうな高山の声に炉子達が振り向くと、車道に空色の観光バスが停まっている。

「皆さーん！　おはようございます！」

明るい声で挨拶しつつバスから降りてきたのは、今日は眼鏡を外して自慢の黒髪を垂《すい》髪《はつ》に元結《もとゆい》で結び、平安時代の女性の旅姿で知られる「壺《つぼ》装束」の格好をした御子柴るいだった。

紅の括り緒の袴を履いて、袿《うちき》をまとい、むしの垂衣《たれぎぬ》の付いた市女笠《いちめがさ》を持つるいの笑顔は、春のお茶会で瑠璃に笑われて俯く事しか出来なかった姿が嘘のようである。

るいは、むしの垂衣をふわりと揺らし、翔也達や高山に丁寧に頭を下げる。

「改めまして、皆様おはようございます。春日小路家の縁談の、夏の行事のお役目を賜りました御子柴です。本日は、春日小路家の子会社・株式会社みこしばツアーズの新企画の試験運用もお願いしつつ、皆様をお招き致しました。風情を高める和装でのご参加、ならびにご協力、心より御礼申し上げます。本日の全日程のガイドは、私、御子柴るいがご奉仕致しますので、ツアーのご意見等も含めてどうぞ気兼ねなくおっしゃって下さい」

姿勢正しく挨拶したるいは、まさしく高山が言った通りの、平安時代から来た紫式部のようである。

さらに巌ノ丸もバスから降りてきて、こちらも壺装束の主に合わせて、立烏帽子《たてえぼし》に、麻を白く粉《こ》張《は》りした狩衣、裸足に草鞋《わらじ》という「白丁《はくちょう》」の格好。これは、平安時代の雑用係の男性がまとう装束だった。

今回の主催者ゆえとはいえ、るいの変わり様に、炉子はもちろん翔也達も驚く。中でも炉子は、平安時代の装束を葵祭や時代祭でしか見た事がなかったので、すっかり度肝を抜かれていた。

「めっちゃ凄いです、るいさん！　それ、平安時代の服装ですよね⁉　あっ、あと、おはようございます！　すみません。めっちゃ見惚れてました……」

春の一件から、明るさへの言及は一応避けつつ炉子が絶賛すると、

「山崎さん、ありがとうございます。私、普段は口下手やし、喋っても噛んだりして、人を苛《いら》つかせてしまったりするんですけど……。仕事の時は別なんです」

と、るいもまた炉子の意図をそっと汲み取り、照れ笑いしながら今の自分が明るい理由を教えてくれた。

仕事の際は気持ちが切り替わり、普段とは違う自分になれるという感覚は、山咲で働いていた炉子にもよく分かる。

炉子がそれを伝えると、るいはうんうんと頷き、また照れ笑いした。

「そう！　山崎さんのおっしゃる通りなんです！　ガイドの仕事をする時の私は、いつもとは違う私で、きちんと喋れて、精神的にも強くて……。ガイドの仕事が、私をそうさせてくれるんです。今日はそのガイドの中でも、特に大事な行事です。やから私、服装から頑張ったんですよ！　今日は石山寺に行きますので、それに合わせた格好は、これが一番ええかなと思いまして……。私、変じゃないですか？　よかった。山崎さんも、浴衣で来て下さってありがとうございます。とてもお似合いですよ」

行事の主催者として、春を担当した愛子も京友禅の振袖で華やかだったが、るい達の格好はそれとは全く別方向のもの。いわゆる「コスプレ」というものだが、その装束は明らかに一流のものを使い、京都の老舗に特注したものと察せられる。

コスプレの域を遥かに超えており、春の愛子の華やかさに対抗した、観光ガイド会社の令嬢ならではのセンス、もしくはるいの静かな意地がそこに表れていた。

もしやと思ったのは炉子だけでなく、翔也や由良、樹里も、貴史をちらっと見る。

一同の視線に気づいた貴史はすぐ否定し、

「いや、俺んとこは神具店やしな？　さすがに、あんな凄いもんは用意出来ひんわ。それに、縁談相手にわざわざ衣装をこしらえて、塩を送る真似なんかせえへんって」

と、手を横に振ったが、それによってかえって、平安装束が作れる老舗との繋がりを持っているという、るいや御子柴家の顔の広さと実力が浮き彫りとなった。

白丁姿の巌ノ丸が、太くて威勢のいい声を上げる。

「さぁ、皆様！　どうぞ、こちらのバスにお乗り下さい。車内にはお飲み物をはじめ、アメニティー各種もご用意しております。大津港に着くまでの時間を、ごゆっくりお楽しみ頂けますよ！」

一行を乗せる車両は外見こそ一般的な観光バスでも、中は大きく改装され、まるで旅客機のファーストクラスのように座席が少ない。

非常に広々とした空間で、リクライニングシートを最大に倒せば寝る事も出来る。どう見ても、日本に数台しかないと思われる豪華さだった。

るいは今日のために、これを貸し切りにしたらしい。巌ノ丸が言った通り、各座席の横にはホテルのごとくアメニティーが充実しており、飲み物のメニューもあれば、映画等を見るためのタブレット端末もある。

当然、車内の一番奥にあるお手洗いは、着替えも出来る立派な「化粧室」。一番前の運転席の横には、添乗員が座る小さな座席の横に、客に出す飲み物や食べ物を入れた大型の冷蔵庫があった。

（るいさん達の装束に、この凄いバス……）

まだツアーが始まってもいないこの時点で、一体費用はいくらかかっているのだろうか。炉子はもう考えるのも面倒だったし、考えたとて分かる訳がなかった。

炉子達が巌ノ丸の案内で乗車する中、最後にバスに向かう翔也の袖に、るいの手がそっと触れる。

「副社長様。……いえ、翔也様。来て下さって本当に嬉しいです。今日は、よろしくお願いします」

「うん。ありがとう。御子柴さんの滋賀のツアー、楽しみにしてるわ。……もしかして、るいさんって呼んだ方が、ええのかな。春のお茶会の時もそうやったし」

「あ……。は、はい！　ぜひ！　ありがとうございます！　今日は、御子柴家の一人娘として、そして、あなたの縁談相手として……。至らぬところがないよう、全力で頑張らせて頂きます」

緊張しながら、頭を下げるるい。

それを見て、翔也がオーナー会社の副社長らしくそっと微笑んだ。

「大丈夫。るいさんが、ガイドさんとして高い実力を持ってんのは、その壺装束の着こなしでよう分かる。事前に何度も試着して、慣れるようにしたんやろ？　動きが自然やから、すぐ分かったで。しっかり事前準備してくれるガイドさんは信用出来る。いつも通りにやって、いつも通りの仕事ぶりを見してくれたら、それで十分や」

翔也の励ましを聞いた瞬間、るいの瞳がぱっと輝き、頬に赤みがさす。

「ありがとうございます……！　私が試着してたって、よく分からはりましたね？　そうなんです。私、着物には慣れてるんですけど、さすがに平安時代の装束はほとんど着た事がないので、あらかじめ家で着て、慣れておいたんです。ガイドが衣装を着るのは、場を盛り上げる有効手段ではあるんですけど、着慣れてへんくて動きが悪いと、ツアーの評価さえ悪くなる諸刃《もろは》の剣《つるぎ》ですし……」

「でも、今のるいさんみたいに、ガイドさんがちゃんと装束を着こなして仕事出来ると、そのツアーはきっと高評価になる。他とは一線を画す、いい企画やと思うわ」

「ありがとうございます！　何もかも分かって下さって、私、凄く嬉しいです……！　嬉しさのあまり泣きそうです……」

「別に、何も言うてへんのに」

「いいえ。たった今、私を褒めて下さいました。私がいつも、一番誰かに言うてほしい言葉を、言うて下さいました。私、普段はいつも使えない子って言われて……。す、すみません。愚痴でした。お褒め頂いた高い実力で、頑張ります！」

「それやったら、よかったわ。……ところで、その壺装束の格好は暑ないんか？　しんどいんやったら無理せんと……」

「翔也さん。私の方に来て、耳を澄ましてみて下さい」

るいがそっと、翔也の腕を引く。導かれた翔也はわずかにるいの胸元に耳を寄せ、やがて気づいた。

「……あ。扇風機《せんぷうき》の音がする」

「でしょう？　実は袿の中に、業務用の扇風機のベストを着込んでるんです」

「なるほどな。見た目は平安時代でも、中はちゃんと現代な訳や」

「はい。ですから私の熱中症対策は万全なので、安心して下さいね。もちろん翔也さんの熱中症対策も、私がきちんと注意致しますから、任して下さいね」

ありがとうございます。お気遣い下さって、

「それは有難い。頼むわ」

「はい！　……あの……」

「どうした？」

「……せっかくなので……翔也さんの事を、『光る君様』ってお呼びしてもいいですか……？　この衣装を着てる間だけでいいですから」

「ええよ。ちょっと、恥ずかしいけどな」

「ありがとうございます！　光る君様……」

気持ちを込めて呼ぶるいに、翔也は恥ずかしそうに微笑んだ。

これらの様子を、炉子は自分の座席から目撃し、るいの積極さと受け止める翔也の姿に目を奪われる。

（るいさんはきっと、若旦那様の事が好きなんや）

翔也を熱の籠った瞳で見上げ、翔也と話す度に幸福に花咲く表情を見れば、一目瞭然。翔也とるいが並ぶ姿は、潑剌《はつらつ》とした愛子とはまた違ったお似合いさがある。顔立ちの美しい光る君と、黒髪の美しい控えめな姫君は、まさに恋物語の主役達だった。

この時、貴史や樹里も、炉子より前の座席にいて同じく窓から眺めており、貴史が低い声で、

「わー、凄い。意外に強敵やなぁ、あれは。……あの子、そういうタイプの子やったんかぁ。普段は控えめで私なんてー、なくせに、ここぞという時に強い。一番めんどくさいやつや」

と呟き、同じ縁談相手の一人として、るいに対抗心を燃やしている。

樹里もまた、窓越しにるいをちらっと見た後、鬱陶《うっとう》しそうに顔を歪めていた。

それぞれの付喪神である湊や豊親も、自分達の主を笑顔で宥《なだ》めて、

「貴史さん。今日はそんなんはほっといて、ツアーを楽しんだらいいじゃないですか。御子柴さんの娘さんは、自信がないから必死に頑張ってるだけですよ。見たら分かるじゃないですか」

「あんな小娘を気にするなんて、樹里殿らしくもない」

と言っていたものの、ツアー全体のガイド役なのに翔也と話してばかりのるいへ、明らかに不満を募らせていた。

後部座席にいた炉子は、それらを全てばっちり見ていた。

（こ、怖いぃ！　裳子、お父さん……！　私、普通のツアーがしたいぃ……！）

楽しい散策と思っていても、春と同様、やっぱり翔也をめぐる華麗なる闘いなのだと炉子は思わず身を震わせる。

しかし、怖い怖いと外野のように俯瞰しつつ、自身もまた、翔也に積極的なるいを見て羨ましいと思う。さらに、るいの恋心にさえ気づけたのは、炉子も以前からずっと、翔也の存在に心惹かれているからだった。

（……違う。私は、若旦那様の事は、雪の日の恩と、自分の雇い主の跡取りやから気にしてるだけ。それに、若旦那様は皆に優しくてしっかりしてる人やから、単に人間としていい性格の人やなって感心してるだけ。人間として、従業員として、感心してるだけ。るいさんだって、凄くいい人で……）

炉子は咄嗟に、翔也への気持ちを強く否定し、るいを称賛してまで打ち消していた。

高山彦九郎の銅像に別れを告げ三条京阪を出発したバスは、蹴上《けあげ》を越えて、山科《やましな》を越えて滋賀県に入り、さらに蟬丸《せみまる》の和歌や源氏物語の舞台の一つとして知られる「逢坂《おうさか》山《やま》」を越えて、大津港に着く。

下車した炉子達を待っていたのは、大津港に係留されている四階建ての白いパドル船。

船体に対して真っ赤な外輪が特徴の、滋賀県を代表する琵琶湖の観光船『クリスタル・デトロイト』だった。

大津港のスタッフと巌ノ丸が手続きをしている間、るいがガイド役として流暢《りゅうちょう》に話す。

「皆様、お疲れ様でございました。これより貸し切りで、目の前にございますクリスタル・デトロイト号に乗船して頂き、琵琶湖を擁《よう》する滋賀県ならではの優雅な船旅をお楽しみ頂きます。

クリスタル・デトロイト号は、一九八二年の就航で、滋賀県とアメリカ・ミシガン州が友好都市の提携を結んだご縁により、先代の観光船・玻璃《はり》丸《まる》の玻璃、すなわち水晶の英名と、ミシガン州最大の都市・デトロイトから名付けられました。

外観はミシシッピ川を走る伝統的なパドル船を再現し、内装も十九世紀のアメリカをイメージしております。この本物志向は、就航から四十年以上経った現在でも全国各地の皆様より愛され、また、世界的にも珍しい現役のパドル船として、文化財的な側面も有しております。どうぞ皆様、歴史あるクリスタル・デトロイト号から、京都と並ぶ近江の千年の都の風をお楽しみ下さいませ」

るいのガイドはアナウンサーのごとく聞きやすく、そして分かりやすい。

炉子だけでなく翔也達もじっくり耳を傾けながら、日本の国旗とアメリカの国旗がはためくクリスタル・デトロイト号を見上げていると、るいや巌ノ丸の装束が目を引いたのか、周囲の人達までもが集まっている。立ち止まり炉子達の近くまで寄って、るいのガイドに聞き入っていた。

今日はこの船もるい達が貸し切りにしており、炉子達は大津港のスタッフに案内されて、クリスタル・デトロイト号に乗船した。

晴れ渡る空の下出港したクリスタル・デトロイト号は、船体後方のパドルを回転させて水飛沫《しぶき》を上げ、美しい琵琶湖の水面を割って進む。太陽が照っているのに、琵琶湖と船の速度による風のお陰で終始涼しかった。

貸し切りゆえに炉子達は船内のどこでも自由に歩いてよく、スカイデッキに上がって比叡山《ひえいざん》や比良山《ひらさん》といった歴史ある夏の山々を眺めたり、船内のカフェに移動してお茶を飲んだり、ホールでは箏《こと》とフルートの生演奏があるのでそれを楽しみつつ、窓から景色をぼーっと見たりと、贅沢な時間を過ごす。

皆和装なのでパドル船とよく合い、炉子達ごと、昔ながらの日本人の船旅が再現されていた。

昼食はそのまま湖上で迎え、クリスタル・デトロイト号の中で最も豪華な部屋である貴賓室にて、るいが手配した極上の、滋賀の名産品の御膳を味わう。

琵琶湖の鰻《うなぎ》を使用した特上のうな重に、鯉《こい》の洗いや煮付。

琵琶湖でしか獲れないという小鮎《こあゆ》に、本もろこ、いさざ、ごり、小海老の飴煮《あめに》。

織田信長が作らせたという説を持つ近江八幡《はちまん》の名物・赤こんにゃくの小鉢に、琵琶湖から流れる瀬田川《せたがわ》で獲れた風味豊かな固有種・セタシジミの釜飯《かまめし》にしじみ汁。

美味しくて、匂いがほとんどしない貴重な米麹《こめこうじ》を使った鮒《ふな》寿司……。

その他、白飯に至るまでの食材全てが滋賀県産で、文字通りここでしか味わえない特別な、地産地消の最高の食事だった。

この時、炉子は樹里と親しくなり、席が偶然隣り合ったところから、何気ない会話が食材の話へ、さらに互いの実家の話となって盛り上がった。

「中村家は飲食店を経営されてるって聞いてましたけど……。ほんなら、樹里さんのご実家は居酒屋なんですね」

「そう。正確には居酒屋がメインの、ショットバーも経営してる会社だよ。私の父親が、私が学生の頃に春日小路さんの竹細工を欲しがって、知り合いに紹介してもらって竹細工を買うようになって、経営を軌道に乗せた……。それで今、中村家は春日小路さんの得意先の一つ。成長した私は、跡取りの縁談相手になりましたとさ……ってところだね。……まさか炉子さんも飲食店の娘だったとはね。全然気付かなかった。春の時に教えてくれたらよかったのに」

「すみません。私は一従業員なので、あんまり出しゃばるのもどうかなぁって……。それに、うちは居酒屋じゃなくて、食堂ですし」

「似たようなものだよ。仕入れや仕込みは毎日で、配膳や皿洗いの大変さは同じでしょ。山崎さんがそうだって知って、私は嬉しいよ。こんな事なら、初顔合わせの時に炉子さんの事を知りたかった。そしたら、初顔合わせの料亭の時や、春のアカガネさんの時も、業界のあるある話が出来たのに」

今日の樹里も基本的にはクールで無表情だが、炉子と話したこの時だけは、表情が柔らかい。ずっと樹里の傍らに伏せていた豊親も、どことなく嬉しそうだった。

飲食業の話題ゆえか、そして炉子が翔也の縁談相手ではないためか、次第に樹里は炉子に対して心を開き、口調が砕けて言葉も多くなる。

「炉子ちゃんの家のお店は、部類としては大衆食堂なんだよね。じゃあ、お酒は出さないんだ？」

「いえ。夜も営業してて、お酒はその時に出してますね。でもやっぱり晩御飯の定食とかがメインなので、お酒の種類は少ないですよ。樹里さんのところは居酒屋ですから、お店に置いてるお酒の種類は多いですか？」

「もちろん。居酒屋はアルコールが命だからね。ビールは一瞬たりとも切らしちゃいけない。焼酎もカクテルもあるけど、客層的にはビールの次に日本酒を多く用意してる。うちは、お偉いさんが接待で使うタイプの居酒屋だから……。あとは海鮮。福岡だからね」

「樹里さんのご出身、福岡なんですね⁉　言葉遣いが標準語やし、関西じゃないんやろうなとは思ってましたけど……」

「うん。さすがに、地元の人と喋る時は、福岡の言葉になるけどね。こういう場では、標準語にしてる。海の方がなじみ深いから、さっき食べた鯉とか小鮎《あゆ》とか、河川系で獲れる食材は、海の味とは違った苦みがあって美味しかった。凄いよね。この小鮎に、本もろこ。こんな小さな体に、飽きない美味しさを持ってるんだもんね」

箸《はし》で小鮎や本もろこ等の飴煮を摘まみ、丁寧に口にする樹里は、食材を愛する居酒屋の娘に相応しい。交流から樹里の思いがけない温かい一面を見つけた炉子は、何だか嬉しくなった。

クリスタル・デトロイト号に乗船した後、ガイド役のるいは、自分の仕事として琵琶湖周辺のガイドを時折行いつつも、それ以外は夏の行事の主催者として翔也にべったりだった。

るいが翔也に話しかけ、距離を縮めているのを目撃する度に、炉子の心には小さなさざ波が起きる。それを律して忘れるために、昼食までずっと炉子は船内を歩き回っていた。

（由良さんが若旦那様の近くにいるから、若旦那様の身の安全は問題ない……。でも、私という従業員も近くにいるに越したことはないのに、何で私は、若旦那様とるいさんから逃げるような事をしてんのやろ。私は従業員やから、こんな風に心を乱す立場でもないのに……）

そう思って気持ちがぐるぐるとして、変に自己嫌悪に陥る時もあった。

それが今、美味しいものを食べて樹里と話をしている事で、かなり気が紛れている。

炉子の樹里に対しての嬉しい気持ちは、そういうささやかな感謝も含まれていた。

優雅な琵琶湖の船旅が終わり、大津港の売店でお土産を買った後、炉子達は再びるいの案内でバスに乗る。湖岸道路を走って、瀬田川のほとりに位置する真言宗の大本山・石光山石山寺を訪ねた。

石山寺は平安時代より前の天平十九年（七四七）に開山され、三条京阪で高山が言っていたように、本尊・二臂《にひ》如意輪《にょいりん》観世音《かんぜおん》菩薩《ぼさつ》は日本唯一の勅封秘仏である。

開山以来、数多の貴族が「石山詣」として参拝し、清少納言《せいしょうなごん》や紫式部をはじめ、平安時代の女流作家達も参拝した記録が残っている等、京都とも繋がりが深い。今日まで全国から厚い崇敬を受けている、千年以上の歴史を誇る名刹だった。

バスから降りると、るいは炉子達に安全な参拝の為として、歩きやすい革靴やショートブーツに似たサンダルを配り、和装でも足元はこれを履くよう勧める。

「石山寺は、境内《けいだい》の全てがお山の中にあります。ですので、道が整備されていても、急な階段や坂道が大半なんです。皆様は、和装でもお寺の境内くらいは問題ないかと思いますし、和装でご抵抗もあるかもしれませんが……。安全の為に、ぜひお使い下さい」

歴史ある寺院で和装での参拝は確かに風情があるものの、履き物が滑って怪我をしては、それまでの楽しさが台無しである。骨折等で万が一歩けなくなったら、寺にも心配や迷惑がかかってしまう。

そういった面も考慮してきちんと手を打ち、着物での雰囲気あるツアーと、靴を履いた安全なツアーとの中間点を上手く取ったるいに、翔也と由良は感心していた。

その二人だけでなく、縁談と企画の評価は別と割り切っている貴史や樹里も、素直にるいの配慮を褒める。炉子もまた、自分には思いつく事すら出来ないガイド自らのコスプレや、地産地消の食事というツアーの独自性の表現と提供、履き物の配布といった手腕から伝わる優秀さへの称賛を、この機会に全てるいに伝えた。

どんなに翔也との仲を羨ましく思っても、誰かを褒める時の言葉は、炉子はいつも本心を心掛けている。

「るいさんを見てると、あぁ、京都のほんまのお姫様って、こういう人の事なんやなって思えます。ガイドも配慮も何もかも、ほんまにお姫様ですね」

と言うと、るいは少しだけ誇らしげに口角を上げて喜んだ。

「ありがとうございます。光る君様にも、そう思ってもらえたらいいなって思います」

そして炉子に身を寄せて、炉子にだけ聞こえるように懇願《こんがん》する。

「山崎さん。今、私に言うてくれた『ほんまのお姫様』って……。嘘じゃないですよね？　京都ならではのお世辞じゃないですよね？　私も京都の人間ですから、多少は分かりますよ……？」

え、と言ったきり、炉子は数秒動けなかった。

「そんなん、ほんまですって……。ごめんなさい、疑わんといて下さい。ほんまに私、そう思ったから言うたんです」

「それやったら、よかったです。すみません。私、いつもこうで……。京都の人って、というか大人って、息を吐くようにお世辞が言える生き物じゃないですか。やから私、つい身構えちゃうんです」

「ほんなら、るいさんを褒めたはった、若旦那様の事も……？」

「いえ。あの方は別です。あの方だけは、私、本心から褒めてくれてるんやと、ちゃんと分かります。きっとそこが光る君様のええところで、私……。……あの、山崎さん。この私の縁談を、どうか応援して下さいね。私の家は、実は春日小路家とは遠い親戚なんです。六代前の方が春日小路家と繋がっていて、でも、それきりやから分家にはなれへんくて、春日小路家の傘下になってるんです。御子柴家は、六代前の先祖の霊が守護神となって、ちゃんと御子柴家を守っているとされてます。そのご縁を頼りに、私、心から翔也さんの伴侶になりたいと思うんです。ですからお願いします。味方になって下さいね」

　炉子は、この時ほどるいに圧倒された事はなく、弱々しくて縋るような、けれども必死な眼差しのるいを、まともに見る事すら出来なかった。

　怯《ひる》んだあまり、炉子はうっかり、るいの目の前で懐からお守りのネックレスを出して握ってしまいそうになる。その様子を、会話は聞こえずとも翔也が見ていたらしい。

「るいさん。本堂はどっちやろ。滋賀で一番古い木造で国宝やって聞いてるから、凄く気になんねん」

　その声を聞いて、るいはぱっと表情を変えて明るくなり、翔也に振り向いた。

「はっ、はい！　あちらの階段の上です。ご案内致しますね。今は、風鈴が沢山吊《つ》るされてるそうで、めっちゃ綺麗ですよ！」

炉子を放置し、まるで手を引くかのように翔也を連れて本堂への階段を上る。翔也が一瞬振り返って炉子と目を合わせたので、そこでようやく炉子は心が解放され、息が出来るようになった。

（若旦那様が、助けてくれたんや……）

翔也が秘かに、颯爽と差し伸べてくれた救いの手を有難く思い、頬を熱くしながら小さく頭を下げる。

由良が翔也の護衛として、すぐにるい達の後を追う。

炉子を追い越す直前に、

「先程の会話、行事が終わったら報告して下さい。円地さんにでも構いません」

と声を潜めて言ったので、炉子も素早く頷いた。

由良の姿も見えなくなると、樹里が炉子の傍に来てくれる。

「大丈夫だった？　どうせあの子に縁談の応援をしてくれとか何とか、頼まれたんでしょ。あんなに必死だと頼まれた方は怖いよね。やりすぎだと思う」

と呆れており、

「……いいよね。自分の恋に一生懸命に、なれる人はさ」

と悔しそうに吐き捨てた。

石山寺で最も有名な伝説は、紫式部が石山寺に参拝し、源氏物語の着想を得て書き始めたというものである。

　今日るいが着ている壺装束も、まさにその源氏物語の伝説になぞらえてイメージされたものだった。

　急な山の階段を上った先にある本堂は、内陣が平安時代中期、外陣が戦国時代の淀殿《よど》の補修によるといい、紫式部が源氏物語を書いたとされる一室、源氏の間も残されている。

　学校の古典の授業で必ず出る作品がまさしくここで作られたと説明するるいのガイドを、炉子達は蟬しぐれの中で聞く。るいの壺装束がここでも人目を引いたのか、他の観光客までるいに注目し、説明を聞いて「ほお」と頷いていた。

　るいは、他の見知らぬ参拝者から常に絶賛され、

「あなた、その格好凄いわね。素晴らしい。平安時代の旅装束よね。……え？　京都の観光ガイドの方なの？　まあ、さすが京都の人！　どうりでガイドも雅でしっかりして、装束の着こなしもばっちりなはずよね」

と感心されると、その度にるいは嬉しそうな顔をして、翔也をちらと見る。

　翔也もまたるいの実績に頷いてみせると、好きな人に仕事ぶりが認められたるいは、ますます誇らしげな顔だった。

　本堂にお参りした後は、クリスタル・デトロイト号の時と同じく完全な自由行動となり、石山寺の写真によく利用される多宝塔《たほうとう》や、石山寺の名の由来ともなった巨大な崖のような天然記念物・硅灰石《けいかいせき》等、それぞれ好きな場所を散策する。

るいは、基本的には翔也の傍にいて何かとガイドしたり世話をしていたものの、観光ガイドとしての仕事を忘れた訳ではなく、時折、硅灰石を背景に炉子の写真を撮ってあげたかと思えば、多宝塔を見上げる貴史と湊の方へ移動して、その歴史を解説したりする。その他、樹里、豊親、円地等、必ず一回は全ての招待者の傍に寄って境内のガイドをしたり、小間使いを担ったり、誰が何の質問をしても答えられるるいの姿は、炉子へ吐露した翔也への執念じみた恋慕《れんぼ》はともかく、観光ガイドとしてはまさしく一流だった。

しかし、どこへ移動してもるいは結局は翔也のもとへ戻り、

「光る君様。実は本堂を下りて境内の奥へ入った先に、約千年前に切り出されかけたまま、現在まで放置された石が残ってるんです。千年残った石として、きちんと注連縄《しめなわ》も張られてて……。近くに、とても美しい『甘露《かんろ》の滝』もあるんです。ぜひ一緒に行きましょう」

と、翔也を誘う。

何時間も隣にいると、さすがのるいも多少は大胆になるらしい。翔也の手を取り、まるで恋人のようにそっと握って、翔也を山の奥へ誘ってゆく。翔也本人は手を握られた事に微かに恥ずかしそうだったが、るいが嬉しそうにしているためか、相手を気遣うあまり上手く振り払えないようだった。

この時、実はるいがそれを見計らっていたのか、あるいは偶然なのか、翔也の近くにいたはずの由良は別の名所の案内を読みふけってしまい、翔也から目を離していた。

ゆえに、るいがどんどん翔也を連れて行き、由良と離れていく。

遠くからそれに気づいた炉子が、

（あ、いけない。由良さんを呼んだ方がいいかも。いくらお寺の中っていうても、山には変なあやかしも出やすいし……。でも今私が声を出して、あんなに嬉しそうなるいさんを邪魔すると、るいさんが怒って変な空気になるかも……）

従業員が雇い主の傘下の者とトラブルを起こすのはよくない事で、春日小路家に迷惑がかかると咄嗟に思った炉子は、由良とるいを交互に見てしまう。

自分がどうするべきか迷っていた時、炉子のスマートフォンに着信が入る。

画面を開いて発信者の名前を見た炉子は、これぞ神の助けと顔を上げ、慌てて翔也達を呼んだ。

「わ、若旦那様！　由良さん！　愛子さんからお電話です！」

それを聞いて、翔也もるいも顔を上げ、翔也は驚いて踵《きびす》を返す。

由良もまた、炉子の声によってはっと気づいたように顔を上げ、翔也や炉子と合流しビデオ通話にした炉子のスマートフォンを覗き込んだ。

炉子達は突然の事に驚いたが、愛子の電話は別に緊急なものでも何でもなく、

「やっほー！　炉子さん。元気？　今日は確か、春日小路家の縁談の夏の行事よね？　るいさん、上手くいってますかー？　副社長様と由良さんも、お世話になっております。しっかり縁談に励んで下さいねー」

という、他愛ないもの。

愛子の傍には人間の姿の瑠璃もいて、大人らしい華やかな笑顔で手を振った。

「皆さん、春の時はお疲れ様でした！　私や愛子様はもう縁談とは無関係ですから、今までの事はお忘れになって、是非京都のカガホテルへお茶しに来て下さいね。――由良さん。その事で、うちの社長からオーナー様へ伝言がございまして、急ぎではないですが、一度カフェにいらしてほしいとお伝え頂けますか？　店長が今出しているコーヒーについて、サイフォン式の導入を考えているそうなので……」

「分かりました。道雄さんに申し上げておきます。急ぎではないんですね？」

「はい。年内であればいいそうです。ありがとうございます。すみません、愛子様のお電話のついででお伝えしてしまって……」

「いえいえ。連絡が早くて助かります」

付喪神同士の試合を経たからか、由良と瑠璃は仕事での上下関係を保ちつつ、すっかり親しくなっていた。

電話で話を聞くと、愛子は小学生の頃はベルギーに住んでいたらしく、今日は当時の友人の結婚式に出席するため現地にいるという。愛子がスマートフォンのカメラから体をずらして炉子達に背後を見せると、確かにその街並みは日本のものではない。看板も、英語ではない外国語。それも、明らかに違う言語が並列表記されていた。

ベルギーという非日常の言葉を聞いて、炉子はその意外性に驚く。

「愛子さん、今、外国にいるんですか⁉　というか、帰国子女やったんですか？」

「そうよーん。あれ？　炉子さん、知らなかったの？　副社長様や由良さんから聞いてなかった？　加賀家はベルギーにいた時に春日小路家と出会って、そのご縁で傘下に入ったのよ」

さらに意外な話を聞いたので、炉子は思わず、顔を上げて翔也と由良を見てしまう。

翔也が苦笑し、傍らの由良もお喋りな愛子に呆れつつ笑っていた。

「ごめん、今までバタバタしてたし、山崎さんにそこまで話してへんかったな。今度、うちと三家がビジネスパートナーになった経緯とかも、差し支えない範囲で教えるわ。由良も時間があったら、山崎さんに教えたげて」

「分かりました。……それにしても加賀さん。お元気そうなのは結構ですが……。何で私や翔さんじゃなくて、山崎さんのスマホに電話したんですか？」

由良の問いに、愛子は「えー、だって」と軽く言い、

「瑠璃の話を聞いてなかったの？　私は縁談から脱落したのよ。脱落したら、副社長様と由良さんはもう目上の人なんだから、気軽に電話なんか出来ないでしょ。だから炉子さんにかけたの。というか、炉子さんに電話したかったの。炉子さんは私の友達だもん！　友達にだったらいつ電話してもいいでしょ？」

「理論は間違ってはないですが、何も行事の日に電話しなくても……」

由良が反論し終える前に、愛子は悪戯っぽく、

「だって縁談の様子も知りたかったんだもん。野次馬で。ね、炉子ちゃん？」

と、炉子に同意を求める。

炉子は、樹里に続いて愛子にも「ちゃん」付けで接してもらえた事が嬉しく、さらに、自分が困っていた時に偶然とはいえ助け舟を出してくれた愛子の存在を、心から有難く思う。

「お電話して下さって、ほんまにありがとうございます！　私も、愛子さんにお友達と言って頂けて嬉しいです！」

「やーん、嬉しい！　ありがとうー！　もう友達なんだから、さん付けで畏まらないで愛子ちゃんとか愛子って呼んで？」

愛子の鈴を転がすような声が、喜びで一層高くなる。

そして、

「それとね、炉子ちゃん。お礼を言うのは私の方なのよ」

と言った後、母親譲りの柔らかい声色になって、話し続けた。

「……春のお茶会が終わった後、ママから聞いたの。炉子ちゃんが私について、『自分が二人いたら、片方は愛子さんの下で働きたい』って言ってくれたって。その言葉、私は直接聞いた訳じゃないけど、凄く嬉しかった。ありがとね。跡継ぎにとって、それは凄く勇気づけられる言葉なのよ。跡継ぎというのはとにかく、先代と比較されがちだから……。私も叶う事なら、将来は炉子ちゃんみたいな従業員を持って働きたい。ねえ、カガホテルに来ない？　今のうちに一緒になって、私がママの跡を継いだら、私と瑠璃と炉子ちゃんの三本柱でバリバリやりましょ？　京都だけじゃなくて東京にも行けるのよ？」

いきなりの勧誘に炉子は「えっ」と頓狂《とんきょう》な声を出す。もちろん愛子は冗談だろうが、炉子が何かを言う前に由良がぴしゃりと断った。

「加賀さん。うちの従業員をヘッドハンティングしないで下さい。次の役員会議でお母様に言い付けますよ」

「あーら、嫌だ。それは困りますぅ。ママに怒られちゃうもの。ごめんなさいね、由良さん！　でも炉子ちゃん、うちに転職したくなったらいつでも私に連絡してね！　……皆さんの様子も分かったし、そろそろ式場に行かなくちゃいけないからお暇《いとま》するわね。炉子ちゃん、今度そっちに、春日小路家の本宅に遊びに行くからよろしくね！　あっ、先回りして言うけど、友達の炉子ちゃんが本宅に住み込みだから、春日小路家の本宅に行く訳ですからね？　まさか副社長様は、傘下の者が友達のところへ遊びに行くのを制限したりはしませんわよねー？」

愛子が翔也を挑発すると、翔也は怒るどころか吹き出した。

「ははは っ。大丈夫やって。ええよ。本宅《うち》で、山崎さんと好きなだけ女子会したらええわ。ただし、山崎さんに迷惑はかけへんようにしてや。俺や由良が帰って来たら、家に入れてや」

翔也が返した冗談に、炉子は咄嗟に、

「だっ、大丈夫です！　すぐにお迎えしますんで！」

と言い、愛子は無邪気に「はーい」と答える。

「それじゃあ皆様、失礼致します。縁談の行事、引き続き頑張って下さいねー」

と言ったのを最後に愛子は電話を切り、ビデオ通話が終了した。

まるで皆の妹のような、春と変わらない愛子の天真爛漫さ。由良と翔也が楽しそうに苦笑する。

「全く……。相変わらず、大した子でしたね。一応、私や翔さんに対しては目下としての態度を取っていましたが、完全に友人感覚でしたよね」

「あれが加賀さんのええとこやな。オーナーと傘下という関係性はあっても、どこか対等である方がビジネス的にはええと思う。由良もそう思ってるから、今、あんまり怒ってへんのやろ」

「はい。貴重な人材だと思います」

「山崎さん。電話を繋いでくれて、ありがとう」

「いえ。私も愛子さ……、愛ちゃんと喋れてよかったです！」

「お。あだ名や。加賀さん、きっと喜ぶで」

「えへへ。ですかね……」

翔也や由良と同様に、炉子もまた愛子の性格を思って微笑み、近いうちに愛子が本宅に遊びに来てくれるのを楽しみにする。

しかし本宅の権限はあくまで翔也にあるのを思い出した炉子は、顔を上げて確認した。

「あの、若旦那様。さっきの電話では何も言えませんでしたけど、愛ちゃんが本宅に遊びに来ても大丈夫ですか？　もちろん、プライベートな場所には入らせへんように私が注意します。来る事自体がよくないようでしたら、私が後でお断りの電話を入れますけど……」

「山崎さんは、加賀さんが嫌いなんか？」

「まさか！　今こうして、愛ちゃんって呼んでるじゃないですか。めっちゃ好きです。でも一応、若旦那様にご確認を取らへんと……」

「ありがとう。せやし、山崎さんがええなら加賀さんを家に上げてもええで、っていうのが俺の意見や。好きにしたらええ。うちの冷蔵庫に何のお菓子があるのかは、俺よりむしろ、山崎さんの方が知ってるしな」

俺もちゃんと家に入れてや、という冗談に、炉子は大袈裟にうんうんと頷く。

そして最後に、

「……そういう訳やから、山崎さん。引き続き、うちで働いてな。いつもありがとう」

と、翔也が愛子のヘッドハンティングに対する返答をした瞬間、炉子は必要とされる喜びに沸《わ》き、頬が熱くなった。

「あ……！　ありがとうございます！　若旦那様！」

木漏れ日の射す境内で嬉しそうに頷く翔也の笑顔から、炉子は目が離せない。

自分が今、翔也に強烈に惹かれていると、炉子は自覚せざるを得なかった。

しかしその瞬間、すっと背筋が凍る気配がして視線を変えると、悲しみに顔を歪めたるいが翔也の後ろにいて、炉子とばっちり目が合った。

「あっ……」

漂う嫉妬の恐ろしさに、思わず一歩後ずさる。

翔也が振り向いた時にはもう、るいは笑顔になっていた。

「――光る君様。さぁ、行きましょう。由良様もご一緒されますか」

るいが翔也の手を引いてゆき、由良も歩き出す。炉子は、最後まで呼ばれなかった。

由良もまた、るいの形相《ぎょうそう》を見たらしい。炉子から離れる直前に、愛子の時とはまた違った意味での苦笑いで、小声で炉子に言う。

「襲撃ではなく、恋愛感情については、私にはどうする事も出来ません。ああいう片思いは怖いですね……。翔さんの傍にはずっと私がついていますので、まぁ、御子柴さんが強引に翔さんの唇を奪ったり、あまつさえ押し倒したりしないように見張ってます」

由良の言い方に、炉子は思わず顔を真っ赤にして俯いてしまう。

もちろん、るいにそんな事をしてほしくないと思っていた。

石山寺の参拝を終えた炉子達は再びバスに乗り、夕食のために京都市まで戻る。

炉子は石山寺を出る際に、拾翠園《しゅうすいえん》という休憩所で『絵本源氏物語　石山版』というものを買ってバスで読みふけった。石山寺に所蔵されている江戸時代中期の作とされる「源氏物語画帖」の挿絵が載っている事から、時折、装束の時代考証に興味を持つ貴史に本を貸したりもした。

この時、源氏物語の作中に、「裳着《もぎ》の儀式」という文言があるのを見つけた炉子が、

「裳子……」

と呟いたのを貴史が尋ね、炉子が失った経緯は伏せて「昔家族だった火の精霊」とだけ答えると、

「なるほど。裳子ちゃんは女の子やった訳や」

と、教える前に性別を当てられたので、思わず目を丸くした。

「何で、分からはったんですか？」

「何でも何も、その意味で付けたんちゃうの？　平安時代の女性の装束の『裳』の事やろ？　それ以外では、この漢字はよう使わへんしな。男性の元服と一緒で、裳着も女性の成人の儀式な訳やしな」

「やっぱりさすがですね！　すぐに分からはるんですね」

「そらなぁー。うちは装束のプロやしなー」

横から鳶《とび》の姿をした湊が、

「自分で、うちは神具店って言うたくせに」

と茶化したので、貴史が「お前、要らん事言わんでええねん！　臨機応変って言え

や」と言い返しては、鳶の頭を撫でていた。

今日の湊は、石山寺の境内に入ると、

「こっちの方が楽なので……。お山の木にとまって、森林浴してますね」

と言って、人の姿ではなく動物の姿となってずっと過ごしており、車中の今も小振りな鳶のままだった。

湊の獣としての姿は鳶だと分かったが、まだ何の付喪神かは分からない。鳶の湊はとても凛々しく、貴史とはまるで兄弟のように息が合っていた。

きっと湊の正体は、貴史の昔からの愛用品なのだろう。貴史達を眺めていた炉子は、自然に、裳子の事を思い出していた。

（……裳子は今、どうしてんのかな。元気にしてて、飼い主さんから優しくしてもらってんのかなぁ。もし裳子がここにいたら、私の相棒として、皆に可愛がってもらってたかな。おやつを食べ過ぎて、お腹、壊してへんといいけど……）

赤い夕陽となりかけている眩しい西日を窓から眺めて、想いを馳せた。

るいが主催する縁談の行事・夏の散策ツアーの締め括りは、京都の夏の名物として知られる、鴨川納涼床《のうりょうゆか》での夕食。

場所は、幕末の頃に創業し、抱えの芸妓と新撰組のやり取りをはじめ今日まで数々の逸話も持つ料亭旅館、上木屋町《かみきやまち》の「翠香《すいこう》」だった。

玄関を上がって釣灯籠の灯る廊下を進むと、縦長の大きな中庭の池で鯉が優雅に泳いでいる。中庭を挟んで両端には団体客用の大座敷と小さな座敷が数室並び、敷地の突き当たりとなる奥座敷から、床の席が外へ張り出していた。

涼しい夜風に、みそそぎ川や鴨川の流れが眼下に見える床。遠くで月が潤《うる》んで輝く、東山三十六峰の幻想的な夜景を目にしながらの、川床を貸し切った食事が始まった。

出された料理は鱧《はも》中心の京懐石であり、お供の日本酒は、洛中《らくちゅう》にて天明元年（一七八一）に創業し、今でも京都で馴染み深いキンシ正宗の最高の純米大吟醸。青い切子《きりこ》風の瓶が美しい「松屋久兵衛《まつやきゅうべえ》」だった。

京野菜の盛り合わせから始まって、鱧の落としを含めた季節のお造りに季節の小鉢。鱧しゃぶ、鱧の炭火焼、ぐじの鱗焼き。鱧の握りに天ぷら、赤出汁《あかだし》と、祇園に店を構える名店・八代目儀兵衛《ぎへえ》の白飯、今が旬の白桃が一人につき丸ごと一個という豪勢なデザート……。バラエティー番組の制作者が知ればすぐに取材を申し込むような、文字通り贅を尽くした京料理だった。

京の夏は酷暑として知られるが、貴船や嵐山、ここ木屋町といった川べりは夜になると案外涼しく、昼の琵琶湖と同じように、思った以上に快適である。

今日の散策ツアーは新プランの試験運用でもあったので、翔也、由良、円地、樹里、貴史、人の姿になった湊の六人は、箸を進めつつ今日のフィードバックをるいに行う。

満場一致で、無理に京都を回るのではなく、あえて滋賀を選んだ決断のよさを褒めるところから始まり、実際に商品化する際の価格設定と所要時間、サービスやガイドを行うタイミング、回数等について、翔也達はビジネスとして、それぞれの考えや改善点を遠慮なく述べた。

平安装束から絽《ろ》の着物に着替えたるいは、翔也達の意見に謙虚に耳を傾けて、普段から愛用しているらしい和綴《わと》じのノートにメモしていく。その間、巌ノ丸は別室にいて皆の荷物の管理をしており、従業員ゆえに発言を控えていた炉子は末席でひっそりと、お盆に帰省した時に祐司に話そうと、出された京料理を一つ一つ味わっていた。

（うん。やっぱり、老舗の名店の料理は凄い。食材の切り方が全部細やかで、やのに、味がしっかりしてる。これ多分、相当ちゃんと仕込みをせえへんと駄目やろなぁ。ここが完全予約制なんも分かるわ……。お父さんや裳子に食べさしてあげたい。ツアーの話が終わった後、樹里さんとこの料理についても話が出来たらいいな。樹里さんは何て言わはるやろ。私の中では京懐石の凄さに加えて、配膳係やった視点から、ここの仲居さんのお着物がポリエステルじゃなくて紬《つむぎ》っていうのが、高級感を演出してる意味で結構ポイント高いんやけど……。樹里さんは、そういう点は見たりするんかな？）

あれこれ考えては時折、床から京の夜空を見上げて、夏の大三角形を眺める。

自分なりに楽しんでいた炉子だったが、樹里との会話は叶わなかった。

事件が起こったのはフィードバックが終わった後の事で、るいが再びツアーの主催者として炉子達の世話をしたり、退席して巌ノ丸の様子を見に行った後、樹里が手洗いに行ってからおよそ数分後の事だった。

炉子も手洗いに行こうと席を立ち、奥座敷から廊下に出ようとすると、樹里の怒鳴り声が聞こえてきた。

「すみませんじゃ済まないだろ！　泣けば済むと思うな‼」

よほど怒っているのか、こちらの腹にまで響くような声の低さと、刺すような男言葉。炉子は思わず廊下に飛び出て、翔也と由良も廊下に出る。樹里の怒号は床にまで聞こえていたらしかった。

三人で荷物が置いてある別室を覗いてみると、樹里が仁王立ちでるいを見下ろして睨んでおり、対するるいは、泣きながら必死に頭を下げている。

「本当に、本当に申し訳ございませんでした！　嘘じゃなくて、ほんまに私は、あれが誰かの仕掛けた呪詛とばかり……！」

「は？　言い訳？　だから何？　それであんたが無罪になるとでも思ってんの？」

るいの体がますます縮こまったように見え、傍らの着流しの巌ノ丸も、申し訳なさそうに俯いている。

何が起こったのかさっぱり分からない。しかし、るいの口から「呪詛」という単語が出た以上は穏やかでなく、

「何があったんですか？」

と由良が訊き、るいが鼻を啜《すす》りながら、

「中村様のお荷物に……」

と言いかけたところへ、

「こいつが勝手に人の鞄に手を突っ込んで、勝手に人の物を捨てたんだよ！」

という樹里の鬼の声音が、るいの声を打ち消した。

片方は怒り、片方は泣いて話にならぬと判断した由良が、当事者の中で一番正気を保っている巌ノ丸に訊く。

「巌ノ丸さん。どういう事ですか？」

「実は……」

話を聞くと、るいがこの部屋に来て荷物の簡単なチェックをした際、わずかに口の開いていた樹里の鞄から、ある不吉な物を見つけたらしい。

「それが、木で作られた人形代やったんですわ。精巧なものが一体。男性を模したもので、胸には六芒星が墨書きされてました。私も見てびっくりしました」

それを聞いた由良が目を見開き、炉子も、咄嗟に翔也を見る。翔也は冷静だったが、やはり事情を察して険しい表情だった。

春日小路家の家紋は、「籠目に剣片喰」。籠目が六芒星に似ている事から、春日小路家では呪符に六芒星を使用するのだと、炉子は研修で教わっていた。

（ほんで人形代が、呪いに使う道具でもあるんやって事も……）

ほぼ直結的に春日小路家の者を連想させるといっても過言ではない、六芒星の描かれた人形代。それも男性を模したものがあったというのは、翔也、あるいは道雄を狙った呪具かもしれないという考えに至っても、何ら不自然ではなかった。

人形代を見つけて、案の定そう判断して恐れたるいが、翔也を助けたいあまりに独断で樹里の鞄から人形代を取り出し、その場で巌ノ丸に命じて処分させたらしい。

巌ノ丸が樹里の人形代を持って翠香から外に出て、二つに割って削ぎ、丁寧に焼いて、その燃えかすも念入りに後処理をしたらしい。部屋に戻ってるいと合流した後、手洗いから出た樹里が来て自分の鞄を見たという。

樹里はすぐに人形代がなくなっている事に気付き、るいに詰め寄って事態が発覚して今に至るという訳だった。

炉子は、樹里が鞄の中に人形代を忍ばせていたという事実に衝撃を受け、

「若旦那様を、呪ってたんですか……？」

と、震える声で尋ねたが、樹里は「違うよ」と即答した。

「確かに人形代は私のだったけど、翔也さんや、春日小路家を呪ったものじゃない。うちの店の常連さんから預かった物で、明後日常連さんに返却する予定だった。うちの経営するバーの常連さんで、いわゆるヤンデレみたいな人がいてね」

すらすらと、平然とした表情で説明する。

由良は樹里のその話を全く信じておらず、疑いに満ちた目で、

「六芒星が書かれていたというのは？　何故？」

　と鋭く訊くと、樹里はそれにもすぐ答えた。

「その常連さんは日本の呪術だけじゃなくて、西洋の呪術にも凝ってた人なんですよ。だから、六芒星が描かれてたんです。春日小路さんの家紋とは関係ないです。信仰をごちゃ混ぜにした自作の人形の、呪いの力を増強するとか何とかで、うちの料理や酒をお供えに使わせてほしいと依頼してきたんです。それはよくないな、変に諌めて相手を刺激するのもよくないなと判断したバーの店長が、その人から人形代を穏便に預かってくれました。私の父親に報告書と一緒に現物を送って、一番霊力の強い私がずっと持っていたというのが、嘘偽《いつわ》りない事情です」

「そういうものは警察に……。しかるべき機関に届けるべきだと思いますがね。とすると、あなたはそんな危険な代物を、今日ずっと鞄に入れて持ち歩いていた事になりますが？」

「常連さん本人は感じる程度の霊力があるだけで、呪いの力は欠片ほどもないんです。ですから私が預かった自作の人形代も、子供が作った物みたいに、ただの木の人形同然でした。現物を見ればすぐに分かりますよ。もう無いですけどね？　危ない物でも何でもないけど、一応、何かあったら困るじゃないですか。だから常連さんに返すまでは自分の傍に置いておく意味合いで、鞄に入れて持ち歩いていたという訳なんです。ただのそれっぽい木の人形だったからこそ、私はあの石山寺に入れたんですよ。本物の呪いの道具を持ってあそこに入れると思います？」

「確かに、それは……」

「でしょう？　由良さん。要はただの私の、木の人形だったんですよ。……それがまさか、ツアーの主催者が鞄から勝手に出してまで、焼いて処分するなんて夢にも思ってませんでしたけどね」

嫌味たっぷりに、抑揚《よくよう》をつけて放つ樹里の言葉を受けて、るいがびくんと肩を震わす。

その瞳からは涙がこれでもかという程こぼれており、鼻を啜る音も止まらなかった。

自分が企画して主催し、縁談の行く末と自らの恋まで懸けたツアーが大成功で終わろうとしていたところに、最後の最後で犯してしまった大きな失態。

るいは何とかそれを払拭したいのか、樹里へもう一度深く謝罪した後、

「私はほんまに、人形代の六芒星を見て、誰かが翔也さんを呪っているとばかり思ってたんです……！　それが樹里さんの鞄の中にあったので、もしかしたら樹里さんが犯人に仕立てられてるんじゃないかと思って、急いで人形代を処分して、二人を守らなあかんと思って……！」

と自分の誠意を訴えたが、それがかえって樹里の神経を逆撫でさせた。

「だから！　そういう言い訳はするなってさっきから言ってんだろ⁉　どう責任取るんだって言ってんだよ私は！　何？　私が犯人に仕立てられるとか何とか、どんだけ捻《ひね》くれた考え方してんの？　そんな事を考える賢さがあるんなら、人の鞄を漁《あさ》る前に、先に

本人に確認を取るっていう常識にも思い至れるんじゃないの？」

「わ、私は……。呪いの人形代やから、一刻も早くと……」

「あー、もう、うるさい！　何度も言わすな！　それで、人の鞄から勝手に物を持ち出していいと思ってんの⁉　とにかく！　あれは！　正確にはうちの常連さんの物なの！　返さなきゃいけない物なの！　どうしてくれんのって訊いてんの！　うちの信用問題にも関わるんだよ⁉」

怒り狂《くる》う樹里は、炉子まで震えてしまう程恐ろしい。

しかし、るいが勝手に人の鞄に手を入れて人の物を処分してしまったのは、紛れもない事実である。たとえ人形代という呪いが危惧された物であっても、それを見て冷静さを失い、本人への確認を怠《おこた》ったるいの落ち度は、信用がものをいう観光ガイドとしては特に厳しいものだった。

おまけに何度も言い訳めいた事を口にし、相手を余計に怒らせてしまっている。誰も庇《かば》いようがなかった。

「申し訳ございません。本当に申し訳ございません……っ」

「だから……っ！」

るいが謝罪し、樹里の顔がまた怒りに歪んだ瞬間。炉子の耳に、遠くから微かな声が届く。

炉子がはっとして顔を廊下に向けると、翔也もまた、一瞬だけ視線を廊下に向けていた。

炉子と翔也の他は皆、樹里とるいの修羅場《しゅらば》に気を取られており、誰も気づいていない。

川床は炉子達の貸し切りでも、翠香本館では、別の客達も食事を楽しんでいる。炉子と翔也が聞いたのは、廊下に出てきたらしい母親のあやす声と、癇癪《かんしゃく》めいた幼児の泣き声だった。

(樹里さん達の声が、他のとこにまで聞こえてるんや……！)

幼児が泣いた原因は、十中八九、樹里の怒鳴り声やるいの泣き声だろう。子供が泣いたという事は、他の客にも、樹里達の声が聞こえている可能性があった。

一刻も早くこの場を収める為に、翔也が口を開いた。

「──二人とも、そこまでにしとき」

冷静で有無を言わさぬ声が、樹里達を制止する。次期当主としての威厳を感じたのか、由良と巌ノ丸がそれぞれ正座して背筋を伸ばし、翔也の言葉を待った。

「今ここで話しても、余計に混乱するだけや。この件に関しては後日、春日小路家の現当主も交えて正式に、臨時の役員会議を開かせてもらう。中村さんが持ってたという人形代についても、そこで改めてちゃんと事情を聞かせてもらう。常連さんの作った物という話がほんまかどうか分からへんし……、何より話を聞いてると、中村家が何らかの呪詛に関わってる可能性があるからな」

その瞬間、樹里の目元がぴくりと動く。それを、由良が横目で見逃さなかった。

炉子はこれらの一連の間に、樹里とるいの傍を通って自分の鞄を開き、大津港の売店で購入し、友人へのお土産にするつもりだった「ひこにゃん」のぬいぐるみを取り出した。

それを持って、部屋を出る前に一瞬翔也に目線を送る。翔也が目だけで頷いたのを見た後は、廊下を一心に小走りで進み、母親と、その腕に抱かれた小さな女の子を見つけて、迷わずひこにゃんのぬいぐるみを差し出した。

「すみません、ちょっとうるさくしてしまって……！　ごめんねー？　びっくりしたやんなー？　これあげるし、許してなー？　ひこにゃんだよーん」

ぬいぐるみの手足を動かしてあやすと、女の子は気に入ってくれたらしく、ぴたっと泣き止んでくれる。そのまま炉子が遊び相手になると、女の子はすっかりご機嫌になってひこにゃんのぬいぐるみを離さず、母親を困らせてしまった。

「こら、真凜《まりん》ちゃん。にゃんちゃんをお姉さんに返しなさい。すみません、この子、猫が凄く好きなので……。あやして下さって助かりました。ありがとうございます」

「とんでもないです！　むしろ、こちらがうるさくしたせいでお嬢様が泣いてしまったのかもしれないので……。こちらこそ、ほんまにすみません。お詫びというたらあれですけど、そのひこにゃんは差し上げますので、是非持って帰って下さい」

「えー！　そんな！　悪いですって！」

「いえいえ！　お嬢様も気に入ったはりますし、自分用に買ったやつなんで！　お嬢様のものになった方が、ひこにゃんも嬉しいと思います。真凜ちゃん。いいよー。持って帰ってあげてねー」

炉子が話しかけると、真凜ちゃんはとても嬉しそうに、ぬいぐるみをぎゅっと抱き締めた。

真凜ちゃんと母親は、その服装からどうやら親戚一同が集まるような、畏まった食事会の最中だったらしい。泣いた娘を連れて廊下に出たのも、恐らくは他の親戚達に気を遣ったものと思われる。かといって、長時間退席するのも空気を悪くすると八方塞がりだった母親の焦りが、炉子にはしっかり伝わっていた。

最終的に母親は炉子の言葉に甘えてぬいぐるみを受け取り、すっかり笑顔の真凜ちゃんを抱っこして、自分達の個室に戻っていく。

事を収めて胸を撫で下ろした炉子が戻ると、円地や貴史、湊までもが部屋を見に来ており、中は惨状だった。

るいが畳に突っ伏して、背中を波打たせて号泣している。

炉子が反射的に、

「ひっ」

と声を上げて戦慄したのは、それまでるいの象徴だった豊かな黒髪が、襟足付近でばっさり切られていたからで、切られた黒髪は直前まで結われていた状態のまま、一つの束と成り果ててるいの前に置かれていた。

それを樹里と、炉子が出ていた間に部屋に来たらしい豊親が、呆れたように見下ろしている。正座している巌ノ丸は、屈辱を堪えて腿の両拳が震えており、由良と、そして翔也は困りつつも何とか冷静に中立を保って、一同を見つめていた。

「……何が……あったんですか……」

辛うじて炉子が訊いても、るいは泣き続けるだけ。

樹里が面倒そうに口を開き、

「責任を取るって言って、髪を切ったの。自分から」

と言うと、巌ノ丸が顔をぱっと上げて、

「そうしろ言うたんは、そちらじゃないですか」

と、怒りを抑えつつ反論した。

炉子が出た後の部屋は、一旦は翔也の言葉で収まりかけたものの、豊親が様子を見に来ると事態は一変したという。

豊親は樹里の話を聞いて殊《こと》の外《ほか》憤慨し、常連からの預かり物が処分された事と、中村家の信用問題を理由に訴訟《そしょう》を口にしたという。

それを聞いたるい達が慌てて、

「そ、それだけは……！　どうすればお許し頂けますか⁉」

と懇願すると、樹里が大袈裟に溜息をつき、

「知らないよ、そんな事。自分で考えれば？」

と言うのに続いて豊親がゆっくりと、

「禊《みそぎ》という言葉を知らぬのかな」

と言ってとどめを刺すと、るいは絶望したのか、俯いたまま動かなくなった。

やがて、おもむろに立ち上がったかと思えば自分の鞄から筆箱を出し、一同が謝罪文でも書くのかと思っていた中へ鋏《はさみ》を出して、自分の髪にぴたりと当てた。

翔也達が止めるのも間に合わず、そのまま一気にばつんと、自らの髪を切ったという。

「これで……お許し下さい……」

髪の束を自分の前に置いたるいは、泣きながらも健気に、行事の主催者として樹里と豊親に土下座した。

しかし樹里達は、るいの勇気ある行動には驚いたものの、許す気は毛頭なく、

「……誰も実際に髪を切れなんて言ってないし、それをして許すとは言ってないけど」

と突っぱね、

「落とした髪は、きちんと後片付けせねばならんぞ」

と豊親が言い捨てた瞬間、

「そんな……っ！　酷い……！　酷い……っ！」

と、るいの心がついに折れてしまい、慟哭《どうこく》したのだった。

「何で……私……！　こんなに頑張ったのに……っ！　許して……。ごめんなさい……。許して下さい……」

泣き続けるるいの口から、絞り出すようなか細い声が漏れる。炉子はもちろん、貴史

や湊もその姿を見て胸を痛めたが、この場をどう収めたらよいか分からなかった。

やがて樹里と豊親が小さく溜息をつき、平然と部屋から出ようとする。

その瞬間、

「ちょっと待てコラ！」

と声を荒らげた巌ノ丸が、我慢の限界と言わんばかりに勢いよく立ち上がった。

大股で歩いて樹里に詰め寄ろうとするのを、豊親が立ちはだかって止める。

鬼神のように凄んで見下ろす巌ノ丸だったが、豊親は全く動じず見返し、やがて、

「おや」

と、何かに気付いたように言った。

「でかい体つきの割には、随分と覇気《はき》がない。もしや付喪神としての力が、かなり弱っているのかな。主が髪を切ったからか。だとすれば……お前の正体は、女性の髪に関するもの。さしずめ、簪や櫛《くし》といったところかな。哀れな姫様を持つと大変だな」

豊親がるいを見て鼻を鳴らした瞬間、巌ノ丸が拳を振り上げる。

あっ、と炉子が悲鳴を上げかけたものの、

「控えろ！」

という翔也の一喝《いっかつ》が巌ノ丸を止め、怯んだ巌ノ丸の拳は、豊親には届かなかった。

反応が一歩遅れあわや殴られそうになった豊親は、鹿の目をこれでもかと怒りにたぎらせて頭を下げ、牡鹿の角を巌ノ丸に向けて睨みつける。

巌ノ丸が翔也を見ると、翔也は自分よりもずっと大きい体格の相手に少しも怯まず、やがて静かに通達した。

「今の態度で、よう分かった。円地さん。俺の後ろにいますよね？　――ただいまをもって、春日小路家次期当主・春日小路翔也の名において、御子柴家との縁談を破棄させて頂く事を申し上げます。行事の見届け役として、この件を現当主ならびに子会社の各社長にお伝え下さい」

「畏まりました。縁談における御当人様のご意思は第一。謹んでお受け致します」

承った円地が、静かに頭を下げる。

行事の後の役員会議ではなく、愛子のように付喪神同士の試合でもない。

翔也本人の口から、本人の意思で直接破棄を告げられるというこの幕引きは、誰もが予想外の、そしてるいにとっては最悪の結末だった。

るいが呆然と顔を上げ、やがて泣く事もせず、力なく畳に伏す。

巌ノ丸が慌てて畳に手をついて、生気を失った主に代わって必死に弁明し、懇願した。

「お、お待ち下さい！　確かに私は豊親様へ手を上げかけましたが、それは向こうが、私の主を侮辱して挑発したからで……！　主を守る、付喪神の使命感ゆえと思っては頂けませんでしょうか⁉　社長の付喪神であらせられる由良様も、社長がるいさんと同じような目に遭えばきっと……」

その瞬間に由良が、

「道雄さんはそんな無様《ぶざま》な真似はしない。一緒にするな」

と言い放って、自信も威厳も失くした茫然自失のるいに目を向ける。

巌ノ丸を諭す翔也の目と声には、柔らかくも強い芯があり、

「由良は、この問題には関係ない。無関係の人を引き合いに出すその態度も、俺はよくないと思う」

と告げると、巌ノ丸の表情がほとんど絶望に染まった。

それでも、巌ノ丸は諦めない。

「そ、その件については心から謝罪致します。ですが！　では……⁉　中村家のお嬢様と豊親様には、何も咎はないとおっしゃるのですか⁉　いかなる事情があったにせよ、呪具を持っていれば、それだけで変な疑いを持たれたり先手を打たれる事は、あやかしの世界では常識です！　言葉で追い詰め、女性に自ら髪を切らせるというのも、いくら自分が手を出さないにしてもあんまりです！　何卒、ご理解とご容赦のほどを！　何卒！」

「いかなる事情があったにせよ、お前が公共の場で暴力を振るおうとしたのは事実や。それに、付喪神として、主の名誉を守ろうとする気持ちは理解出来ひん事もないけど……。そもそもは、御子柴さんが、主催者でありながら勝手に招待者の物を捨てたのが悪い。その後の態度も含めて考えると、今後、御子柴さんを俺の伴侶として信頼する事は、付喪神のお前をひっくるめても難しい。謝罪はしても言い訳を繰り返し、衝動的に飲食店で髪を切るという主の軽率さと、他者に手を上げようとする付喪神の乱暴さは、

申し訳ないけど大変見苦しいものやった」

翔也の説明に、樹里と豊親が頷いている。

この言葉を聞いた厳ノ丸は、もはや打つ手なしと判断したようで、深く土下座して謝罪した。

「……全て、おっしゃる通りでございます……。私および御子柴るいが皆様に大変なご迷惑をおかけしました事を、心よりお詫び申し上げます。大変、申し訳ございませんでした。春日小路家の縁談における、御子柴家は……。今日この日をもって、脱落とさせて頂きます」

それを円地と由良、そして翔也は、一瞬も目を逸らす事なく受け止めた。

翔也はあくまで目上の者として、そして縁談の当人の一人として厳正な判断を下したが、御子柴家への同情心が全くない訳ではなく、

「縁談と、今回の問題に対する評価は今言うた通りやけど……。御子柴さんが観光ガイド会社としてとても優れてるという事は、俺も現当主も知ってる。今日の散策ツアーは凄くよかったし、企画の商品化についてオーナーの許可を出してもらうよう、俺が今度の役員会議で進言するわ。今回のトラブルが原因で、御子柴さんが春日小路グループから外される事がないようにも掛け合ってみる。やから引き続き、仕事を頑張ってほしい」

と、しっかり伝えると、顔を上げた厳ノ丸は翔也の恩情に胸打たれ、目にうっすら涙を浮かべて再び頭を下げた。

翔也がきっちり判断を分けているのはそこだけでなく、トラブルのもう片方の当事者である中村家に対しても、翔也は毅然とした態度を取った。

「御子柴さんの失態の沙汰については、これで終わりやけど……。人形代の所持については、巌ノ丸さんの意見に賛同出来る。今、この場では何も問わへんけど……。さっきも言うた通り、後日の役員会議で詳しく評議させてもらう。樹里さん、豊親さん。構へんな？」

「問題ありません。私の父親ともども、謹んでお受け致しましょう」

「付喪神の私が申し上げるのは、至極《しごく》恐縮な事ではございますが……。中村家への取調べは、秋にして頂けますかな。どこの商売もそうと拝察致しますが、八月までは長期休暇や盆等があり、飲食業は多忙な時期にございます。もちろん、その間に根回しや証拠隠滅など、後ろめたい事は誓って致しませぬ。何なら春日小路家から中村家へ、監視役の方を派遣して下さっても結構でございます」

「分かった。ほな、そうさしてもらうわ。派遣する人が決まったら、また日程調整さしてもらう」

樹里と豊親が同時に、承知致しましたと丁寧に頭を下げる。

二人はこうなる事が分かっていたのか、翔也にどんなに厳しい目を向けられても、全く動じなかった。

その後、翔也の指示によって樹里と豊親は先に帰される事となり、円地の付き添いによって翠香を辞す。三人が退出した後の部屋は、不気味なほどに静かになった。

床を通して、鴨川沿いの喧騒が聞こえてくる。

炉子は、抜け殻のようになったるいに寄り添おうかと考えたが、自分が慰めてもかえって傷つけるだけと思い直して、そっと廊下に出る。

廊下からそれとなく他の客の様子を窺ったが、苦情は出ていないらしい。心配そうにやってきた仲居の一人に、翔也に代わって謝罪しておいた。

「すみません。私達の声、周りに聞こえてませんでしたか？　大丈夫ですか？」

「いーえ。大丈夫ですよ。お客様が思ってらっしゃるほど、声はそんなに周りには聞こえてないですよ。まぁ、何かあらはったんかな、と思う程度には聞こえてましたけど……。泣いてる人もいはりましたよね？」

「ええ、まぁ、ちょっとトラブルというか、まぁ、そんなところで……。その人も今は泣き止みましたし、倒れた人がいるとか、そういう訳ではないので安心して下さい。ほんまにすみませんでした。お店にご迷惑をおかけして申し訳ないです」

「いえいえ！　ご心配なく。何かあったら、呼んで下さいね」

さすがに名店の仲居となると、どっしり落ち着いてトラブルにも慣れている。店が何かの損害を被《こうむ》る事や、他の客への心配がないと分かると、あとは一切、客の事情は詮索《せんさく》しなかった。

炉子達はまだ京懐石の提供が終わっていなかった事から、何とか床での食事を再開する。るいが進行役として機能しなくても、仲居達の手際《てぎわ》のよさがそれを補って食事は滞りなく進み、デザートの桃の美味しさのお陰かようやく一行に平常心が戻ってくる。

この時るいは仕事も恋も破れた心痛によって完全に生気を失い、別室で激しく落ち込んで、主催者として持ち直すどころか席に戻れる状態ですらなかった。

髪を切った後のるいを見ると、三条京阪での集合の時や、石山寺で積極的だったあの姿が嘘のようである。巌ノ丸が傍らにつき、炉子達が交代で様子を見に行ったりして、ようやく泣き止んだほどだった。

懐石の提供が全て終わった後、炉子は貴史や湊と他愛ない話をしていたが、やがてふと、翔也と由良がるいの様子を見に行ったきり、いつまで経っても戻らない事に気付いた。

気になった炉子達も別室に行くと、そこには由良と巌ノ丸しかいない。

「若旦那様は？」

炉子が尋ねると、由良が「ここことは別の空き部屋です」と答える。指差す方向を見ると、中庭を挟んで向こうに見える、団体客用の大座敷の御簾《みす》が上げられていた。几帳《きちょう》等の調度品が置かれた、雅な部屋。

由良が監視用にと御簾を上げさせた事で中がよく分かり、またしても泣いて俯くるいと、それに寄り添って慰めるようにるいに向き合う翔也が見えた。

炉子が驚くより先に、湊が声を上げ、

「えっ。脱落したのに、二人きりにさしてるんですか？」

と、由良に抗議すると、巌ノ丸が大きな体を丸めて炉子達に頭を下げた。

「私が、お願いさしてもうたんです。るい様は実は……。副社長様の事を、縁談の初顔合わせの時からずっと、心からお慕《した》いされてまして……。それはそれは純粋に、毎晩縁談の釣書《つりがき》のお写真を眺めては、幸せそうな顔をされてました。私はるい様の付喪神として、ずっとそれを見てました。いくら我々自身が招いた事とはいえ、この恋の終わり方ではあまりにも不憫《ふびん》……。それで私が副社長様に、情けとして最後のお時間を、るい様がお気持ちを告げるお時間だけでもお恵み下さいますようにと、お願いさしてもうたんです。すみません。どうかこれだけ、お許し下さい」

巌ノ丸の懇願に、湊や貴史は「えー」と声を漏らして困った顔をしていたが、その時の炉子は既に、他には目もくれず欄干に手をかけて翔也達を見つめていた。

池で鯉が泳ぎ、天から射す月明かりに水面が照らされる。

そんな中庭を挟んで、翔也達の声がかすかに聞こえてくる。るいは首を垂れているだけに、露わになった白肌の襟足がはっきり見え、乱雑に切った髪の痛々しさが何とも切なかった。

「御子柴さん。少し、落ち着いてきたか」

「はい……。ありがとうございます……」

「……通達した俺が言うのも申し訳ないけど、今回の件は……残念やった。俺は、自分では御子柴さんのええところも知ってるつもりやから、決して御子柴さんを嫌いになって縁談を破棄したのではない事は、分かってほしい」

「……ほんまに……？」

「うん。御子柴さんは、まっすぐで頑張り屋や。やからこそ、御子柴さんが主催した今日のツアー自体は凄くよかったんやと思う。反省するところは反省して、後は全部忘れて、また仕事を頑張ってほしい。御子柴家の家長である君のお父さんやオーナーである俺の父さんも、それを望んでるはずやから」

「……翔也さんは……？」

「もちろん、俺もやで」

翔也を見上げるるいの目が、美しく開かれて涙がこぼれる。

想い人に温かい言葉をかけられる事ほど嬉しいものはなく、るいは歓喜の勢いのまま翔也の胸に寄りかかり、翔也が慌てて抱き留めた。

「御子柴さ……」

「翔也さん……。ありがとうございます……！　私、ほんまは、ずっと、あなたが好きやったんです。私のほんまの、光る君なんです。私、もっともっと、強い女性になれるように、頑張りますから……。今だけ、私を、支えてくれませんか……」

それを見た炉子はなぜ、左手を真横にすっと出し、慌てて立ち上がろうとした由良、貴史、それに湊を止めたのだろうか。

自分でも一瞬、その理由が分からなかったが、

（……あの時の私と、似てるからや……）

と、六年前の雪の日、大切な家族を失って悲しんでいた自分とるいが重なり、今のるいの涙が真実である事に気づいたのだった。

あの時の炉子を翔也が慰めてくれたように、今もまた、自慢の髪や恋を失って悲しむるいを、翔也が慰め励まそうとしている。

その光景は、季節は違えど六年前と今がぴたりと一致しており、炉子は懐の巾着の中にある珠美の形見のネックレスをそっと握りながら、由良達に言った。

「由良さん、貴史さん、湊さん。私が今、見る限りですが……。若旦那様の身に、何か起こる事はありません。きっと大丈夫です。るいさんは今、ほんまの悲しみの中にいます。このままやと、自暴自棄《じぼうじき》の生活になってしまう程の……。誰かが、立ち直らせてあげないと駄目なんです。それがきっと、若旦那様なんです。若旦那様なら、たとえ縁談破棄を告げた本人でも、るいさんを元気にして下さいます。泣いてる人に寄り添うのに理由は要らない、損得じゃない。たとえそれが知らん人でも……。そんな人になりなさいというのが、若旦那様のお母様……珠美様が若旦那様にお伝えした教えだそうです」

その瞬間、由良の目がはっと見開かれる。

「奥様が……」

「はい。ですから今の若旦那様は、きっと亡き奥様の教えに従い、損得なしの『温かい

人』になられてるんやと思います。私達は、一応は問題が起こらないか監視しつつ……。この場を信じて、見守るべきやと思います」

言った後で、強い物言いだったと炉子は内心反省する。

しかし由良は素直に炉子の言葉に従い、静かに座り直す。

「……確かに、奥様が翔さんにそうおっしゃっていたのを私も見た事があります。今もし、奥様がご存命でこの状況をご覧になったら……。きっと今の山崎さんと同じ事をなさって、同じ事をおっしゃるでしょう」

貴史もまた状況を察して、友人として翔也の事を思い出したらしい。

「まぁ、確かに……。あのお人よしに近い優しさこそが、翔也のええとこやもんな。それによって昔、松尾家《うち》も救われた。翔也がるいちゃんに縁談破棄を自分から言うたのも、状況と立場的に仕方ない事やったろうしな。この複雑な縁談で、翔也の優しさが消えてほしくないのは俺も一緒や。炉子ちゃんの言う通り、この場は翔也に任しとこ」

呟いて湊を手招きし、その場にどっかりと座り直した。

たとえ母親の遺言を抜きにしても、悲しみに寄り添える人間になりたいと、あの雪の日の翔也は言った。

光る君と呼ばれる美しい顔立ちに、どんな人でも褒める器の大きさ。冷静な判断力。

付喪神達を一喝出来る、次期当主に相応しい威厳。

炉子が見てきた翔也の長所は数あれど、炉子にとって最大の翔也の魅力は、今まさにるいに対して見せているような、悲しむ人に無条件で寄り添える温かさだった。

このまま るいを捨て置いて帰る事は、珠美の教えに背く事である。

商売に、子会社や得意先の家々の思惑、そこから始まる縁談。

この不景気の時代に、そんな泥のようなものの渦中にいても、炉子は翔也には優しい人間でいてほしいと思ったし、翔也本人もそうありたいと思っているからこそ、縁談中にも関わらずるいと二人きりになる事を決めたのだろう。

やがて中庭から見える翔也は、自分の胸からゆっくりるいを引き離す。

「……ありがとう。気持ちは嬉しいけど、俺は、君とは結婚出来ひん。自分の胸に抱いて泣かせる事も、控えさしてもらうわ。御子柴さんはとても才能のある人や。いつかきっと、その才能が花開くと思う。今日のツアーは、俺にとってはそれを知る行事やった」

「………」

たとえるいの想いには応えられなくても、言葉少なに、けれどまっすぐに励ます翔也。

その姿を受け止めたるいは、翔也から一歩下がってゆっくり頭を下げ、やがて生気を取り戻した瞳を見せた。

「……本日は、春日小路家の子会社・株式会社みこしばツアーズの新企画の試験運用にご参加頂き、まことにありがとうございました。わたくしも大変楽しいお時間を過ごさせて頂き、幸せでございました……。どうぞお気をつけて、お帰り下さいませ」

「うん。ありがとう。またツアーに参加出来るのを、楽しみにしてる」

るいがもう一度頭を下げ、翔也が静かに大座敷を退出した。

巌ノ丸が、廊下に立つ炉子に対して深く伏して礼を言う。

由良は、心から感銘を受けた様子で炉子を見て、

「山崎さん。ありがとうございます。奥様もきっと、天国でお喜びだと思います。どうか引き続き……我々と共に、縁談のお手伝いをお願いします」

由良の心の込もった言葉に、炉子はしっかり頷いた。

翔也が、炉子達のもとに帰ってくる。

「由良、貴史。それに湊君。夏の散策ツアーはここで解散や。帰ろう。ほんで、山崎さん……。何から何まで、ありがとう。俺がトラブルの処理をしてる間に、廊下で泣いた子の対応をしてくれたり、仲居さんに俺の代わりに謝ってくれたん、凄く助かった」

「若旦那様……。やっぱり、気付いたはったんですね」

「うん」

翔也の持つ広い目と、助かったと言ってもらえたことへの嬉しさに、炉子は笑顔で頭を下げる。

「光栄です。ありがとうございます。本宅にお帰りになりましたら、お茶をご用意致します」

「うん。頼んだで」

こうして夏の行事が終わり、華麗なる春日小路家の縁談と炉子の翔也への気持ちは、少しずつ、静かに、否応なしに深まるのだった。

幕間二

波瀾だった夏の散策ツアーからの帰宅後。

炉子は本宅の居間で、石山寺でるいに言われた内容を翔也と由良に報告した。

翔也達の話では、御子柴家と春日小路家が遠い親戚というのは事実であり、六代前の翔也達の親戚が、今は断絶したという春日小路の分家の一つから、御子柴家へ嫁いだという。

由良が自分のスマートフォンから春日小路家の家系図の画像を探したが、さすがに六代前は出なかった。

「確認として、春日小路家の家系図の原本を見たいのであれば、この近くにある京都市歴史資料館さんか、北山にある歴彩館さんのどちらかに行くといいですよ。道雄さんがその二館に家系図をはじめ、春日小路家の古文書類の管理を委託されてますので……。

とはいえ、るいさんが山崎さんに言った通りに、春日小路家と御子柴家の血縁関係は、それ以外はないはずです。家系図の現物を見て、御子柴家へ嫁いだ方の名前を確認出来たとしても……名前と生没年、よくて御子柴家へ嫁いだ事しか書かれていないと思いますよ。本家の人ならともかく、とうの昔に絶えた分家の人の話ですしね」

その程度の血筋では、よほどの事がなければ、御子柴家の者が春日小路家の当主となれない事も頷ける。

さらに六代も経った今となっては、翔也とるいが法的に結婚出来るのはもちろん、春日小路家と御子柴家すら、もう赤の他人といっても過言ではなかった。

ゆえに御子柴家では、るいと翔也を結婚させてグループ企業内での権威《けんい》を高めるだけでなく、御子柴家に辛うじて残る春日小路の血を本家に戻す事で、御子柴家をより正統派にしたかったのかもしれない。

「京都の観光ビジネスにおいて正統な家柄や血筋というのは、それだけで多くの人の目を引く事が出来る、貴重な金看板ですからね」

炉子に説明し終えた由良は、石山寺でのるいを思い出し、顎に手を当てていた。

「まぁ、そういう訳ですから……。御子柴家のあのご令嬢が、翔さんの北の方なりたさに山崎さんに助力を迫ったというのは、至極当然の事でしょうね。父親である株式会社みこしばツアーズの社長……御子柴栄太郎《えいたろう》氏にせっつかれていたのかもしれません。ましてや、るいさんも個人的に翔さんに想いを寄せていたとなると……」

炉子と翔也は思わずしんみりしてしまい、目線をちゃぶ台に落とした。

仕事にも翔也にも、野に咲く花のごとく、ひたむきだったるいの姿を思い出す。

春の行事に続いて夏の行事も終わると、残る行事はあと二つ。中村樹里が主催する秋の行事と、松尾貴史が主催する冬の行事だが、今や中村家には呪詛の疑惑が持ち上がり、臨時の役員会議が予定されている。

役員会議の開催を告げた翔也に対する樹里達のあの態度は、春日小路家の得意先としてではなく、間違いなく政敵《せいてき》としての態度だった。

炉子が口に出して確かめるまでもなく、中村家が六年前の翔也襲撃に関与しているだろうというのが、翔也や由良はもちろん、円地の報告を受けた道雄も含めての考えだった。

「心して、中村家に立ち向かわなあかんな」

翔也の呟きに、由良は頼もしく頷いていた。

炉子は未だに視線を落としつつ、自分が見てきた樹里を思い出す。

春のお茶会では料理についてシェフに熱心に尋ねて、夏の散策では昼食の食材となった小魚を褒め、愛おしそうに見つめていた。実家が樹里と同じく飲食店である炉子には、飲食業に対する樹里の誠実さがよく分かる。

それ以外にも愛子の要望に応えて髪を解いてみせたり、るいに迫られた自分を気遣ってくれたりと、たとえ無口で無表情だとしても、樹里本来の性格の良さが垣間見える時は幾度かあった。

(そんな樹里さんが、人を陥《おとし》れるような事をしてるんやもんなぁ……。でも……)

ふと思い出せば、樹里は石山寺でるいに対してこう吐き捨てていた。

「いいよね。自分の恋に一生懸命に、なれる人はさ」

その悔しそうな表情は明らかに、何らかの辛い背景を物語っていたような気がする。

るいが今回の縁談に必死だったように、樹里にもまた、今回の縁談において必死にならざるを得ないような何かがあるのではないか。

だとすれば、樹里とは一度、話をしてみる価値はあるのではないかと炉子は思った。

「若旦那様。今回の件について……。私にも何か出来る事があったら、何でも言うて下さい。これはあくまで私の勘なのですが……。もしかしたら、樹里さんには何か事情があるかもしれないんです。何でしたら、私が聞き合わせ役となって色んな場所へ出向いても構いません」

頭で思いついた事を、炉子はそのまま翔也に告げる。

すると翔也は心のどこかでそれを待っていたかのように口を開き、次期当主として自ら、炉子に命じたのだった。

「そうか……。ありがとう。確かに今までの樹里さんの様子は、俺も気になってた。こういう事態になった時、一番大事なんは情報を集める事や。今すぐじゃなくていいから、機会をみて山崎さんも動いてほしい」

俺も無暗やたらに人を糾弾したり、責めるような真似はしたくないねん。

翔也のその言葉を聞いて、純粋な瞳を見た瞬間。

炉子は、自分もまたるいのように、そんな翔也の事が好きなのだと確信した。

（でも、この想いは絶対に実らへん。春日小路家に雇ってもらって、今の私があるんやから。でも……。それでいいねん。自分の恋以上に、今は私は、目の前の若旦那様と春日小路家のために働きたいと思ってるから）

かつて裳子は、自分の大切な家族や場所のために、自分の体を張った。

ゆえに炉子も、自分の人生を変えてくれた翔也と、自分を雇ってくれて実家の店にも手を差し伸べて、穏やかな家事手伝いの生活をくれた春日小路家の温かさに恩返しをするために、自分も動く事を決めたのだった。

由良が静かに、炉子を見た。

「そうと決まりましたら……。山崎さん。明日からは、護身の結界の練習を少し多めに行いましょう。今後は、何が起こるか予想がつきませんからね……。山崎さんの異能を探す作業も取り入れてみましょう。普段の本宅の家事に加えて、少し大変になりますが……。よろしくお願いしますね」

「はい。頑張ります」

由良の言葉を、炉子は怯まず受け入れた。

春日小路翔也の最も古い記憶は、幼稚園の年少の頃。

成人した今も住んでいる本宅の庭で、しゃがんで背中を丸めながら、地面の蟻《あり》を眺めた晴れの日の記憶だった。

一体どういう経緯で蟻を眺めるに至ったのか、第一その記憶が果たして年少の頃だったのかどうかすら怪しいほど、記憶自体は曖昧である。

その次に古い記憶は割合鮮明であり、本宅の玄関で咲いた梅の一輪挿しを見て、背伸びして匂いを嗅いだ寒い日のこと。

梅の一輪挿しを置いたのは、今は亡き翔也の母親・春日小路珠美だった。

初めて置かれた年から二年連続、あるいは一年飛びで、珠美は梅の季節になると玄関に一輪挿しを置くようになった。自分はもちろん、翔也の父親の道雄や兄の篤《あつし》も、日が経って梅の蕾《つぼみ》が開くと、

「おー。花咲いたで」

と珠美や翔也に知らせて、厳冬の中のささやかな喜びを皆で共有したものだった。

本宅には当時、五十嵐《いがらし》さんという通いのお婆さんの家事手伝いがいて、父の付喪神である由良もこの頃既に同居していた。

大らかな性格ゆえに珠美のよき話し相手でもあった五十嵐さんは、

「奥様はほんまに、ええ感性を持ったはりますなぁ。玄関に季節の花なんて、息子夫婦も孫もいて騒がしい私の家ではよう出来まへんし、私にもそんな器量はあらしまへん」

と笑って言い、由良も珠美を絶賛するも、

「さすがは道雄さんが、伴侶としてお選びになったお方です」

と結局は、自分の主たる翔也の父・道雄への賛辞に行き着いていた。

成長した翔也は、道雄に師事して春日小路家の術の稽古を積むようになり、珠美を病で亡くした後、学生時代は剣道部の主将を務めた。春日小路家の跡継ぎ問題が持ち上がると、篤との円満な話し合いによって滞りなく次期当主となった。

翔也が何者かに襲われ、その日の記憶を失ったのは、次期当主と決まった少し後の事。襲われた日の自分が最後に会った人というのが、山崎炉子。今、本宅に住み込んで家事手伝いを務め、縁談の補佐役等も担っている春日小路家の従業員だった。

炉子の話では、翔也が襲われる直前の夜更けに二人は出会い、四条大橋で泣いていた炉子を翔也が慰めたという。

当然それについての記憶は、今の翔也には全くない。縁談の初顔合わせ前の面接で会った時も、炉子にとっては六年越しの再会だったが、今の翔也にとっては全くの初対面だった。

しかしその時の翔也は、記憶がなかったにもかかわらず、面接会場にしていた烏丸五条の家の戸を開けた炉子を見た瞬間、自分の心がそっと揺さぶられ、強い感情が湧き上がるのを感じた。

自分以上に再会に驚き、喜び、翔也が覚えていないと分かると落ち込みつつ、素直に受け入れて靴を脱ぐ炉子を見るうちに翔也は何かを思い出しかけ、そしてほとんど無意識に、

「……梅の花……？」

と、呟いたのだった。

そんな翔也に、炉子は顔を上げて喜んだ。

「そ、そう！　梅の花！　思い出してくれた⁉　これ……。この梅の根付と、くれたネックレス、今でも大切に持っててんねん」

自分の口から梅の花という単語が出た事に驚き、その後炉子が、自分のスーツの上着の胸ポケットから珠美の形見のネックレスを出した時は、思わず椅子から弾かれたように立ち上がった。

炉子に、今の自分が記憶障害を患い、雪の日の記憶が一切ないという事情を伝えると、炉子はやはり驚いて体を強張らせていた。

きっとショックを受けているのだろう。あんなに再会を喜んでいたのに水を差した事を翔也は申し訳なく思い、

「山崎さん。ごめんな。俺、何も思い出せへんで」

と言うと、炉子は自分ではなく父親に向かって、こう尋ねたのだった。

「翔也さんのお体が悪いとか、何かの発作が起こるとか、そういうのは大丈夫なんですか」

「大丈夫なはずやで」

な？　と、父親が自分に確かめた時。

（この子は、俺の体を気遣ってくれてるんや）

と、翔也は炉子の優しい心に気付いた。自分の人生における大事な再会よりも、まず相手の体調を思う心。その人柄のよさを感じながら、翔也は父親に頷き、炉子にお礼を言った。

「山崎さん。俺の事を心配してくれて、ありがとうな。その気持ちが凄く嬉しい。俺自身はめっちゃ元気やから、心配せんでええで。病院も、脳波の定期検査以外は行ってへん」

安心させるように笑顔を見せると、炉子も満たされたように微笑む。

「よかった……。それやったら、私は十分です！　記憶喪失って聞くと、辛いリハビリとか、入院とか、そういうのをされているのかと心配になりましたけど……。お体は何ともなくて、ほんまにほっとしました。とりあえず健康が一番ですしね！」

炉子の元気な笑顔を、翔也はとても健康的で美しいと思った。

それが、今の翔也における、炉子の第一印象だった。

やがて翔也は炉子から、雪の日に出会った時の詳しい経緯を聞き、炉子の半生や失われた最愛の家族・裳子についても聞いた。

縁談の初顔合わせが終わると、炉子はその日から春日小路家の従業員として本宅に住み込み、炊事洗濯、さらには簡単な庭仕事まで、家の事全般を担ってくれるようになった。

炉子はどんな時も元気で、泣く姿なんてとても想像出来ないぐらいに表情がコロコロ変わって明るく、鼻歌をよく歌う女性。

ある日の炉子は、翔也が後ろから見ているのも気付かずに、本宅の台所で夕食のトン

カツを作りながら歌っていた事があり、

「トンカツ、トンカツ、幸せーも、かつかつぅー」

と実際に声に出して歌った後で、

「うん、それはあかんな」

と一人で笑っていたので、翔也は思わず噴き出したものだった。

「わっ、わわわ若旦那様⁉　聞いたはったんですか⁉」

「うん。ごめん。聞いてもうたわ。幸せは……。まぁ、カツカツやったら駄目やな」

「でっ、ですよね⁉　そうですよね⁉　すみません、変な歌をお聞かせしてもうて！　今日の晩御飯は、若旦那様のお好きなトンカツにしましたんで、かつかつを食べて幸せになって下さい！　若旦那様の分、かつかつの増し増しにしますんで！　幸せも増し増しっ！」

「いや、普通でええって。確かに幸せは増えてほしいけど」

炉子の勢いに翔也はますます大笑いし、その夜と翌日は一日、不思議と心が軽かった。

縁談の行事でも、そんな炉子の明るさは発揮され、加賀愛子が主催した春のお茶会では従業員として大人しくしていたにも関わらず、愛子や松尾貴史に特に好かれていた。

御子柴るいが主催した夏の散策では中村樹里とも仲良くなっていて、炉子本人が意図せずとも、縁談におけるよい潤滑油《じゅんかつゆ》の役目を果たしていた。

また、炉子は単に明るいだけでなく、自分の護身の力を高めるために由良達から霊力の扱いを教わったり、本宅の離れで結界の自主練に励むひたむきさも持っている。

先日の夏の散策で起こったトラブルにおいては、当人達を止める自分に代わって、周囲への配慮を細やかに行ってくれた。

後から聞いた話では、るいを励ますために二人きりになった翔也を理解して、由良達を止め、翔也達を見守るように進言したという。

その事について礼を言うと、炉子は静かに微笑んでくれた。

今の翔也が見ている山崎炉子は、思いやりがあって、元気で機知に富む人であり、六年前は悲しみのどん底で泣いていたというのが信じられない。

それについて炉子は時折、

「今の自分が元気なのは、あの雪の日の若旦那様が励ましてくれたからなんです。いつも感謝してるんですよ！」

と言っており、決まって、雪の日の自分が贈ったという珠美のネックレスを何よりも大切そうに握っていた。

自分と炉子は、雇い主の子息と従業員という関係から、互いを「山崎さん」「若旦那様」と呼び合っている。

それは記憶を失くした雪の日の自分と、今の自分とを分ける意味があり、翔也が記憶を取り戻した時に、初めて炉子を名前で呼ぶという約束だった。

（それを言い出したんは、俺の方やのにな）

実をいうと、縁談の夏の行事までを終えた今の翔也は、従業員である炉子の事も他の縁談相手達と同じような親しい存在に感じており、最初に出会ったあの雪の日の自分自身に、嫉妬めいたものを感じる時さえあった。

当時の自分は、今はこれだけ元気な彼女に、何と言って慰め、励ましたのだろうか。

もちろんその詳細も炉子から聞いてはいるが、記憶の無い自分には実感がない。

確かに炉子を救って、笑顔にする事が出来て、再会したのだという実感がなかった。

今はそれを少しだけ寂しく、そして歯痒く思う。

「早く、記憶が戻ったらええのになぁ」

翔也は時々、自分を襲撃した犯人を捕まえるという当初の目的の他に、炉子のためにも記憶を取り戻したいと思うようになっていた。

ふとそれは、もっと炉子との関係を、具体的に言えば、彼女との絆を深めたいからではないかと思ったが、彼女が従業員で自分はその雇い主かつ縁談を行っている身であれば、考えてはいけない事だった。

(それに、今は縁談どころじゃない話も持ち上がってる。中村さんとこが、呪詛の商売か何かをしている疑惑について追及せなあかん)

呪詛の疑惑が持ち上がれば当然の流れで、

(翔也を襲った犯人は、中村家ではないか)

という推測が立っていた。

いずれにせよ、翠香で起きたトラブルでの態度を見れば、中村家が腹に何か一物を持っているのは明らかである。

これから来る秋に向けて、今、炉子も積極的に動く予定である。

「若旦那様。今回の件について……。私にも何か出来る事があったら、何でも言うて下さい。これはあくまで私の勘なのですが……。もしかしたら、樹里さんには何か事情があるかもしれないんです。何でしたら、私が聞き合わせ役となって色んな場所へ出向いても構いません」

炉子が自ら、そう申し出てくれた。

心のどこかで、翔也はそれを待っていた。

彼女なら、自分と一緒にこの問題に取り組んでくれると願っていた自分がいた。

「そうか……。ありがとう。確かに今までの樹里さんの様子は、俺も気になってた。こういう事態になった時、一番大事なんは情報を集める事や。今すぐじゃなくていいから、機会をみて山崎さんも動いてほしい。俺も無暗やたらに人を糾弾したり、責めるような真似はしたくないねん」

翔也がそう話し、由良が霊力の練習を増やす事を提案する。

その時の炉子の目にはもう、すっと凜々しい光が宿っていた。

それは、面接で出会ったあの日のように健康的で、とても美しい光。

陰謀や思惑が渦巻くこの縁談で、この人になら任せられる。

翔也は炉子への信頼をさらに高めて、中村家の催す秋の行事と、春日小路家の縁談の後半戦を迎えたのだった。

文春文庫

京都《きょうと》・春日小路家《かすがこうじけ》の光《ひか》る君《きみ》

定価はカバーに表示してあります

2024年3月10日　第1刷

著　者　天花寺《てんげいじ》さやか
発行者　大沼貴之
発行所　株式会社　文藝春秋

東京都千代田区紀尾井町3-23　〒102-8008
TEL 03・3265・1211㈹
文藝春秋ホームページ　http://www.bunshun.co.jp

落丁、乱丁本は、お手数ですが小社製作部宛お送り下さい。送料小社負担でお取替致します。

印刷製本・TOPPAN

Printed in Japan
ISBN978-4-16-792185-9